Jana von Bergner

Keiner trennt uns

Kapitel 1

Hanna

Nervös huschte Hannas Blick von ihrer Armbanduhr zurück zu Mikas zerzaustem Schopf auf dem Kopfkissen.

Noch eine Viertelstunde. Höchstens.

Das Fieber hatte die Wangen ihres kleinen Bruders rötlich gefärbt und die kastanienbraunen Haarsträhnen klebten an seiner Stirn. Der Ärmste! Das Zimmer roch nach Schweiß und abgestandener Luft. Sie schlug die nassgeschwitzte Bettdecke mit Spiderman-Aufdruck zurück und schälte Mikas Unterschenkel aus den warm gewordenen Wadenwickeln.

»Geh ruhig.« Mikas Stimme klang tapfer, aber kraftlos. »Pa kommt bestimmt gleich.«

Ihr Herz zog sich vor Mitleid zusammen. Wann war der Kleine nur so erwachsen geworden? Mit acht Jahren sollte er sich nicht dermaßen beladen anhören. »Ich lasse dich auf keinen Fall allein.« Wer wusste schon, wann ihr Vater tatsächlich eintreffen würde? Zweimal hatte sie vergeblich versucht, ihn auf seinem Handy zu erreichen. Gut möglich, dass er vergessen hatte, wie dringend sie heute zur Uni musste. Ärger wallte in ihr auf, doch vor Mika wollte sie sich nichts anmerken lassen. Ihm ging es schlecht genug und er konnte schließlich nichts dafür, dass Pa sein Versprechen, heute früher nach Hause zu kommen, nicht einhielt.

»Aber du brauchst doch diese Punkte. Du hast gesagt, sie sind wichtig.«

»Nicht so wichtig wie du.«

Um die Diskussion abzukürzen, eilte sie mit den Tüchern ins Bad und spülte sie mit lauwarmem Wasser aus. Wie immer, wenn sie ihre Hände beschäftigte, beruhigte sich ihr Herzschlag. Ihre Liebe zu Mika ging vor. Auch wenn sie in diesem Moment nur zu gern alles stehen lassen würde, um schnellstmöglich zur Uni zu fahren.

Beiläufig musterte sie ihr Spiegelbild: Ihre braunen Augen wirkten müde, und ihre Hochsteckfrisur hatte sich innerhalb der letzten Stunden ebenso aufgelöst wie ihr Make-up. Seufzend zog sie die Klammern aus ihrem haselnussbraunen Haar und band es zu einem Pferdeschwanz zurück. Blass und langweilig sah sie aus, aber für ein Referat würde es reichen.

Falls Pa innerhalb der nächsten Minuten nach Hause kam.

Das Zimmer, das Mika und Emma sich teilten, schien viel zu klein für zwei Personen. Dennoch hatten sie sich arrangiert. Auf dem Teppich verlief ein breiter Kreidestrich. Links davon türmten sich Legotechnik-Baukästen und Autos. Rechts davon bogen sich Garderobenstangen unter knallbunten Kleidern, Jacken und Handtaschen. Jeder verfügbare Zentimeter Wand war mit Plakaten von Schauspielern vollgeklebt. Allerdings nicht mit Hollywoodstars – diese Phase hatte Emma voriges Jahr überwunden – sondern mit Schwarzweiß-Aufnahmen von Darstellern, die in Hamburger Theateraufführungen mitwirkten.

Mit dem Fuß schob Hanna einen ferngesteuerten Truck aus dem Weg und setzte sich zu Mika auf die Bettkante. Routiniert legte sie ihm neue Wadenwickel an.

Noch zehn Minuten, bis sie allerspätestens losmusste.

»Morgen kann ich wieder in die Schule.« Mika krächzte. Von seiner Oberlippe perlten kleine Schweißtropfen.

»Besser nicht.« Hanna beugte sich vor und drückte ihre Lippen auf seine feuchte Stirn. So, wie ihre Ma es früher bei Hanna getan hatte, wenn sie krank gewesen war. Der Gedanke, dass Mika sich nicht mehr an sie erinnerte, ließ ihre Brust eng werden. »Vielleicht könnte Tante Yvonne für ein paar Stunden herkommen.«

»Ich mag sie nicht. Sie meckert immer so viel. Vor allem mit Pa.«

Das stimmte. Yvonne um Hilfe zu bitten, würde ihr schwerfallen. Andererseits blieb ihr kaum eine Wahl, wenn sie nicht noch mehr Stoff versäumen wollte. »Tante Yvonne meint es doch nur gut. Sie ...«

Die Türklingel läutete. Pa. Endlich. Hanna sprang auf, um den Summer zu betätigen. Typisch, dass ihr Vater in der Hektik heute Morgen seinen Schlüssel vergessen hatte. Er war wie meistens in letzter Minute aufgebrochen und hatte das von ihr belegte Wurstbrot auf dem Weg zur Bahn verzehrt.

Hanna schlüpfte in ihre blaue Sommerjacke, hängte sich ihren Rucksack über die Schulter und griff nach dem Schlüssel für den Fahrradkeller. Das kalte Metall klimperte verheißungsvoll in ihrer Hand. Sie konnte es immer noch rechtzeitig zur Uni schaffen.

Doch etwas stimmte nicht. Die Schritte, die durchs muffige Treppenhaus hallten, klangen leicht und beschwingt. Nicht wie das schwere Stapfen ihres Vaters, der alle paar Stufen innehielt und leise schnaufte, weil er den ganzen Tag am Schreibtisch saß und sein Bauch mit jedem Jahr mehr unter der Anzugjacke spannte.

»Hallo.« Simons rotblonder Schopf tauchte im Treppenhaus auf. Auf dem Rücken trug er einen Laptop-Rucksack und sein Lächeln wirkte verkrampft.

Ihr eigenes Lächeln fiel in sich zusammen. Die Enttäuschung ballte sich zu einem festen Klumpen in ihrem

Bauch. Pa hatte tatsächlich vergessen, dass Simon und sie das Radiologie-Referat halten mussten.

»Du hättest nicht extra herzukommen brauchen.« Ihr Ton klang abweisend, obwohl Simon doch überhaupt keine Schuld traf.

Der Glanz in seinen Augen erlosch und der Anblick versetzte ihr einen Stich. »Ich wollte bloß sichergehen, dass du dich loseist. Immerhin hast du heute drei Vorlesungen geschwänzt.«

»Mika hat einen grippalen Infekt und Fieber. Neununddreißigkommafünf. Ich kann hier erst weg, wenn mein Vater mich ablöst.« Ihr Mund fühlte sich trocken an. »Ich glaube, er schafft es nicht. Du solltest ohne mich fahren.«

»Ohne dich?« Simon sah sie ungläubig an. »Aber wir halten das Referat doch zusammen. Die Note fließt zu fünfzig Prozent in unseren Schein ein und …«

»Ich weiß. Tut mir leid.« Hanna streifte ihren Rucksack ab und zog den Reißverschluss auf. »Ich gebe dir meinen Teil mit. Es ist alles abgetippt.« Sie kramte einen weißen Schnellhefter hervor und hielt ihn Simon hin. »Falls ich nicht rechtzeitig komme, trag bitte alles vor.« Der Hefter in ihrer Hand zitterte, doch Simon griff nicht danach.

»Das kann nicht dein Ernst sein.« Seine Stimme klang gepresst. »Wir haben wochenlang daran gearbeitet und jetzt wirfst du alles hin. Professor Oldebeck wird dich durchrasseln lassen.«

Seine Worte versetzten ihr einen Stich. So ähnlich hatte sich Melanie angehört, bevor sie im zweiten Semester beschlossen hatte, mit Hanna nie wieder eine Gruppenarbeit zu übernehmen, weil sie ihr zu unzuverlässig erschien. »Meine Familie geht eben vor.«

»Du hast zwei Schwestern.« Simons Ton klang scharf und über seiner sommersprossigen Nase erschien eine steile Falte, die ihn ungewohnt ernst wirken ließ. »Wenigstens heute hätte eine von ihnen einspringen können. Aber ich wette, du hast nicht einmal gefragt.«

Wie konnte er es wagen, sich derart einzumischen? »Pia steckt mitten im Abi. Und Emma …« Sie schluckte. »Emma wäre jeder Vorwand recht, um die Schule zu schwänzen. Das darf ich nicht noch unterstützen.«

»Du bist nicht ihre Mutter.« Mit einem Ruck entriss Simon ihr den Hefter und stopfte ihn achtlos in seinen Rucksack. »Wir sehen uns. Oder auch nicht.« Grußlos eilte er davon.

Seine Schritte verhallten im Treppenhaus und Hanna fröstelte. Hoffentlich verlor er nicht die Geduld mit ihr. Es würde schwierig werden, einen neuen Lernpartner zu finden.

»Hanna?« Mikas kraftloser Ruf war im Treppenhaus kaum zu hören.

»Komme schon.« Sie wandte sich um.

Noch drei Minuten.

~ ~ ~

Mark

Hamburger Nieselregen brachte den Asphalt der Hafenstraße zum Glänzen und spülte den Abfall in die Rinnsteine: gebrauchte Kondome, Zigarettenstummel und was sonst noch nach einer Nacht in Sankt Pauli liegen blieb. Über allem hing der Gestank von Nikotin, Bier und Abgasen. Doch dieser Schmutz schien harmlos im Vergleich zu dem Dreck, der hier verkauft wurde: Drogen.

Unter dem dunkelblauen Regenmantel mit Polizei-Aufdruck tastete Mark nach seiner *Walther P99*, deren

Kunststoffgriff sich beruhigend gegen seine Hand schmiegte. Das Pfefferspray an seinem Gürtel und die Schutzweste aus Kevlar trugen ebenfalls zu seiner Sicherheit bei. Doch lieber verließ er sich auf seine Instinkte, die ihn schon in seiner Kindheit beschützt und welche die Jahre im Streifendienst weiter geschärft hatten.

Präsenz zu zeigen und damit die Straftäter abzuschrecken, lautete ihre Aufgabe. Für die eigentlichen Festnahmen waren die Kollegen vom Einsatztrupp Kriminalitätsbekämpfung zuständig, die zivil trugen und insgeheim auf Mark und seine Einheit herabsahen. Doch manchmal gelang es auch ihnen, den Schutzpolizisten, Täter auf frischer Tat zu überraschen.

Die Gestalt, die sich etwas zu tief über einen überquellenden Mülleimer beugte, hätte ein harmloser Passant auf der Suche nach Pfandflaschen sein können. Doch etwas in seinen verstohlenen Bewegungen alarmierte Mark. Sein Instinkt sagte ihm, dass mehr dahinter steckte.

Ein kurzer Blickwechsel mit Birgit, die ihm zunickte. Sie spürte es auch.

Mark verlängerte seine Schritte. Noch hatte der Verdächtige ihn nicht bemerkt. Er trug einen grauen Hoodie und hatte die Kapuze tief ins Gesicht gezogen. Der Mann wirkte riesig, mindestens einsneunzig, und muskulös. Keiner, mit dem sich freiwillig jemand anlegte. Er fischte etwas aus der Mülltonne und ließ es unbesehen in einer Seitentasche seiner dunkelgrauen Cargo-Hose verschwinden. Marks Herzschlag beschleunigte sich. Birgit zog scharf die Luft ein.

Eindeutig ihr Mann.

Der Verdächtige bog auf die Balduintreppe ab. Sein schlendernder Gang sollte vermutlich darüber hinwegtäuschen, dass er sehr wohl ein Ziel im Auge hatte. Vor einem mit trostlosem Graffiti übersäten Gebäude standen zwei Männer, die auf ihn zu warten schienen. Die Schultern hochgezogen, harrten sie im Regen aus. Der dunklen Haut nach könnte einer von ihnen Afrikaner sein, sein Begleiter hingegen wirkte so blass und fleckig wie die beschmierte Fassade in ihrem Rücken.

Ekel und Wut rangen in Marks Brust miteinander. Dies war sein Viertel, seine Heimat. Die Menschen hier hatten schon genug Probleme, ohne dass immer mehr Dealer herkamen und ihr Zeug zu Dumpingpreisen vertickten. Zumindest diesen Kerlen würden sie heute das Handwerk legen.

Sein Blick blieb an einem Graffiti hängen, das seit Jahren die vergilbte Fassade eines Hauses verunstaltete. Das Bild zeigte die naturgetreue Abbildung einer Schweinehälfte am Metzgerhaken, von der noch das Blut tropfte. Darunter stand in roten Buchstaben *»Guten Appetit!«*. Wie immer drehte sich ihm bei dem Anblick der Magen um. Wann würde die Stadt endlich diese Schmiererei entfernen?

»Das sind zu viele für uns.« Birgit riss ihn aus seinen Gedanken. Sie zückte ihr Funkgerät und sprach hinein: »Wir brauchen Verstärkung an der Hafenstraße Ecke Balduintreppe. Drei verdächtige Personen. Möglicherweise bewaffnet.« Es knackste in der Leitung. »Ja, wir warten mit dem Zugriff.«

Marks Herzschlag beschleunigte sich und obwohl der Nieselregen sein Gesicht befeuchtete, glühte seine Haut, während das Adrenalin durch seine Blutbahn pumpte. Für Momente wie diesen liebte er seinen Job.

Ein tiefergelegter BMW rauschte an ihnen vorbei und fuhr durch eine Pfütze. Das schlammige Wasser spritzte in hohem Bogen gegen die dunkelblauen Hosenbeine ihrer Uniformen. Polizisten waren in dieser Gegend wenig beliebt.

»Dämlicher Zuhälter.« Stirnrunzelnd rückte Birgit ihre Mütze zurecht. Dreißig Jahre Streifendienst hatten sich als feine Fältchen in ihr gebräuntes Gesicht gegraben. Doch der entschlossene Zug um ihren Mund führte dazu, dass sich niemand freiwillig mit ihr anlegte. Selbst Mark, der sie um anderthalb Köpfe überragte, überlegte es sich zweimal, bevor er seine Vorgesetzte provozierte.

»Verstärkung kommt gleich«, raunte Birgit ihm zu. »Diese Dealer schnappen wir uns.«

»Irgendwas ist hier faul.« Sein Nacken prickelte, so als würde er beobachtet. Suchend sah er sich um: Eine grellgelb gestrichene Fassade, von der der Putz bröckelte. Ein Passant, der seinen Mastiff ohne Maulkorb ausführte. Drei Halbstarke, die rauchend vor einem Hauseingang herumlungerten und ihm provozierende Blicke zuwarfen. »Wo ist der dritte Mann?«

»Sie sind nur zu zweit.« Birgit kniff die Augen zusammen. »Das Blassgesicht dort ist eindeutig ein Kunde.«

»Die trauen sich nur noch in Dreier-Teams auf die Straße. Wir haben in letzter Zeit zu viele von ihnen erwischt.« Dennoch würden sie es nicht schaffen, den Drogenhandel auf Sankt Pauli vollständig zu zerschlagen. »Einer bleibt beim Kunden, einer holt den Stoff und einer ...«

»... hält Wache. Da ist der Mistkerl. Und er hat uns gesehen.« Birgit deutete auf einen schwarzen *Golf GTI* mit verdunkelten Scheiben, der bisher am Straßenrand geparkt hatte, nun aber davonbrauste und auf Höhe der Balduintreppe warnend hupte. Augenblicklich stoben die Wartenden auseinander.

Nein. Die Männer durften nicht entkommen.

»Stehenbleiben! Polizei!« Mark rannte los. Der Regenmantel behinderte ihn. Hätte er bloß seine Lederjacke angezogen. Hinter ihm keuchte Birgit leise, doch der Abstand zu ihr vergrößerte sich von Sekunde zu Sekunde. Welchen der Drei sollte er verfolgen?

Der Junkie würde nicht viel bringen. Der Afrikaner trug vermutlich keinen Stoff bei sich. Blieb der Muskelprotz, der sich die Reserve aus der Mülltonne geholt hatte.

Der Mann hechtete die Stufen der Balduinbrücke hinauf, aber Mark holte auf. Seine Lungen brannten bei jedem Atemzug und seine Schuhe verursachten auf dem feuchten Pflaster ein schmatzendes Geräusch. Ein Wagen brauste gefährlich nah an ihm vorbei, doch Mark hatte nur Augen für die Gestalt im grauen Hoodie.

Skrupellose Typen wie er trugen die Schuld daran, dass so viele von Marks Kindheitsfreunden auf die schiefe Bahn geraten und heute abhängig, kriminell oder tot waren. Zumindest dieser Dealer würde nach dem heutigen Tag niemanden mehr ins Verderben stürzen. Der Gedanke erfüllte ihn mit grimmiger Genugtuung.

Dem Flüchtigen rutschte die Kapuze herunter und gab den Blick auf einen tätowierten Stiernacken frei. Doch der aufgepumpte Oberkörper, der Konkurrenten und säumige Zahler beeindrucken mochte, entpuppte sich als Nachteil.

Marks sehniger Körper war leichter und wendiger. Auch er stemmte Gewichte, doch nicht, um mit seinen Muskeln zu protzen, sondern um sie gezielt einzusetzen.

So wie jetzt.

Mark nahm immer drei Stufen auf einmal. Am Ende der langen Treppe holte er den Flüchtigen endlich ein und trat ihm gezielt die Beine weg. Mit einem Ächzen knallte der Mann bäuchlings auf die Steinstufen. Blitzschnell beugte Mark sich über ihn und verdrehte ihm die Arme auf den Rücken, bevor er mit geübtem Griff die

Handschellen anlegte. Sein Knie presste er in den Rücken des Mannes. »Sie sind verhaftet.«

»Kein Grund, so brutal zu werden«, keuchte der Typ unter ihm. »Hab eh nichts gemacht.«

»Das sehen wir dann.« Marks Lunge brannte und er wischte sich den Schweiß von der Stirn.

»Brauchst du Hilfe?« Lächelnd trat Kevin neben ihn.

Unwillkürlich bogen sich seine eigenen Mundwinkel nach oben. Wo sein bester Freund auftauchte, löste sich jede Anspannung in Luft auf. »Ihr habt euch ganz schön Zeit gelassen.«

»He, immerhin haben wir seinen Kollegen kassiert.« Er nickte herab. »Auf drei.«

Beide fassten den gestürzten Mann an jeweils einer Schulter und gemeinsam hievten sie ihn auf die Knie.

»Langsam hochkommen.« Mark umklammerte den linken Arm des Verdächtigen, während Kevin den rechten packte.

»Scheiße, ich blute. Das ist Körperverletzung.« Der Mann starrte auf einen Riss in seiner Hose, der sich über das linke Knie zog. »So was dürft ihr nicht. Ich will einen Anwalt.«

»Sie können Ihren Anwalt anrufen, sobald wir auf dem Revier sind.« Kevin griff den Mann fester. »Jetzt kommen Sie schon.« Mit dem mutmaßlichen Dealer in ihrer Mitte erklommen sie die letzten Stufen.

»Wo steht ihr?«, fragte Mark. Nun, da die Aufregung vorüber war, protestierten seine Muskeln, die er vor dem Sprint nicht aufgewärmt hatte. Hoffentlich würde der Festgenommene ihm keinen Ärger machen. Am Ende verliefen solche Ermittlungen zwar im Sand, aber sie bedeuteten jede Menge Papierkram.

»Gleich um die Ecke.« Kevin nickte in Richtung einer alten Stadtvilla aus der Jahrhundertwende, auf deren

Haustür jemand *»Fuck You«* gesprayt hatte. Davor parkten zwei silberne Mercedes S-Klassen mit blauen Polizei-Klebefolien auf den Türen. Ein Kollege schob gerade den Junkie, der lautstark fluchte, auf die Rückbank. Im anderen Wagen saß bereits der zweite Dealer in Handschellen.

»Du musst zugeben, wir haben hier auch ziemlich viel Action.« Kevin lächelte, doch in seinen Augen blitzte kurz so etwas wie Verletzlichkeit auf. »Langweilst du dich wirklich so bei uns, dass du deswegen zum Sondereinsatzkommando willst?«

Mark schüttelte den Kopf. Wie sollte er seinem Freund auch die Ruhelosigkeit erklären, die ihn antrieb? Das Gefühl, nie genug zu tun, immer noch mehr geben zu müssen. Auch wenn nichts davon je die Vergangenheit ändern würde. Stattdessen bemühte er sich um einen lockeren Tonfall. »Beim SEK haben sie bloß bessere Action und die heikleren Fälle.«

»Apropos heikel.« Kevins Ton klang plötzlich angespannt. »So wie Birgit uns ansieht, überbringt sie schlechte Nachrichten.«

Tatsächlich presste ihre Chefin die Lippen fest zusammen und runzelte die Stirn, als sie ihnen mit eiligen Schritten entgegenkam. Unwillkürlich schweifte Marks Blick noch einmal zur Hose des Mannes, den er auf der Steintreppe niedergeworfen hatte. War die Verletzung doch schlimmer als zunächst angenommen?

»Gerade kam ein Anruf von der Zentrale rein. Ihr beide habt noch einen Einsatz. Wir übernehmen ab hier.« Sie winkte zwei junge Kollegen herbei, die nach den Armen des Dealers griffen und ihn in Richtung Einsatzfahrzeug bugsierten.

»Aber ich muss noch den Bericht schreiben. Wahrscheinlich kommt sogar eine Anzeige wegen Körperverletzung rein.« Er hasste es, Berichte zu schreiben, aber in diesem Fall gab er sich wohl besser Mühe.

»Das hat Zeit.« Birgit winkte ab. Sie nickte Kevin zu. »Solange Stefanie Urlaub hat, machst du ihre Vertretung. Unsere Notfallseelsorger sind anderweitig beschäftigt, deshalb müssen wir einen zweiten Polizisten hinschicken.«

So ein Fall also.

Mark schluckte. Sein Hals fühlte sich trocken an und sein Magen verkrampfte sich. »Aber nicht mich. Ich überbringe keine Todesnachrichten, das weißt du genau, Birgit.«

Sie seufzte. Beinahe klang es so, als hätte sie Mitleid, was natürlich lächerlich war. So etwas brauchte er nicht. Er hatte gerade einen Hulk zu Boden gerungen. »Es ist sonst niemand frei. Die Jungspunde da ...« Sie nickte in Richtung der Kollegen, die den Dealer auf die Rückbank verfrachteten. »... kann ich unmöglich schicken. Ich würde es selbst machen, aber ich muss mich erst mal um diesen Fall kümmern. Und wir können die Familie doch nicht warten lassen.«

Ein eisiger Schauer rann seinen Rücken hinab. »Tu mir das nicht an.«

Birgit wich seinem Blick aus.

Kevin klopfte ihm aufmunternd auf die Schulter. »Wir kriegen das schon hin. Ich hatte die Schulung und übernehme das Reden. Du brauchst nur als Reserve mitzukommen und drückst kurz dein Beileid aus. Für jemanden wie dich doch ein Klacks.«

Sein Freund hatte nicht die geringste Ahnung.

Kapitel 2

Hanna

Die Uhr an der Wohnzimmerwand tickte leise, aber unaufhaltsam. Längst waren die Zeiger über die magische Fünfzehn-Uhr-Grenze gekrochen und hatten all ihre Hoffnungen, das Blatt könne sich doch noch wenden, zunichtegemacht.

Es war zu spät.

Während Mika in seinem Zimmer schlief und sie selbst zwischen Fernsehschrank und der Couch auf und ab lief, hielt Simon im Radiologie-Seminar ihr gemeinsames Referat.

Ohne sie.

Hanna öffnete das Fenster im zweiten Stock und spähte sehnsüchtig hinab auf die belebte Marktstraße im Karolinenviertel. Die letzten Mittagsgäste saßen an langen Biertischen, und der Geruch von vietnamesischer Nudelsuppe mischte sich mit dem Duft von frisch aufgebrühtem Espresso. Ein buntes Gemisch aus Deutsch, Italienisch, Englisch und Spanisch drang zu ihr nach oben. Drei junge Asiatinnen verließen die Boutique gegenüber, die hübsche Seidenschals verkaufte, lächelnd und mit prall gefüllten Tüten.

Wie oft hatten ihre Kommilitonen sie zu einem Shoppingtrip oder ins Café eingeladen? Und wie oft hatte sie abgelehnt, weil ihr die Zeit dafür fehlte? Andere mochten über die viele Arbeit für ihr Medizinstudium stöhnen, aber diese Nörgler hatten keine Ahnung, was es bedeutete, wenn einem alles über den Kopf wuchs.

Seufzend wandte Hanna sich ab. Wenn sie schon zu Hause festsaß, sollte sie die Zeit lieber sinnvoll nutzen und etwas zu essen kochen. Offiziell hatte Pia zwar diese Woche Küchendienst, aber weil sie mitten im Abi steckte, würde es bestenfalls Tiefkühlpizza oder Hotdogs geben.

Die weiß lackierte Küchenzeile mit den Goldknäufen und der schwarzen Arbeitsplatte stammte noch aus den neunziger Jahren und hatte ihre besten Tage hinter sich. Zwei Schranktüren schlossen nicht mehr richtig, der Lack blätterte an mehreren Stellen ab und die ehemals glänzende Arbeitsplatte war im Laufe der Jahre stumpf geworden. Doch ihr Vater würde sich nie von der Küche trennen, die ihre Ma ausgesucht und innig geliebt hatte.

Zumindest der viel zu laut brummende Kühlschrank sollte endlich ausgetauscht werden. Hanna öffnete die Tür und erstarrte: Bis auf drei Joghurtbecher und eine Tüte Milch war der Kühlschrank leer.

Pa hatte nicht nur ihr Referat, sondern auch seinen Einkaufsdienst vergessen.

Verärgert presste sie die Lippen zusammen. Wegen seiner Gedankenlosigkeit fehlten ihr nun die Zutaten, um etwas zu kochen. Mika für einen Einkauf alleinzulassen, kam nicht infrage. Sie würde Emma losschicken müssen, falls diese nicht wieder in ihrer Theater-AG feststeckte. So konnte es nicht weitergehen. Sie musste Pa ernsthaft ins Gewissen reden.

Die Türklingel.

Na endlich.

Sie eilte zum Eingang und drückte den Summer, ohne ihrem Vater Gelegenheit zu geben, etwas zu sagen. Heute würde er *ihr* zuhören müssen. Sie hatte auch ein Leben und Verpflichtungen. Sie konnte nicht immer einspringen, wenn er vergaß, dass er neben seiner Arbeit auch die Verantwortung für einen Achtjährigen trug.

Im Treppenhaus roch es nach Kohl und heißem Fett. Ihr Magen knurrte, doch der leere Kühlschrank war noch ihr geringstes Problem. Sie würde in ihrem Radiologie-Seminar durchfallen. Und sie ...

Zwei Männer in blauen Uniformen traten in ihr Sichtfeld. Polizisten. Nicht viel älter als sie selbst. Einer mit flachsblondem Haar und Grübchen. Der andere dunkelhaarig und so bleich, als könne er jeden Moment in Ohnmacht fallen.

»Frau Jannsen?«, fragte der Blonde und nahm seine Mütze ab.

Sie nickte schwach. Ihre Beine fühlten sich kraftlos an und drohten, unter ihr wegzuknicken. Haltsuchend klammerte sie sich am Türgriff fest.

»Ich bin Polizeimeister Bittkamp ...« Er nickte in Richtung seines blassen Begleiters. »... Und das hier ist mein Kollege, Polizeimeister Struwe. Wir müssen dringend in einer persönlichen Angelegenheit mit Ihnen sprechen. Dürfen wir eintreten?«

»Natürlich.« Die Sätze klangen freundlich, aber einstudiert. Kälte legte sich um ihre Brust und drückte ihr die Luft ab. Die Polizei war hier, und Pa hatte sich noch immer nicht gemeldet.

Sie führte die beiden Beamten ins Wohnzimmer. Auf dem Couchtisch lagen ihre Studienbücher und Mitschriften wild verstreut. Sie hatte vorhin versucht, ein wenig zu lernen, sich aber nicht konzentrieren können, weil sie zu wütend auf ihren Vater gewesen war. *Oh Gott!*

Der dunkelhaarige Polizist schloss das Fenster, die Stimmen und Verkehrsgeräusche verstummten. Hanna setzte sich auf die dunkle Ledercouch. Bittkamp nahm in Pas Relax-Sessel Platz. Sein Kollege zögerte merklich, bevor er sich – nach einem ermahnenden Blick des blonden Polizisten – ans andere Ende der Couch setzte.

»Sie sind eine Tochter von Herrn Joachim Jannsen, nicht wahr?« Polizeimeister Bittkamp musterte sie ernst.

»Ja, ich bin Hanna Jannsen.« Sie räusperte sich. Ihr Herz klopfte wild und gleichzeitig breitete sich Gänsehaut auf ihren Armen aus.

Bitte nicht!

Ihr Gegenüber schluckte schwer. »Wir müssen Ihnen eine traurige Mitteilung machen. Ihr Vater hatte auf dem Heimweg einen Herzinfarkt. Er ist noch am U-Bahnhof Messehallen verstorben.«

Taubheit ergriff von ihr Besitz, während sie den Eindruck hatte, sich selbst dabei zuzusehen, wie sie auf der Couch saß und den fremden Polizisten anstarrte.

»Wann?«, fragte sie matt.

Bittkamp blätterte in seinem Bericht. »Um dreizehn Uhr achtundvierzig.«

Er wäre also pünktlich gewesen. Er hatte ihr Referat nicht vergessen. Warum kümmerte es sie überhaupt? Tausend Dinge waren jetzt wichtiger. Dennoch machte das Wissen Pas Tod noch viel schrecklicher.

Das leere Gefühl in ihrer Brust wich schneidendem Schmerz. Wie hatte sie nur wütend auf Pa sein können, während er sich vermutlich auf einem Bahnsteig zusammenkrümmte und mit dem Tode rang?

»Es war qualvoll, oder?« Ihre Stimme brach. Sie wusste genug über Herzinfarkte, um zu ahnen, dass sein Sterben ihm große Schmerzen bereitet hatte. Keiner von ihnen war bei ihm gewesen, hatte seine Hand gehalten und ihm während der letzten Augenblicke beigestanden.

Ein Taschentuch tauchte in ihrem Blickfeld auf und sie griff dankbar danach. Kurz streiften ihre Finger jene des zweiten Polizisten.

»Danke.« Sie schnäuzte sich. Das hier musste ein Albtraum sein. Es konnte nicht wirklich passieren.

Der bleiche Polizist, dessen Name ihr entfallen war, rückte ein Stück näher und musterte sie eindringlich. »Sie studieren Medizin, nicht wahr?« Er deutete auf das Chaos auf der Tischplatte.

»Im fünften Semester.« Warum erzählte sie ihm das überhaupt? Es interessierte ihn bestimmt nicht. »Ich sollte heute ein Referat halten. Aber ich konnte hier nicht weg, weil mein kleiner Bruder krank ist und ich auf meinen Vater warten musste. Ich war so wütend auf ihn, weil er nicht gekommen ist und ich mein Referat verpasst habe, dabei ...« Schluchzend brach sie ab.

Was war sie nur für eine Tochter? Die letzten Gefühle, die sie Pa auf Erden entgegengebracht hatte, waren Wut und Enttäuschung gewesen. Dabei hatte er es nach Mas frühem Tod schwer genug gehabt, vier mutterlose Kinder aufzuziehen. Nie hatte sie ihn klagen hören. Wann hatte sie ihm das letzte Mal gesagt, dass sie ihn liebte?

»Ich bin sicher, Ihr Vater hat gewusst, was er Ihnen bedeutet.« Die Stimme des Polizisten klang sanfter als erwartet.

»Vielleicht hätte ich es verhindern können.« Allein der Gedanke schnürte ihr die Brust ab. Pas Keuchen beim Treppensteigen, die häufigen Rückenschmerzen: Die Symptome für eine koronare Herzerkrankung waren vorhanden gewesen. Sie hatte ihn mehrfach gebeten, sich untersuchen zu lassen, aber er mochte keine Ärzte und hatte seine Beschwerden heruntergespielt. Sie hätte stärker auf einen Arztbesuch drängen müssen, gerade sie als Medizinstudentin.

»Sehen Sie mich an.« Trotz der Wärme in seiner Stimme hörten sich die Worte wie ein Befehl an. Widerwillig blickte sie direkt in seine Augen. Sie waren blaugrau so wie der Hamburger Himmel an einem verregneten Tag. »Sie trifft keine Schuld am Tod Ihres Vaters. Haben Sie mich verstanden?«

»Aber ...«

»Kein Aber. Sie dürfen sich das nicht einreden.« Der scharfe Ton ließ sie zusammenzucken. Dieser Mann kannte weder sie noch Pa. Warum kümmerte es ihn überhaupt, was sie dachte?

»Was mein Kollege eigentlich meint, ist ...«, mischte sich nun der Blonde ein: »... dass Ihrem Vater sofort geholfen wurde. Mitreisende haben den Notruf gewählt und Erste Hilfe geleistet. Es wurde alles Menschenmögliche für ihn getan. Wären Sie selbst vor Ort gewesen, hätten Sie nichts am Ausgang ändern können.«

Gott sei Dank! Das zu hören, nahm etwas von dem Druck auf ihrer Brust. Sie hätte ihren Vater nicht retten können. Zumindest heute nicht mehr. Dass sie seine Vorerkrankung nicht ernst genug genommen hatte, ließ sich hingegen kaum entschuldigen. Wozu studierte sie überhaupt Medizin, wenn sie nicht einmal ihre eigene Familie beschützen konnte?

Und wie würden Mika, Emma und Pia die Nachricht von Pas Tod aufnehmen? Nie würde sie vergessen, wie Emma weinend über dem Küchentisch zusammengebrochen war, nachdem ihr Vater ihnen erzählt hatte, dass Ma gestorben war. Pia hatte sich stundenlang eingeschlossen und Heavy Metal gehört, während Mika noch gar nicht begriff, was geschehen war. Dieses Mal würde Pa ihnen nicht zur Seite stehen. Sie waren auf sich gestellt.

»Oh Gott, ich muss es meinen Geschwistern sagen.« Die Panik ließ sie hyperventilieren. »Das schaffe ich nicht. Ich kann das nicht.«

»Wir helfen Ihnen«, erklärte Bittkamp ernst. »Sie brauchen dieses Gespräch nicht allein zu führen.«

Allein.

Dieses Wort bekam plötzlich eine völlig neue Bedeutung. Sie starrte auf den beigen Relax-Sessel, in dem Pa jeden Abend die *Tagesschau* gesehen hatte. Gestern zum letzten Mal. Noch duftete das Zimmer schwach nach seinem Rasierwasser, doch die Aftershaves der Polizisten verdrängten den vertrauten Geruch bereits. Am liebsten hätte sie die beiden gebeten zu gehen.

»Haben Sie Fragen?« Wieder der blonde Polizist. Vermutlich war er im Privatleben ein netter Kerl, aber gerade ertrug sie sein professionelles Gebaren kaum. Er gab sich Mühe, aber sie spürte, dass er ihren Schmerz nicht nachempfinden konnte – im Gegensatz zu seinem Begleiter. Der dunkelhaarige Polizist sah sie so wissend an, als könne er jeden Gedanken hinter ihrer Stirn erahnen.

Sie wollte sich in ihrem Bett zusammenrollen und die Augen schließen, bis der Schmerz nachließ. Ein Teil von ihr lechzte sogar danach, Tante Yvonne anzurufen und die Verantwortung abzugeben. Aber das war keine Option. Als Älteste musste sie sich um alles kümmern, selbst wenn es ihr das Herz brach. Sie räusperte sich. »Wo befindet sich mein Vater jetzt?« Ein unsichtbares Gewicht presste die Luft aus ihren Lungen und – ganz gleich, wie hastig sie atmete – der Sauerstoff genügte nicht mehr.

»In der Pathologie der *Asklepios Klinik Nord*. Der Totenschein ist schon ausgestellt. Sie können ihn jederzeit vom Bestatter abholen lassen.« Bittkamp beugte sich vor und reichte ihr ein Infoblatt mit verschiedenen Adressen und Websites. »Hier haben wir ein paar Dinge für Sie zusammengestellt, die nützlich sein könnten.«

»Danke.« Das Papier entglitt ihren Fingern und landete auf dem Couchtisch. Sie konnte das Schreiben jetzt nicht ansehen. Ihr Magen rebellierte, obwohl sie seit dem Frühstück nichts mehr gegessen hatte, und ihr wurde schummrig. Bestatter. Totenschein. Beerdigung. Traueranzeige. Die Worte wirbelten in ihrem Kopf herum, bis sie keinen Sinn mehr ergaben. Dann wurde alles schwarz.

Die ockerfarbenen Steinfliesen auf dem Fußboden strahlten Kälte ab. Hanna fror in ihren ersten Pumps und dem schwarzen Samtkleid, das Ma noch für sie ausgesucht hatte. Zum ersten Mal hatte sie es zu Omas Beerdigung getragen. Mittlerweile reichte es nur noch knapp über ihre Knie.

In der Kapelle duftete es nach Rosen. Hunderte weiße und blassrosa Blüten schmückten den Eichensarg, der vor dem Altar mit dem Holzkreuz stand. Weitere Rosen waren zu dicken Kränzen gebunden, an denen Schleifen mit Trauersprüchen hingen: »Du wirst uns fehlen«, »In stiller Trauer«, »In ewiger Liebe«. Die Sprüche erschienen ihr unzulänglich, wurden nicht einmal ansatzweise dem Loch in ihrer Brust gerecht, das sie zu verschlingen drohte.

»Ist Ma wirklich da drin?« Die neunjährige Emma, die darauf bestanden hatte, ihr rosa Prinzessinnenkleid anzuziehen, deutete auf den Sarg.

»Ja.« Hanna drückte ihre Hand. Mit vierzehn war sie die Große und musste auf ihre Geschwister achtgeben. Das hatte sie Ma versprochen. Damals im Krankenhaus, als ihr schon fast alle Haare ausgefallen waren.

»Ich will nach Hause.« Die elfjährige Pia wischte sich mit dem Ärmel ihres Pullovers die Tränen aus dem Gesicht.

Das Geräusch schwerer Schritte. Ihr Vater, der Mika auf dem Arm trug. Pas vertrauter Duft tröstete sie, doch sein Gesicht wirkte wie das eines Fremden. Erstarrt.

Mika zappelte und ihm fiel der Schnuller aus dem Mund. Obwohl Mika weinte, schien Pa es nicht zu bemerken, denn sein Blick wich nicht einen Augenblick von dem rosengeschmückten Sarg.

Hinter ihnen füllten sich die Sitzreihen. Stimmengemurmel. Leises Schluchzen. Pa rührte sich noch immer nicht. Mikas wütende Schreie hallten von den Wänden der Kapelle wieder.

Plötzlich stand Tante Yvonne zwischen ihnen, hob den Schnuller auf und wischte ihn mit einem Taschentuch sauber, bevor sie ihn Mika behutsam zurück in den Mund schob. Das Weinen verstummte.

Hanna wollte sich bei ihrer Tante bedanken, doch der missbilligende Ausdruck, mit dem diese Pa musterte, ließ sie zurückzucken.

»Vielleicht solltest du ihn besser mir geben. Er braucht jetzt Trost.« Yvonnes Tonfall klang anklagend.

Pa schien es nicht zu kümmern. Mit regungslosem Gesicht pflückte er Mika von seiner Schulter. Doch Hanna ging dazwischen.

»Gib ihn mir.« Niemals würde sie Mika einer Person überlassen, die ihren Vater so ansah wie Tante Yvonne. Außerdem hatte Ma sie gebeten, auf ihre Geschwister aufzupassen, nicht Yvonne. Und genau das würde sie tun. Ihr Herz klopfte aufgeregt, während sie die Hände ausstreckte und wartete.

Eine ganze Weile passierte nichts. Dann wandte Pa sich zu ihr um und sah sie an. Wirklich an. Zum ersten Mal, seitdem sie Ma in die Holzkiste gelegt hatten. Er lächelte nicht. Kein Muskel zuckte in seinem Gesicht und dennoch schien sich etwas Grundlegendes geändert zu haben, als er sich zu ihr hinab beugte und ihr Mika vorsichtig in den Arm legte.

Sein warmes Gewicht war fast zu schwer für sie, aber um nichts in der Welt hätte sie Mika missen mögen. Seine kleinen dicken Arme um ihren Hals, seine Beine um ihre Taille und das Schlagen seines Herzens an ihrer Brust. Sein süßer Duft in ihrer Nase linderte den Schmerz.

Niemand konnte ihnen ihre Ma zurückgeben, aber sie waren immer noch eine Familie.

~ ~ ~

Mark

Mark sprang auf und hielt den Oberkörper der jungen Frau fest, bevor sie bewusstlos von der Couch rutschen konnte. »Frau Jannsen, hören Sie mich? Frau Jannsen!«

Keine Reaktion.

»Soll ich den Notarzt rufen?«, fragte Kevin.

»Warte kurz.« Mark bettete den Kopf der Bewusstlosen auf einem Kissen und prüfte ihren Puls am Handgelenk. Das leichte Pulsieren unter seinen Fingern und der sanfte Lufthauch, der ihren halb geöffneten Lippen entströmte, ließen ihn erleichtert aufatmen. »Atmung normal, Puls sehr niedrig. Wenn sie in dreißig Sekunden nicht zu sich kommt, holen wir Hilfe.«

»Frau Jannsen.« Er rüttelte sie an den Schultern. Dieses Mal reagierte sie mit einem Zucken der Augenlider. Ermutigt packte er noch etwas fester zu. »Wachen Sie auf.«

Tatsächlich schlug sie die Augen auf und sah ihn verwundert an. Was für ein herrliches Schokoladenbraun! Ein Hauch von Maiglöckchenduft umwehte ihr blasses Gesicht.

»Was ist passiert?« Ihr Blick streifte seine Hände, die immer noch ihre Schultern umklammerten. Hastig ließ er sie los.

»Sie sind in Ohmacht gefallen. Vermutlich der Schock.« Kevin, dessen Anwesenheit er kurzzeitig vergessen hatte, trat einen Schritt näher. »Brauchen Sie einen Arzt?«

»Nein, danke.« Sie setzte sich auf und presste die Lippen zusammen. »Es ist meine eigene Schuld. Ich habe seit dem Frühstück nichts mehr gegessen und bin total unterzuckert.«

Zumindest hierbei konnte er helfen. Er kramte einen Snickers aus seiner Tasche, der sich von der langen Zeit an seinem Körper ziemlich geschmolzen anfühlte. »Hier, bitte.«

»Danke.« Ihre Fingerspitzen streiften seine, als sie den Schokoriegel entgegennahm. Leise knisterte die Folie. Wie befürchtet, sah der Inhalt nicht mehr besonders appetitlich aus. Frau Jannsen ließ sich allerdings nichts anmerken und biss beherzt hinein. Halb geschmolzene Schokolade klebte an ihrer Lippe und sie fuhr sich mit der Zunge darüber.

Mark wandte den Blick ab, um nicht zu starren. Diese Frau hatte gerade ihren Vater verloren und es war schändlich, dass er auch nur den Wunsch verspürte, ihre Lippen zu betrachten.

Kevin räusperte sich. »Wann denken Sie, dass Ihre Schwestern nach Hause kommen?«

»In etwa einer halben Stunde.« Ihre Stimme klang zittrig. »Das wird ein Schock für sie sein. Wir sind jetzt Waisen, und Mika hat gerade erst seinen achten Geburtstag gefeiert. Was sollen wir nur tun?« Sie schluchzte leise.

Mark rang den Impuls nieder, tröstend seinen Arm um ihre Schulter zu legen.

»Ich werde so lange bei Ihnen bleiben«, erklärte Kevin. »Mein Kollege muss sich jetzt leider verabschieden.«

Was? Wie sollte er die junge Frau in dieser Situation alleinlassen? Zumal Kevin offensichtlich keinen Zugang zu ihr fand.

Mark sprang so hastig von der Couch auf, dass er sich das Schienbein am Tisch stieß. Einen Fluch unterdrückend, rieb er über die schmerzende Stelle. »Bitte entschuldigen Sie uns kurz. Mein Kollege und ich haben etwas zu besprechen.«

Ohne eine Erwiderung abzuwarten, marschierte er voraus in den Flur. Dort herrschte ein unübersichtliches Chaos aus Jacken, die kaum an die Garderobenhaken passten, und Schuhen, die den größten Teil des Bodens bedeckten. Mark stieg über ein Paar pinkfarbene Sandalen mit Glitzersteinen und wartete vor der Wohnungstür auf Kevin. Dieser folgte ihm mit einem Stirnrunzeln. »Was sollte das eben?«

»Ich möchte, dass du gehst und ich bleibe.«

»Wieso? Das ergibt keinen Sinn.« Sein Freund musterte ihn argwöhnisch. »Du wolltest nicht einmal herkommen, außerdem musst du noch deinen Bericht schreiben. Und ich bin es, der die Vertretung macht.«

Unbehaglich zuckte er mit den Schultern. Wie sollte er erklären, was er selbst kaum verstand? Dennoch spürte er tief in seinem Inneren, dass es wichtig war. »Du findest keinen Draht zu ihr. Wie willst *du* ihr helfen, es den Geschwistern schonend beizubringen?«

»Ich bin nicht scharf darauf«, räumte Kevin ein. »Aber ich halte es für verkehrt, dich hierzulassen.«

»Warum?«

»Weil dir die professionelle Distanz fehlt. Du steigerst dich ja öfter in Fälle rein, aber so wie du die arme Frau vorhin angegangen bist, das ging eindeutig zu weit.«

Kevin hatte es also bemerkt. Heiße Scham brannte auf seinen Wangen. »Ich wollte nur verhindern, dass sie einen Schuldkomplex entwickelt. Suizidgefahr und so. Es wird nicht wieder vorkommen.«

»Besser nicht.« Sein Freund seufzte. »Also meinetwegen. Ich weiß zwar noch nicht, wie ich das unserer Chefin verkaufen soll, aber mir wird schon was einfallen.«

»Danke, Mann.« Mark klopfte ihm auf die Schulter. »Hast was gut bei mir.«

Als er ins Wohnzimmer zurückkehrte, räumte Frau Jannsen gerade ihre Unterlagen zusammen. »Das müssen Sie nicht tun. Nicht unseretwegen.«

»Irgendetwas muss ich aber tun.« Ihre Stimme klang resigniert. »Das Warten macht mich verrückt.«

»Frau Jannsen, ich verabschiede mich.« Kevin reichte der jungen Frau die Hand. Sie musterte ihn überrascht. »Es bleibt nun doch mein Kollege, Herr Struwe, bei Ihnen.«

Kurz huschte ein Ausdruck über ihr Gesicht, den Mark für Erleichterung hielt, und löste ein Flattern in seinem Magen aus. »Danke.«

Kevins Schritte verhallten im Flur und die Wohnungstür fiel mit einem leisen Klicken ins Schloss. Mark, der unbewusst die Luft angehalten hatte, atmete tief aus. Zum ersten Mal spürte er beinahe so etwas wie Erleichterung darüber, dass sein bester Freund gegangen war.

Frau Jannsen schien ähnlich zu empfinden, denn ihre Schultern sackten nach vorn, so als hätte sie sich bisher für Kevin zusammengerissen. »Ich kann das nicht.« Ihre Stimme klang erstickt und in ihren Augen schwammen frische Tränen. »Sie haben schon ihre Mutter verloren. Wie soll ich ihnen sagen, dass sie nun auch noch den Vater …?« Schluchzend brach sie ab.

»Sie doch genauso.« Tiefes Mitleid erfasste ihn. In seinem Job begegnete er häufig Menschen, deren Leben in Scherben lag. Manchmal verdient, manchmal unverschuldet. Aber er konnte sich nicht erinnern, dass ihn jemals ein Schicksal so sehr berührt hatte wie das von Hanna Jannsen und ihren drei Geschwistern.

Zögernd trat er näher. Wieder roch er den Maiglöckchenduft, der sie umgab. Er sollte professionelle Distanz wahren. Aber wenn er ihr nur die Hand reichte, damit sie sich daran festhalten konnte, ginge das in Ordnung. Mehr würde er ohnehin nicht tun.

Sanft strich er mit seinen Fingerspitzen über ihren Handrücken. Die Berührung ihrer warmen Haut sandte ein Kribbeln durch seinen Körper. Schlanke Finger schlossen sich um seine Hand und drückten überraschend fest zu. Im nächsten Augenblick – er konnte nicht einmal sagen, wie es dazu gekommen war – fand er sich in einer verzweifelten Umarmung wieder. Ihre nassgeweinte Wange presste sich in seine Halsbeuge, während ihre Finger sich schmerzhaft in seine Oberarme gruben. Das Schluchzen direkt an seinem Ohr klang herzzerreißend.

Er erstarrte. So benahm sich kein guter Polizist. Aber sollte er die arme Frau wirklich von sich stoßen, nur um die Dienstvorschriften einzuhalten? Zudem fühlte sich ihre Umarmung sehr viel besser an, als sie es unter diesen Umständen sollte.

»Ich kenne das, was Sie jetzt durchmachen«, hörte er sich sagen.

Mitten im Schluchzen hielt sie inne und trat einen Schritt zurück, um ihn aus rotgeweinten Augen zu mustern. Sein Atem beschleunigte sich und Panik machte sich in seiner Brust breit. Warum nur hatte er das gesagt? Er sprach nie freiwillig über seine Familie, meist nicht einmal unter Zwang und ganz gewiss nicht mit einer Fremden.

»Sie haben auch Ihre Eltern verloren?« Ihre Stimme klang beinahe hoffnungsvoll, so als wäre es etwas Gutes, wenn er bejahte. Vermutlich wäre es das für sie, denn dann hätten sie etwas gemeinsam. Zumindest würde sie sich das einbilden. Denn in Wahrheit war sein eigenes Schicksal meilenweit von ihrem entfernt.

»Ja, habe ich.« Die Antwort fühlte sich nicht einmal wie eine Lüge an, schließlich war sein Erzeuger schon vor Jahren für ihn gestorben.

»Und wie …« Sie schluckte. »… wie kommen Sie damit klar?«

Indem er die meiste Zeit versuchte zu vergessen, dass seine Familie je existiert hatte. »Es wird leichter mit der Zeit.« Eine hohle Floskel, mit der er sie abspeiste, aber er entlockte ihr damit ein halbes Lächeln. »Und dann habe ich eine neue Familie gefunden: bei der Polizei.«

Ihr Blick bekam etwas Entschlossenes. »Ich habe noch eine Familie. Meine Schwestern. Mein Bruder.«

»Natürlich.« Sie schien sich nicht bewusst zu sein, dass ihre minderjährigen Geschwister nicht einfach so bei ihr bleiben konnten. Und jetzt war vermutlich der denkbar schlechteste Zeitpunkt, um sie darüber aufzuklären.

Ein leises Tapsen aus Richtung Flur. Ihr Kopf flog herum und ihre Augen weiteten sich. Ein etwa achtjähriger Junge im Pyjama trat ein. Das musste Mika sein. Sein Haar hatte das gleiche Braun wie das seiner Schwester und stand ihm wild vom Kopf ab.

»Ich habe Hunger«, erklärte Mika, dann stutzte er, als er Mark entdeckte. »Warum ist er hier?«, raunte er seiner Schwester zu. »Bekommen wir jetzt Ärger?«

»Nein, das ist nicht der Grund.« Mark schluckte schwer. Gab es überhaupt einen Weg, eine Botschaft wie diese schonend zu überbringen?

Hanna Jannsen nahm ihm das Problem ab. Sie setzte sich auf die Sofalehne, sodass sie sich mit ihrem Bruder auf Augenhöhe befand, und ergriff seine Hände. »Er ist gekommen, um uns etwas zu sagen. Etwas sehr Trauriges.« Ihre Augen schimmerten feucht, doch sie hielt die Tränen zurück.

Ängstlich wandte Mika sich zu ihm um. Seine Augen wirkten riesig. In wenigen Jahren würde er sich in einen schlaksigen Teenager verwandeln, doch noch war er ein Kind. Ein Kind ohne Eltern, das, wenn es Pech hatte, in einem Heim oder bei einer Pflegefamilie landen würde.

»Es geht um deinen Vater.« Seine Stimme klang belegt und er räusperte sich. »Er hatte einen Herzinfarkt und ist daran gestorben.«

Mika starrte ihn mit weit aufgerissenen Augen an, zeigte sonst aber keine Reaktion. Hatte der Junge ihn überhaupt verstanden?

Seine Schwester schlang beide Arme um Mika und presste ihn fest an sich. »Es tut mir so leid.«

Er sollte dieses bedauernswerte Kind nicht beneiden. Dennoch versetzte es ihm einen Stich, wenn er daran dachte, dass ihn damals niemand so gehalten und getröstet hatte. Ach Unsinn! Er war deutlich älter gewesen und hatte es nicht mehr gebraucht.

Verlegen wandte er sich ab, um den beiden ein wenig Privatsphäre zu gönnen. Außer der Sitzecke und dem Fernsehschrank befanden sich ein älterer Esstisch, sechs Stühle und eine entnervend tickende Wanduhr im Raum. Der Parkettboden wies zahlreiche Kratzer auf und müsste dringend abgeschliffen werden. Auch die Topfpflanzen auf der Fensterbank wirkten vernachlässigt und es juckte ihm in den Fingern, die Gießkanne zu füllen, um die armen Pflänzchen aus ihrem Elend zu erlösen.

»Wie kann Papa einfach tot sein? Heute Morgen ging es ihm doch noch gut. Er wollte mit mir Minecraft spielen, wenn er wieder nach Hause kommt.« Mikas Stimme klang kläglich.

»Oh, Schatz.« Hanna Jannsen unterdrückte ein Schluchzen. »Ich kann es auch kaum fassen, aber Pa war schon länger krank. Wir haben nur nicht gemerkt, dass ihm etwas fehlte. Er hat es wohl selbst nicht gewusst. Und dann ging alles ganz schnell.« Frische Tränen traten ihr in die Augen.

»Warum hat ihm kein Arzt geholfen? Dafür sind Ärzte doch da.«

Seine Schwester streichelte ihm übers Haar. »Medizin hat ihre Grenzen. Du wirst dich nicht mehr daran erinnern, aber als bei Ma der Krebs gestreut hatte, gab es einen Punkt, an dem der Onkologe ihr gesagt hat, dass er nichts mehr für sie tun kann. Ich war damals furchtbar wütend, weil ich glaubte, die Ärzte hätten sie einfach aufgegeben. Deshalb habe ich beschlossen, selbst Ärztin zu werden und nie jemanden im Stich zu lassen.«

»Du hättest Pa gerettet, nicht wahr?« In Mikas Augen schwammen Tränen und er wirkte jünger und verletzlicher.

Kurz tauchte vor Marks Auge das Bild eines anderen Jungen auf – die Augen verweint und dunkel vor Zorn, während das Blut aus seiner geplatzten Lippe troff. Mark blinzelte und die Vision verschwand.

Hanna schüttelte den Kopf. »Das hätte auch ich nicht geschafft. Aber ich hätte bis zum letzten Atemzug um ihn gekämpft – gleichgültig, ob ich eine Chance gehabt hätte. Das ist es, was mittlerweile für mich einen guten Arzt ausmacht: niemals aufzugeben.«

Ihre Stimme klang überraschend fest. Mark konnte nicht anders, als sie für ihre Ideale zu bewundern. Was für eine tolle Frau.

»Kann ich auch einen Herzinfarkt kriegen?« Mikas Stimme klang ängstlich. »Oder du?«

»Nein, das wird nicht passieren. Unsere Herzen sind gesund.« Sanft wischte sie ihm die Tränen aus den Augen. »Du brauchst dich nicht zu fürchten.«

»Aber du kannst trotzdem sterben.« Mika klammerte sich an den Arm seiner Schwester.

»Ich werde sehr gut auf mich aufpassen. Schließlich will ich dich auf keinen Fall alleinlassen.« Der Ausdruck, der über ihr Gesicht huschte, war pure Verletzlichkeit. Auch wenn sie sich tapfer gab, hatte Mark gerade viel über ihre größte Angst erfahren. Dass sie sich mehr um Mika als um sich selbst sorgte, flößte ihm Respekt ein.

»Versprich es«, bat Mika.

Ernst sah sie ihn an. »Ich verspreche es.« Ihr Tonfall klang feierlich, auch wenn ihr schon wieder Tränen über die Wangen liefen. Sie räusperte sich. »Was hältst du davon, wenn ich uns einen Kakao koche?«

»Ich möchte nichts mehr.« Mika wischte sich mit dem Pyjama-Ärmel übers Gesicht.

»Ein Kakao würde uns guttun.« Hanna schniefte. »Ma hat immer gesagt, das ist wie Medizin für die Seele.« Sie fasste ihren Bruder bei der Schulter und schob ihn sanft aus dem Raum.

Und nun? Sollte er den beiden in die Küche folgen oder hier auf sie warten? Unschlüssig marschierte er auf dem Gang zwischen Couchtisch und Fernseher auf und ab.

Bevor er sich endgültig entschieden hatte, hörte er Geräusche an der Tür. Die Stimmen von zwei jungen Frauen. Schritte. Und schon standen die beiden im Wohnzimmer.

Eine von ihnen sah aus wie ein Model: Rotblondes Haar, das ihr locker über die Schultern fiel, grasgrüne Katzenaugen und lange, schlanke Beine, die in hautengen knallgrünen Hosen steckten. Aber es war die Punkerin in dunklen Baggy-Jeans und einem Shirt der Band *Captain Planet*, die seine Aufmerksamkeit erregte. Ihr rosa gefärbter Pferdeschwanz und das Rosen-Tattoo auf ihrem Unterarm kamen ihm seltsam bekannt vor.

Sie schien sich ebenfalls an ihn zu erinnern, denn kurz blitzte so etwas wie Erkennen in ihren eisblauen Augen auf, bevor sich ihre Miene verfinsterte.

»Was ist passiert?«, fragte das Model.

»Sind Sie Schwestern von Frau Jannsen?« Sie mussten es sein, denn sie besaßen einen Schlüssel, aber er wollte die Formalien einhalten. Schon allein, um Zeit zu gewinnen.

»Ich bin Emma Jannsen«, sagte das Model. Sie nickte in Richtung der Punkerin. »Und das ist meine Schwester Pia. Sagen Sie uns jetzt, warum Sie hier sind?«

Er räusperte sich. »Ich bin Polizeimeister Struwe und ich bin hier, um Ihnen eine traurige Nachricht zu überbringen.«

Ängstlich sahen sie ihn an. Er widerstand dem Impuls, ihren Blicken auszuweichen, und atmete tief durch. Das hier war bloß sein Job. Schon bald konnte er diese Wohnung verlassen und vergessen, was er gehört und gesehen hatte.

Besonders diesen Moment.

Da tauchte Hanna im Türrahmen auf. Sie trug eine Kochschürze und frische Tränen flossen ihre Wangen herab. »Pa ist gestorben.«

»Oh Gott!« Emma schlug sich die Hände vors Gesicht und krümmte sich schluchzend zusammen. Ihre Schwester musterte Mark so vorwurfsvoll, als sei das alles seine persönliche Schuld.

Er wollte nur noch weg.

Mit einem leisen Aufschrei schloss Hanna beide Schwestern gleichzeitig in die Arme. Zu dritt bildeten sie ein unentwirrbares Knäuel aus Armen, Beinen und lauten Schluchzern.

Mark spürte einen Kloß im Hals. Hatten Tom und er sich nach dem Tod ihrer Mutter je in den Arm genommen? Falls ja, erinnerte er sich nicht daran. Was er hingegen mit Sicherheit wusste, war, dass sie sich nie so verbunden gefühlt hatten wie diese drei Schwestern. Er selbst kam sich in ihrer Gegenwart wie ein Störenfried vor. Vermutlich sollte er seine Visitenkarte auf den Couchtisch legen, beiläufig einen Abschiedsgruß murmeln und verschwinden. Die drei brauchten ihn nicht mehr.

Doch etwas in ihm sträubte sich dagegen.

Schließlich löste Hanna Jannsen sich aus der Gruppenumarmung und musterte ihn aus rotgeweinten Augen. Ihr Blick hatte nichts Flirtendes an sich, dennoch beschleunigte sich sein Herzschlag.

»Was ist denn überhaupt geschehen?« Emmas Stimme klang brüchig.

»Pa hatte auf dem Heimweg einen Herzinfarkt«, sagte Hanna.

Pias Augen verengten sich. »Diese verdammte Bank. Ich wusste, dass ihn der Stress dort eines Tages umbringt. Der Mensch zählt dort nichts, es geht diesen Leuten nur ums Geld.«

»Bitte nicht heute«, bat Hanna. »Mika wartet in der Küche.«

Der Name ihres Bruders ließ Pias Züge weicher werden. »Wie geht es ihm?«

»Schlecht.« Hanna wischte sich über die Augen. »Ich war gerade dabei, ihm Kakao zu kochen.«

Pia schnaubte. »Als würde das helfen.«

»Vielleicht tut es das ja.« Emma putzte sich die Nase. »Wir sollten ihn nicht so lange alleinlassen.«

Hanna wandte sich direkt an Mark. »Ich glaube, wir alle brauchen eine Stärkung. Trinken Sie einen Kakao mit uns?«

»Einen Kakao?« Er musste sich wohl verhört haben.

Doch sie nickte unter Tränen. »Mika hat noch nichts im Bauch. Vielleicht tröstet es ihn ein wenig.«

Die Küche war zu klein für einen Esstisch und als sie sich alle zu Mika hineingezwängt hatten, hätte man in dem

Gedränge vermutlich nur unter Schwierigkeiten eine der abgestoßenen Schranktüren öffnen können. Der Raum duftete nach dem Basilikum auf der Fensterbank und nach dem Kakao, der in einem Topf auf dem Herd vor sich hin dampfte.

Hanna blinzelte ihre Tränen weg, öffnete den Oberschrank und holte fünf nicht zueinander passende Becher aus dem Regal. Um ihr Platz zu machen, rückte Mark ein Stück beiseite und stieß dabei fast mit der Punkerin zusammen, die ihn aus schmalen Augen musterte. Woher kannte er sie bloß?

Während er noch grübelte, schaltete Emma die Kochplatte ab und hob den dampfenden Topf vom Herd. Hanna reichte ihr die Becher.

»Nicht für mich. Ich muss noch mal los. Wartet nicht auf mich.« Hastig zwängte sich Pia zwischen ihnen hindurch in Richtung Tür und stieß dabei gegen Emma. Der Kakao schwappte auf die Arbeitsplatte.

»Pass doch auf«, brummte Emma.

»Pia, warte!« Hanna wollte ihr folgen, doch ihre Schwester hielt sie zurück.

»Lass sie. Das hat jetzt keinen Sinn.«

Kurz darauf knallte die Wohnungstür.

»Sollte ihr nicht doch jemand nachgehen?«, fragte Mark. Wer wusste schon, in welcher Verfassung sich Pia tatsächlich befand? Wenigstens einmal musste sie sich bereits in Schwierigkeiten gebracht haben, andernfalls würde er sich nicht an die junge Punkerin erinnern.

Doch zu seiner Überraschung schüttelte Hanna den Kopf. »Emma hat recht. Pia macht am liebsten alles mit sich selbst aus. Sie kommt zurück, wenn sie soweit ist ... Hoffe ich zumindest.« Den letzten Satz hauchte sie beinahe. Vermutlich war er nicht für fremde Ohren bestimmt.

Hanna reichte ihm einen Becher mit Blümchenaufdruck, dessen Inhalt das köstliche Aroma frisch gekochten Kakaos verströmte. »Hier bitte, Herr Struwe. Den hat unsere Ma immer gekocht, wenn es einem von uns schlecht ging.« Bei der Erwähnung ihrer Mutter zitterte ihre Stimme. »Leider gelingt er mir nicht ganz so gut wie ihr. Aber ich glaube, er hilft trotzdem.«

»Danke. Und ich heiße Mark.« Die Hitze drang durch das Porzellan und wärmte seine Hände. Andächtig betrachtete er die flüssige Schokolade, die so verheißungsvoll duftete und die er in Gedanken mit einem perfekten Zuhause verband. Einem Ort, an dem die Mutter für ihre Familie kochte und bei den Hausaufgaben half, während der Vater nach der Arbeit mit seinen Kindern Fußball spielte. Einem Ort, an dem Eltern sich über den Esstisch liebevolle Blicke zuwarfen, anstatt einander anzubrüllen. Einem Ort, den er nie kennengelernt hatte.

Vorsichtig nahm er den ersten Schluck. Die Hitze hinterließ ein scharfes Brennen auf seiner Zunge, doch die Süße, gepaart mit einer Spur Bitterkeit, entschädigte ihn mehr als genug für den Schmerz.

»Schmeckt er?«, fragte Hanna und musterte ihn dabei besorgt aus ihren braunen Augen, die genau denselben Farbton hatten wie der Kakao.

Sein Herz setzte einen Schlag lang aus. Er nickte. Dann log er: »Genau wie zu Hause.«

Kapitel 3

Hanna

Neben sich spürte sie ein warmes Gewicht, das sich weich an ihren Rücken schmiegte. Ein leises Schnarchen erklang und Mikas vertrauter Geruch stieg ihr in die Nase. Es war Monate her, dass er das letzte Mal nach einem Albtraum mitten in der Nacht in ihr Bett gekrochen war. Benommen blinzelte sie ins Halbdunkel. Plötzlich kehrten die Erinnerungen mit voller Wucht zurück.

Mikas Fieber. Ihr Streit mit Simon. Der Besuch der Polizisten. Und Pa. Oh, mein Gott, Pa!

Leise schluchzte sie auf und Mika bewegte sich im Schlaf. Wie hatte sie auch nur einen Augenblick vergessen können, dass gestern ihre ganze Welt zusammengebrochen war? Dass Mika, Emma, Pia und sie nun keine Eltern mehr hatten, sondern nur noch einander.

Pia.

Ihr Blick huschte zur gegenüberliegenden Wand. Das mit Che-Guevara-Wäsche bezogene Bett war leer. So, wie es aussah, hatte ihre Schwester die Nacht tatsächlich woanders verbracht. Oder eher bei jemand anderem. Es schien da einen Jungen zu geben, den sie vor ihnen versteckte. Hoffentlich nur aus jugendlichem Trotz.

Sie wurde aus Pia nicht schlau. Früher war sie zwischen der lebhaften Emma und Nesthäkchen Mika kaum aufgefallen. Doch seitdem sie vor zwei Jahren ihre Haare gefärbt und sich zur Punkerin erklärt hatte, war sie ständig mit Pa aneinandergeraten. Woher nur diese ständige Wut?

Müde schwang Hanna die Beine aus dem Bett. Auch wenn sie sich am liebsten bis zum Mittag zu Mika unter die Decke gekuschelt hätte, konnte sie das Unvermeidliche nicht länger aufschieben. Sie musste einen Bestatter beauftragen und die Verwandtschaft informieren. Vor allem Tante Yvonne. Allein der Gedanke daran bereitete ihr Magenschmerzen. Seit dem frühen Tod ihrer Schwester hatte Yvonne ihnen zwar zur Seite gestanden, aber nie einen Hehl daraus gemacht, dass sie Pa für einen schlechten Vater hielt. Dabei vergrub er sich doch nur so in seine Arbeit, weil er Ma schrecklich vermisste.

Vermisst hatte.

Hanna schlurfte ins Bad und putzte sich die Zähne. Das Rauschen des Wasserhahns übertönte fast das Klingeln des Festnetztelefons im Wohnzimmer. Wer rief sie bloß so früh an? Ob Mark, der nette Polizist, sich noch einmal nach ihnen erkundigen wollte? Er hatte ihr gestern beim Abschied seine Visitenkarte überreicht und sogar seine private Handynummer dazugeschrieben. Für alle Fälle.

Das Display des Telefons zeigte keine Nummer an. Ein anonymer Anruf also. Seltsam. Trotzdem nahm sie ihn mit klopfendem Herzen entgegen. »Hanna Jannsen. Hallo.«

»Guten Tag, Schröder vom Kindernotdienst hier.« Die kratzige Stimme klang nach einer älteren Frau. »Ich möchte mit Ihnen über Ihren Bruder Mika sprechen.«

»Was ist mit ihm?« Eisige Furcht ergriff von ihr Besitz. Was wollte eine Organisation, die sich *Kindernotdienst* nannte, von ihrem kleinen Bruder?

»Die Polizei hat uns informiert, dass Ihr Vater verstorben ist und Mika nun keinen Vormund mehr hat.«

»Aber er hat doch uns.« Ihre Stimme zitterte. Das hier durfte nicht passieren! »Meine Schwestern und ich, wir kümmern uns um ihn.«

»Können Sie das gewährleisten? Kann Mika vorerst in seiner vertrauten Umgebung verbleiben oder sollen wir ihn abholen und in einer Pflegefamilie unterbringen?«

»Nein!« Sie schrie beinahe und das Herz klopfte ihr bis zum Hals. Wenn sie sich nicht zusammenriss, würde die Frau vermutlich jemanden schicken, um ihnen Mika wegzunehmen. »Ich meine, nein danke. Ich bin es gewohnt, mich um Mika zu kümmern, das tue ich schon, seit er ein Kleinkind war. Seit dem Tod unserer Mutter.«

»Aber Ihr Vater hat doch die ganze Zeit mit Ihnen zusammengelebt, nicht wahr?«

»Schon, aber ...« Auf keinen Fall wollte sie schlecht über Pa reden – schon gar nicht, nachdem er gestorben war. »Mein Vater war beruflich stark eingespannt, deshalb hatten wir früher die meiste Zeit Au-pairs. Aber keine von ihnen ist länger als ein Jahr geblieben und irgendwann waren wir es leid und da habe ich vieles übernommen.« Sie schluckte.

Die Frau am anderen Ende der Leitung zögerte merklich. »Sie haben da sicher Großartiges geleistet, aber der Gesetzgeber schreibt eindeutig vor, dass Minderjährige einen Vormund brauchen. Da Sie mir versichern, dass Mika bei Ihnen gut aufgehoben ist und Ihre Schwester Emma schon sechzehn ist, können die beiden vorläufig in Ihrer Wohnung bleiben. Stellen Sie sich jedoch bitte darauf ein, dass dies keine Dauerlösung ist.«

~ ~ ~

Die Pizza Funghi vom Lieferservice schmeckte wie Pappe. Mechanisch kaute Hanna ewig auf demselben Stück herum, während sie ihre Geschwister aus rot geweinten Augen musterte. Pia, die Gott sei Dank unversehrt wieder aufgetaucht war, stützte die Ellenbogen auf den Esstisch und wirkte genervt. Mika stocherte appetitlos auf seinem Teller herum. Noch immer glühte sein Gesicht vom Fieber und feine Schweißperlen standen ihm auf der Stirn.

Emma, die Stille nur schlecht ertrug, hielt seit Beginn der Mahlzeit einen Monolog darüber, wie sie Pas Beerdigung gestalten sollten. Auf Außenstehende würde ihr Enthusiasmus vermutlich geschmacklos wirken, aber es war eben Emmas Art, mit der Trauer umzugehen, so wie Pia sich in ihre Wut vergrub.

»Wir sollten noch die Lieder auswählen. Was haltet ihr von *Time To Say Goodbye*? Oder findet ihr das zu abgedroschen?« Emma zückte ihr Handy. »Ich habe auf meiner Playlist einen Song von Andreas Gabalier, der ebenfalls gut passen würde. Er hat ihn in Erinnerung an seinen Vater geschrieben, nachdem der ...«

»Halt endlich mal den Mund!« Pias Augen wurden schmal. »Das ist keine verdammte Party, über die wir hier sprechen. Pa ist tot, also zeig ein bisschen Respekt.«

»Du meinst so wie du?« Spöttisch zog Emma ihre linke Braue hoch. »Du bist doch gleich zu irgendeinem Typen abgehauen und hast mit ihm ... Aua!«

Hanna zog unter dem Tisch ihr Bein zurück, nachdem sie ihrer Schwester einen warnenden Tritt verpasst hatte, und nickte in Mikas Richtung. »Bitte keinen Streit. Nicht jetzt und nicht hier. Wir müssen zusammenhalten.«

Vielleicht war es die letzte Gelegenheit.

Hanna schluckte. Sie hatte ihren Geschwistern nichts von dem Anruf des Kindernotdienstes erzählt, aber sie hatte danach gegoogelt. Zuerst noch ängstlich-optimistisch, dann zunehmend verzweifelt. Die Ämter würden sie trennen.

Und ausgerechnet Mark hatte sie verraten. Es sollte nicht so schmerzen, schließlich kannte sie den Mann kaum, aber die wenigen Stunden mit ihm hatten sich intensiv angefühlt. Er hatte ihr das Gefühl gegeben, sie zu verstehen. Nicht auf eine oberflächlich-professionelle Art, sondern tiefergehend. Die Blässe seiner Haut, der gequälte Ausdruck in seinen Augen hatten ihr verraten, dass er ihren Schmerz nicht nur nachvollziehen konnte, sondern tatsächlich nachempfand. Seine Eltern waren ebenfalls gestorben. Er wusste, was sie durchmachte, hatte ihr seine Hilfe angeboten und dass sie jederzeit anrufen könne. Gleich danach hatte er Mika dem Kindernotdienst gemeldet.

»Ich mag nicht mehr.« Mika schob seinen Teller beiseite. Von seinem Pizzastück fehlte nur eine kleine Ecke. »Darf ich fernsehen?«

Wie meistens richtete er seine Frage direkt an sie. Dabei besaß sie nicht mehr Rechte, ihm zu sagen, was er tun oder lassen sollte, als Emma und Pia. Gar keine Rechte, wie sie auf so schmerzhafte Weise gelernt hatte.

Sie räusperte sich. »Ausnahmsweise, weil du krank bist.«

»Danke.« Hastig sprang er auf. Kurz darauf ertönte der Vorspann von *Harry Potter und der Stein der Weisen.*

Als Hanna etwas später nach ihm sah, saß er in Pas Relax-Sessel und presste sich ein Kissen vors Gesicht. Nur das Beben seiner schmalen Schultern verriet, dass er lautlos weinte.

Der Anblick versetzte ihr einen Stich. Warum tat er das? Er hätte doch zu ihr kommen können wie sonst auch. Oder wollte er sie mit seinem Kummer nicht belasten, weil sie selbst fast pausenlos weinte? Augenblicklich stellten sich Gewissensbisse ein. Sie hätte mehr auf ihn achten sollen, anstatt sich ihrer eigenen Trauer hinzugeben. Vielleicht war sie tatsächlich überfordert, so wie die Mitarbeiterin der Kindernothilfe es hatte anklingen lassen. Doch für Mika würde sie immer stark sein.

Sanft zupfte Hanna das Kissen beiseite, sodass Mikas verquollenes Gesicht zum Vorschein kam: rotgeweinte Augen, eine laufende Nase und zitternde Lippen. »Oh Mika.« Sie breitete ihre Arme aus und Mika stürzte sich hinein. Fest presste sie seinen warmen Körper gegen ihre Brust, streichelte über das weiche, zerzauste Haar und spürte die Feuchtigkeit, die durch ihr Shirt drang. Mika roch nach Krankheit und Schweiß, aber das kümmerte sie nicht. Er war ihrer – mehr eigenes Kind als Bruder – und sie würde ihn niemals im Stich lassen.

~ ~ ~

Vom Kühlregal zogen kalte Luft und herzhafter Käsegeruch zu ihr herüber. Hanna griff nach einem Päckchen Butter und warf es zum Aufschnitt und den Aufbackbrötchen in den Einkaufswagen. Zwei Meter entfernt quengelte ein Kleinkind, weil es keine Milchschnitte bekam, während die genervte Mutter wild auf ihrem Smartphone herumtippte.

Was hatte sie sich nur dabei gedacht, diesem Treffen zuzustimmen? Sie hätte es bei der Kurznachricht an Mark belassen sollen, die all ihre Wut und Enttäuschung ausdrückte. Wozu sich seine Seite anhören, wenn das, was er getan hatte, ohnehin nicht entschuldbar war? Selbst wenn es seine berufliche Pflicht sein sollte, hätte er es nicht tun dürfen. Vor allem nicht, ohne sie vorzuwarnen.

Dennoch spähte sie auf der Suche nach ihm zwischen den Regalen hindurch. So trainiert, wie er aussah, würde er sich wohl kaum im Gang mit den Süßigkeiten aufhalten. Vermutlich fand sie ihn eher bei den Cerealien oder … nein.

Er wanderte durch die Obst- und Gemüseabteilung, nahm prüfend eine Tomate in die Hand und hielt sie ins Licht. Statt eines langärmligen Polizeihemds trug er heute ein schwarzes Shirt, das den Blick auf seine muskulösen Arme freigab. Das kurze dunkle Haar hatte er mit Gel verstrubbelt und auf seinem Gesicht lag ein deutlicher Bartschatten. Kaum streiften seine graublauen Augen ihren Blick, ließ er die Tomate achtlos zurück in die Gemüsekiste fallen, griff nach seinem Einkaufskorb und eilte auf sie zu.

Das kleine Lächeln, das sich unbemerkt auf ihre Lippen geschlichen hatte, erstarb. Mark hatte sie auf das Übelste hintergangen. Ganz gleich, wie einfühlsam und freundlich sein Verhalten zuvor gewesen war, der Anruf bei der Kindernothilfe machte alles zunichte.

Schutzsuchend verbarrikadierte sie sich hinter ihrem Einkaufswagen und verschränkte die Arme vor der Brust. »Meinetwegen sag, was du mir zu sagen hast, aber beeil dich. Ich habe heute noch einiges zu erledigen. Die Beerdigung und so.« Statt lässig und herablassend, klang ihre Stimme in ihren eigenen Ohren schrill und verängstigt. Am schlimmsten war, dass Mark sie nun mit so etwas wie Mitleid betrachtete.

»Es tut mir leid, dass dir der Anruf von der Nothilfe so einen Schrecken eingejagt hat, aber ich habe nur meine Pflicht getan. Für Fälle wie diesen gibt es Vorschriften. Kein minderjähriges Kind darf alleingelassen werden.«

»Alleingelassen?« Wut kochte in ihr hoch. Ein Gefühl so viel besser als Angst. Bereitwillig ließ sie sich darauf ein. »Du wusstest genau, dass ich für Mika da bin.«

»Natürlich.« Ein sanfter Ausdruck huschte über sein Gesicht und ließ ihn weicher erscheinen. »Mika hat großes Glück, eine Schwester wie dich zu haben. Trotzdem muss ich meinen Job machen und dazu gehört manchmal auch, Dinge zu tun, die ich eigentlich nicht will.« Seine Miene verdüsterte sich. »Als junger Polizist habe ich einmal weggesehen. Habe einen Jugendlichen, der nicht ins Heim wollte, in seinem Zuhause belassen, obwohl es mir problematisch erschien. Weil er mich angefleht hat, das Jugendamt rauszuhalten, und behauptet hat, dass er die paar Jahre auch noch durchhalten würde.«

Wie verzweifelt er aussah, während er die Lippen zusammenpresste und den Blick in die Ferne schweifen ließ. Sie krallte ihre Finger um den Griff des Einkaufswagens, um sich daran zu hindern, auf ihn zuzugehen. »Was ist aus ihm geworden?«

Seine Stimme klang bitter. »Das Übliche: Alkohol, Gewalt und schließlich Jugendstrafanstalt. Wäre er doch bloß stattdessen ins Heim gekommen.«

»Das konntest du nicht wissen.« Ohne darüber nachzudenken, verließ sie ihren geschützten Platz und trat auf ihn zu. Sie streckte schon ihre Hand nach ihm aus, bevor sie merkte, was sie da tat, und griff hastig nach einem Bund Karotten, um die Geste zu überspielen. Dennoch kam sie ihm so nahe, dass sie die holzige Note seines Aftershaves roch.

»Ich wusste es nicht, aber ich habe es geahnt. Meine Entscheidung damals war feige und verantwortungslos und ich habe sie tausendfach bereut. So etwas wird mir nie wieder passieren.« Eindringlich sah er sie an. Gegen ihren Willen berührte sein Blick sie auf eine Weise, die tiefer ging, viel tiefer, als ihr Herz es zulassen sollte.

»Und deswegen ist mir nichts anderes übrig geblieben, als den Kindernotdienst zu informieren.«

Seine Worte trafen sie wie eine kalte Dusche. Wie hatte sie auch nur einen Moment Mitleid mit diesem überkorrekten Polizisten empfinden können?

»Bei mir wird Mika bestimmt nicht kriminell.« Ihr Ton klang eisig. »Aber wenn sie ihn in ein Heim stecken, kann ich für nichts garantieren.«

Wütend wollte sie den Einkaufswagen davon schieben, aber Mark vertrat ihr den Weg. »Erstens hätten die Behörden ohnehin aufgrund des Totenscheins reagiert. Und zweitens ist noch lange nicht gesagt, dass Mika in einem Heim landet.«

»Wie meinst du das?« Am liebsten würde sie Mark einfach stehenlassen, aber solange noch Hoffnung bestand, musste sie ihre Wut eben herunterschlucken.

Eine schlanke Frau in Bluse und Bleistiftrock rammte sie fast mit ihrem Wagen. »Ich muss da mal durch«, verkündete sie herrisch. »Sie blockieren den Gang.«

Von wegen! Hanna wollte gerade zurückfauchen, als Mark bereits ihren Einkaufswagen mit einem Lächeln beiseiteschob. »Tut uns leid.«

»Nicht so schlimm.« Plötzlich klang die Stimme der Bürofrau deutlich freundlicher und ihr Augenaufschlag wirkte beinahe, als würde sie flirten.

»Also, was willst du mir damit sagen, dass Mika vielleicht nicht ins Heim muss?« Allmählich verlor Hanna die Geduld mit ihm.

Mark fuhr sich mit den Fingern durchs Haar und verstrubbelte es noch mehr. Das Spiel seiner Armmuskeln brachte ihm einen weiteren bewundernden Blick von der anderen Frau ein, die im Schneckentempo Äpfel und Kiwis in ihren Wagen räumte.

»Zum einen hätte er gute Chancen, in einer Pflegefamilie unterzukommen.« Marks Kommentar erleichterte sie keineswegs. »Zum anderen halte ich es für wahrscheinlich, dass sich innerhalb eurer Familie ein Vormund für ihn finden wird. Die Richter bevorzugen eine solche Lösung.«

»Tante Yvonne.« Der Name rutschte ihr einfach so heraus. Das Telefonat mit ihrer Tante war noch unangenehmer verlaufen als befürchtet. Yvonne hegte einen alten Groll gegen Pa und auch, wenn sie sich bemühte, freundlich zu klingen, und ihre Hilfe angeboten hatte, konnte Hanna die negativen Schwingungen durch die Leitung deutlich spüren. Der Gedanke, dass Mika und Emma ausgerechnet bei einer Frau landen würden, die ihren Vater so ablehnte, war unerträglich. Doch da sie Mas einzige Schwester war und Pa überhaupt keine Geschwister hatte, kam sonst niemand infrage.

Es sei denn ...

Ihr Herz raste und ihre Hände zitterten. »Könnte ich nicht Mikas Vormund werden?« Bang sah sie Mark an. Von seiner Antwort hing alles ab.

Doch er ließ sich Zeit, presste nur die Lippen zusammen und krauste die Stirn. Schließlich umrundete er den Wagen und senkte seine Stimme. »Theoretisch schon, aber praktisch ist es unwahrscheinlich. Ich meine, du bist volljährig und ich gehe davon aus, dass du keine Vorstrafen hast. Aber ...« Sein ernster Blick versetzte ihr einen Stich. »... du bist noch so verdammt jung. Zwanzig, nicht wahr?«

»Einundzwanzig.« Ihr Ton klang scharf.

»Trotzdem zu jung und dazu noch mitten im Studium. Der Richter wird sich unter diesen Umständen für deine Tante entscheiden. Tut mir leid.«

Etwas in ihr zerbrach. Mika, ihr wunderbarer Mika, der seine Spiderman-Comics auswendig kannte, sich aber vor echten Spinnen gruselte, der aus seinem Joghurt immer die Früchte herauspulte und zu Emmas Leidwesen darauf bestand, mit Nachtlicht zu schlafen. Nach Mas Tod hatte er ein Jahr lang in Hannas Bett übernachtet. Sie kannte die Geschichten zu all seinen Narben, wusste, wovor er sich fürchtete und was er liebte. Nur ihr allein hatte er anvertraut, dass er davon träumte, eines Tages nach Australien auszuwandern und Koalabären zu erforschen. Wie konnte sie ihn da so einfach aufgeben?

»Es gibt Mütter, die sind jünger als ich, und trotzdem nimmt ihnen niemand die Kinder weg.«

Er seufzte. Aus der Nähe erkannte sie, dass seine grau-blauen Augen goldene Sprenkel besaßen und dass er früher links einen Ohrring getragen hatte, das Loch aber mittlerweile zugewachsen war. »Leibliche Eltern befinden sich in dieser Hinsicht klar im Vorteil. Sie können sich einiges erlauben, bevor sie das Sorgerecht verlieren. Aus meiner Sicht manchmal zu viel ...« Sein Blick driftete ab, bevor er ihr wieder in die Augen sah. »Aber wenn die Richter und das Jugendamt für ein Kind ein neues Zuhause suchen, wollen sie kein Risiko eingehen, dass es ein zweites Mal schiefläuft.«

»Es ist bei uns nichts schiefgelaufen«, erwiderte sie scharf. »Mein Vater ist einfach nur gestorben.«

»Tut mir leid, das kam falsch rüber.« Er fischte eine Zitrone aus seinem Korb und knetete sie in der Hand. »Jedenfalls hast du meiner Meinung nach nur eine winzige Chance. Und zwar wenn ...«

»Wenn was?« Konnte Mark nicht aufhören, mit der Zitrone zu spielen? Das machte sie ganz wahnsinnig.

»Wir hatten auf dem Revier vor zwei Jahren einen ähnlichen Fall. Damals hatten Eltern, die mit dem Auto verunglückt sind, schriftlich festgelegt, was mit ihren Kindern passieren sollte, falls ihnen etwas zustößt. Der Richter musste auf ihre Wünsche Rücksicht nehmen.« Endlich ließ er die Zitrone zurück in den Korb fallen und sah ihr in die Augen. »Hat dein Vater ein Testament?«

»Ich weiß es nicht.« Ihre Hände fühlten sich plötzlich eiskalt an. Vielleicht war alles verloren, doch noch bestand Hoffnung. »Aber ich werde es herausfinden.«

Kapitel 4

Mark

Mark stemmte die Hundertfünfzig-Kilo-Gewichte mit der Beinpresse nach oben, während der Schweiß ihm in die Kniekehlen rann. Seine Muskeln zitterten längst vor Anstrengung. Dennoch konnte er sich nicht dazu durchringen aufzuhören. Er sollte. Aber die vertraute Umgebung beruhigte ihn. Das Surren der Laufbänder, die Musik von den kleinen Fernsehern unter der Decke, sogar der leichte Schweißgeruch, der immer im Fitnessraum hing: All das brachte das Karussell in seinem Kopf vorübergehend zum Stillstand. Denn seitdem er den Supermarkt verlassen hatte, kreisten seine Gedanken ständig um Hanna.

Was hatte diese Frau nur an sich, dass sie ihn so faszinierte? Sie sah hübsch aus, zugegeben. Aber nicht annähernd so gut wie die Brünette, deren Anrufe er beharrlich ignorierte, weil mehr als eine Nacht mit ihm nun mal nicht drin war. An ihrem Äußeren lag es folglich nicht. Im Umgang mit ihren Geschwistern wirkte Hanna warmherzig, auch wenn sie ihn selbst deutlich ruppiger behandelte. Als angehende Ärztin musste sie zudem ziemlich klug sein. Nicht so dumm wie er, der nach der zehnten Klasse abgegangen war, um die Polizeischule zu besuchen und endlich auszuziehen.

Eine Frau außerhalb seiner Liga.

Nicht, dass es eine Rolle spielte. Für eine Frau gab es in seinem Leben keinen Platz – erst recht nicht für eine mit Familie. Schließlich brauchte er seinen Freiraum. Und seine Geheimnisse.

»Dachte ich mir doch, dass du hier bist.« Lächelnd schlenderte Kevin auf ihn zu. So frisch, wie er in seinem weißen Shirt und der kurzen Sporthose wirkte, hatte er sich bisher nicht einmal aufgewärmt. »Trainierst du für den Sporttest beim SEK?«

»Ein wenig.« Ächzend drückte Mark ein letztes Mal die Beine durch, bevor er die Sperre einrasten ließ und aus der Presse stieg. »Und du?«

»Muss noch das Feierabendbier von gestern loswerden.« Kevin klopfte sich auf den flachen Bauch. »Hast du auch Nachtschicht?«

Mark, der seinen Schweiß mit einem Handtuch abtrocknete, schüttelte den Kopf. »Ich war heute mit Frühdienst dran. Bin schon durch.«

»Glückspilz!«

In stillem Einvernehmen gingen sie in den Aufwärm-Bereich und setzten sich auf benachbarte Ergometer. Mark zog sich ein verwaschenes Sweatshirt über, um nicht zu schnell abzukühlen, bevor er in die Pedale trat. Die Cool-Down-Phase langweilte ihn, aber er durfte keine Verletzung riskieren. Schon gar nicht so kurz vor den Aufnahmeprüfungen.

»Hat's noch Ärger wegen der Festnahme gegeben?«, fragte Kevin, während er am Display den Widerstand einstellte.

»Bisher habe ich nichts gehört.« Hoffentlich blieb es dabei. Schlimm genug, dass Birgit ihn so komisch angesehen hatte, als er nach knapp drei Stunden von Hannas Familie zurückgekehrt war. So lange sollte ein Routine-Einsatz wirklich nicht dauern.

»Toitoitoi!« Kevin klopfte mangels Holz gegen seine Stirn. »Und musstest du gestern lange ausharren?«

»Ging so.« Wie sollte er seinem Freund auch begreiflich machen, dass er sich nach dem Kakao in Hannas Küche nur höchst widerwillig verabschiedet hatte? Weil es sich unter diesen Fremden – so traurig die Umstände auch sein mochten – mehr nach Familie angefühlt hatte als je in seinem Elternhaus.

»Ich kann verstehen, dass du diese Einsätze hasst. Ich finde sie auch furchtbar.« Schwungvoll trat Kevin in die Pedale. »Ich meine, du gehst da zu fremden Leuten nach Hause und zerstörst ihr Leben. Na ja, nicht du persönlich, aber es fühlt sich so an, weil du es eben bist, der ihnen die Botschaft überbringt. Und manchmal, wenn du den Menschen in die Augen siehst, kannst du den genauen Moment erkennen, in dem ihr Herz bricht.«

Ein Schaudern erfasste Mark. »Einer muss es tun. Es ist unsere Pflicht.« Er tupfte frische Schweißperlen von seiner Stirn. Konnte Kevin das Thema nicht einfach fallenlassen?

»Was mich wirklich interessieren würde ...« Sein Freund wandte sich während des Fahrens zu ihm um und musterte ihn prüfend. »... wie hast du es geschafft, dass du bei Trauernachrichten normalerweise außen vor bist? Hast du einen Deal mit der Chefin?«

»So was in der Art, ja.« Sein gerade zur Ruhe gekommener Herzschlag beschleunigte sich.

Kevin pfiff anerkennend durch die Zähne. »Wie hast du das geschafft? Kann ich das auch?«

»Nein.« Fest presste er die Lippen zusammen. Es war nicht Kevins Schuld, wenn er ihn verletzte, sondern seine. Sein Freund wusste es schließlich nicht besser. Nie hatte er ihm von jenem Abend erzählt und er würde es auch jetzt nicht tun.

Stattdessen zwang er sich zu einem spöttischen Lächeln. »Ich habe bei meiner ersten Todesnachricht der Chefin auf die Schuhe gespuckt. Ich glaube, sie hing an ihnen.«

»Verdammt, das ist übel.« Kevin unterdrückte ein Prusten. »Da wäre ich zu gern dabei gewesen.«

Neun Jahre früher:

Nervös zupfte Mark an dem Jogginganzug, den er in aller Eile über seine Schlaf-Shorts gezogen hatte. Wenn sie ihn nachts aus der Gemeinschaftsunterkunft holten, musste etwas Schlimmes passiert sein. Oder handelte es sich um eine Art Probe, die alle Polizeischüler in ihrem ersten Jahr bestehen mussten und vor der ihn niemand gewarnt hatte?

In der Hektik hatte Mark vergessen, seine Schuhe anzuziehen. Nun tapste er barfuß hinter einem Beamten über den kalten Flur. Es roch nach Putzmittel und altem Zigarettenrauch, obwohl Rauchen hier drinnen verboten war.

Im Büro des Hausmeisters brannte Licht. Eine zierliche Polizeibeamtin im Alter von Marks Eltern lehnte gegen den Schreibtisch. Auf den Schulterklappen ihrer Uniform prangten drei blaue Sterne. Als Mark und sein Begleiter eintraten, nahm die Polizistin Haltung an und reichte ihm ernst die Hand. Nun machte er sich wirklich Sorgen.

»Guten Abend. Ich bin Polizeihauptmeisterin Kreuz.« Ihr Händedruck fühlte sich für eine so kleine Frau überraschend fest an.

»Polizeimeisteranwärter Struwe.«

Der zweite Polizist, der ihn aus seinem Zimmer geholt hatte, rückte drei Stühle zurecht. Kaum passten sie in die enge Lücke zwischen Schreibtisch und Tür. »Setzen wir uns«, sagte er.

»Was ist hier los?« Marks Stimme zitterte. So ein Gespräch mitten in der Nacht gehörte wohl kaum zur regulären Ausbildung.

»Wir haben Ihnen eine traurige Mitteilung zu machen.« Die Polizeihauptmeisterin sah ihm direkt in die

Augen. In ihrem Blick las er Mitgefühl. »Es geht um Ihre Mutter.«

Nein! Er krallte sich so fest an den alten Holzstuhl, dass ein Splitter sich in seinen Zeigefinger bohrte.

»Sie ist vor einer Stunde im Krankenhaus verstorben.«

»Aber sie war kerngesund.« Zumindest körperlich. Sein Magen verkrampfte sich und das Fleisch um den Finger pochte. Wie konnte seine Mutter einfach so sterben? Oder täuschte er sich? War sie schon länger erkrankt und es hatte sich nur niemand die Mühe gemacht, ihn zu informieren? Der letzte Anruf bei seinen Eltern lag Wochen zurück, wie er beschämt feststellte.

»Die Todesursache ist noch nicht abschließend geklärt«, sagte die Polizeihauptmeisterin. »Dafür sind weitere Untersuchungen notwendig.«

Eine Obduktion.

Er mochte erst ein Jahr seiner Ausbildung genossen haben, aber selbst ihm war die Bedeutung bewusst. In seinen Ohren rauschte es und Schwindel erfasste ihn. Ein Teil von ihm hatte es seit Jahren befürchtet – zumindest in seinen schlimmsten Albträumen.

»Glauben Sie ...« Übelkeit schwappte in Wellen durch seinen mit kaltem Schweiß bedeckten Körper und er beugte sich zu der Beamtin vor. »... dass mein Vater sie getötet hat?«

Im nächsten Augenblick schmeckte er Galle und begann zu würgen.

~ ~ ~

Hanna

»Wir müssen jetzt wirklich los, wenn wir nicht zu spät kommen wollen.« Emma stemmte die Hände in die

Hüften und rührte sich nicht von der Schlafzimmertür weg. »Du kannst das Testament auch nachher noch suchen, falls es überhaupt existiert.«

Hanna leerte eine weitere Schreibtischschublade über dem Bett aus. Bleistifte, Büroklammern, Fotos und Papiere verteilten sich auf der Decke. Es duftete nach Pfefferminz und tatsächlich lagen zwischen Briefumschlägen, Kugelschreibern und Textmarkern auch einige lose Drops. Sie kannte die Sorte nur zu gut. Früher hatte ihre Ma sie für Pa vom Einkaufen mitgebracht und später die leeren Dosen gesammelt, um darin Knöpfe und anderen Kleinkram aufzubewahren.

»Hanna, hörst du mir überhaupt zu?« Emma klang ungeduldig.

Widerstrebend riss sie sich von dem Chaos los, das Pa in seinen Schubladen versteckt und sie nun ans Tageslicht gebracht hatte. »Du hast keine Ahnung, wie wichtig das hier ist. Kann Pia dich nicht zum Bestatter begleiten?«

Emma schüttelte den Kopf. »Sie ist schon wieder verschwunden. Vermutlich zu ihrem neuen Freund.«

»Kennst du ihn?« Es behagte ihr nicht, wie Pia sich neuerdings verhielt. Sie war schon immer eher verschlossen gewesen und sprach selten über ihre Gefühle, aber mittlerweile verriet sie überhaupt nichts mehr über sich.

»Nein. Sie spricht nicht einmal über ihn.« Emma strich sich eine rotblonde Strähne aus dem Gesicht. »Ich habe ihn nur einmal aus der Ferne gesehen, als er sie von der Schule abgeholt hat.«

»Wie sah er aus?«

»Schwarze Schlabberkleidung. Sonst konnte ich nicht viel erkennen. Aber wir haben gerade ein ganz anderes Problem, wenn du also endlich zum eigentlichen Thema zurückkommen würdest ...«

»Du und Mika, ihr müsst vielleicht hier weg.« Erschrocken schlug sie sich die Hand vor den Mund, aber die Worte waren schon herausgesprudelt.

»Was? Wie meinst du das?« Emma starrte sie mit geweiteten Augen an.

Sie hatte das alles für sich behalten wollen, bis die Gefahr gebannt war. Doch nun fehlte ihr die Kraft dazu. »Ihr seid keine achtzehn, deshalb braucht ihr einen Vormund. Hier hat schon der Kindernotdienst angerufen, weil sie Mika abholen wollten. Das konnte ich gerade noch verhindern. Aber wenn Pa kein Testament geschrieben hat, in dem steht, dass ich mich um euch kümmern soll, dann müsst ihr wahrscheinlich zu Tante Yvonne und dann …«

»Noch mal von vorn, das ging mir alles viel zu schnell.« Emma schob den Haufen auf dem Bett beiseite und nahm Platz. Sie ergriff Hannas Hand. »Was ist los?«

Hanna drückte die warmen Finger mit ihren, setzte sich und stieß dabei gegen raschelndes Papier. Sehnsüchtig inhalierte sie den Pfefferminzduft, den sie für immer mit Pa in Verbindung bringen würde. Hier, in seinem Schlafzimmer mit der kleinen Arbeitsecke, konnte sie seine Präsenz deutlich spüren. Sie fühlte sich tröstlich und schmerzhaft zugleich an.

Eine Träne löste sich aus ihrem rechten Auge und tropfte in ihren Schoß. Eine weitere folgte und plötzlich konnte sie nicht mehr aufhören zu weinen. Emma hielt sie, streichelte ihr über den Rücken und reichte ihr Taschentücher aus Pas Nachtschrank. Geduldig lauschte sie ihren konfusen Erklärungen, stellte nur ab und zu eine Frage, und wurde dabei immer blasser. Schließlich rief sie den Bestatter an, um ihren Termin auf den nächsten Tag zu verschieben.

»Das hier geht vor«, erklärte sie. »Wir suchen jetzt gemeinsam, bis wir das Testament gefunden haben. Auf gar keinen Fall ziehe ich zu Tante Yvonne, der alten Giftspritze.«

»Sie ist höchstens vierzig.« Hanna wischte sich die Tränen aus dem Gesicht. Wie gut es tat, dass ausnahmsweise einmal Emma die Führung übernahm.

Systematisch durchkämmten sie jeden Winkel des Schlafzimmers. Sogar Mika half mit, auch wenn sie ihm die wahren Gründe für ihre Suche verschwiegen. Was sie dabei zutage förderten, versetzte Hanna in Erstaunen: Zeichnungen aus ihrer Grundschulzeit, die Pa ohne ihr Wissen aufbewahrt hatte, eine Dose mit Pias Milchzähnen, ein schief genähtes Barbiekleid von Emma und Mikas altes Lieblingsschnuffeltuch.

Jedes Mal, wenn sie auf ein Stück Erinnerung stieß, flammte in ihr der Schmerz des Verlustes auf. Pa mochte wenig Zeit für seine Familie gehabt haben, aber er hatte sie alle aufrichtig geliebt.

»Ich habe etwas entdeckt.« Mikas Stimme klang gedämpft, weil er unter das Bett gekrochen war. Ein staubbedeckter Schuhkarton tauchte in Hannas Sichtfeld auf, gefolgt von einem kaum weniger staubigen Mika. »Hatschi!«

»Super, Mika!« Emma klopfte ihm anerkennend auf die Schulter und löste damit einen Staubschauer aus. »Mach ihn schon auf.«

Hanna presste nervös die Lippen zusammen. Schreibtisch, Kleiderschrank und Nachtschrank hatten sie schon vergeblich durchforstet. Wenn dieser Karton sich ebenfalls als Reinfall erwies, sah es düster aus.

Mika hob den Deckel ab. Andächtig förderte er eine Schneekugel vom Eiffelturm zutage. Ein Mitbringsel aus den Flitterwochen ihrer Eltern vor sechsundzwanzig Jahren. Es folgten ein Stück Bernstein, mehrere Muscheln und ein kleines Flaschenschiff.

Hannas Brust verengte sich. Alles, was Mika gefunden hatte, war eine Schachtel mit alten Urlaubssouvenirs. Es gab kein Testament. Pa hatte nicht damit gerechnet, schon mit einundsechzig Jahren zu sterben, und deshalb keine Vorsorge getroffen. Der Richter würde Emma und Mika zu Tante Yvonne schicken und Pia und sie blieben allein zurück. Ihre Familie würde endgültig zerbrechen.

Ein letztes Mal fasste Mika in die Schachtel und fischte etwas vom Boden auf. Eine abgegriffene Mappe, auf der in Pas krakeliger Handschrift stand: *»Persönliche Dokumente«*.

»Du hast es!« Emma sprang auf und drückte Mika einen Kuss auf die Stirn. Der befreite sich unwirsch aus ihrer Umarmung.

»Keine Küsse, ich bin doch kein Kleinkind mehr.«

»Tschuldigung.« Hastig griff Emma nach der Mappe und blätterte sie durch. Vergeblich versuchte Hanna, über ihre Schulter mitzulesen.

»Das Testament ist drin. Gott sei Dank!« Schon wieder schlug Emma eine Seite um. »Und hier ist auch eine Sorgerechtsverf…« Mit Blick auf Mika brach sie ab und hielt die Mappe nun beinahe an ihre Brust gepresst, sodass niemand anders hineinsehen konnte. Ihre Augen huschten nur so über die Zeilen, doch plötzlich stockte sie und erblasste. Die Hand, mit der sie die Mappe hielt, zitterte. Mit einem Knall schlug sie die Pappdeckel aufeinander.

Hannas Puls raste. »Was …?«

»Die Belohnung. Ich hatte dem Finder doch eine Belohnung versprochen.« Emmas Begeisterung und ihr Lächeln wirkten täuschend echt, nicht umsonst galt sie als Star der Theater-AG. Während sie Hanna unauffällig die Mappe zuschob, fasste sie Mika sanft am Arm und dirigierte ihn zur Tür. »Was hältst du von Eis mit Sahne?«

»Haben wir noch Karamell?«, fragte Mika.

Emmas Antwort hörte Hanna nicht mehr, weil diese die Tür hinter sich zuzog. Kraftlos ließ Hanna sich auf die Bettkante plumpsen und griff mit kalten Fingern nach der Mappe.

Was hatte Emma nur so aufgewühlt?

Lange brauchte sie nicht zu suchen. Auch wenn in Pas restlichen Sachen ein heilloses Durcheinander herrschte, hatte er seine wichtigsten Unterlagen sorgfältig abgeheftet. Das Familienstammbuch mit ihren Geburtsurkunden, eine Patientenverfügung, die nun hinfällig war, und sein Testament. Das würde sie sich später in Ruhe ansehen. Doch momentan interessierte sie nur die Sorgerechtsverfügung. Im dritten Absatz entdeckte sie die Stelle, die auch ihr den Atem stocken ließ.

»Sollte ich mein Sorgerecht dauerhaft oder vorübergehend nicht mehr ausüben können, soll meine Tochter Hanna Jannsen (Adresse: siehe oben) das Sorgerecht übernehmen und zum Vormund bestellt werden. Sie soll sowohl die Personensorge als auch die Vermögenssorge ausüben.

Sollte Hanna Jannsen die Übernahme des Sorgerechts nicht möglich sein oder sollte sie nicht als geeignet erscheinen, soll Yvonne Krämer das Sorgerecht übernehmen, wohnhaft in …«

Die Buchstaben vor ihren Augen verschwammen und frische Tränen tropften auf das Papier. Pa hatte ihr zwar zugetraut, für Emma und Mika zu sorgen. Doch gleichzeitig hatte er dem Richter die Option gelassen, sich stattdessen für Tante Yvonne zu entscheiden, falls Hanna ihm als Vormund nicht geeignet erschien.

Noch immer konnte ihre Familie einfach so auseinandergerissen werden.

Kapitel 5

Hanna

Dieses Mal duftete es in der Kapelle nach Tulpen. Gelbe, lila und weiße Blüten waren mit Efeu zu einem großen Kranz gewunden, der vor dem Sarg aus Lärchenholz lag. Eine kunstvoll geknüpfte Tulpengirlande wandt sich um das Holz. Weitere Kränze und Blumensträuße bedeckten den Boden vor dem kleinen Altar.

Hanna starrte auf das Bild ihres Pas, das von zwei brennenden Kerzen eingerahmt wurde. In ihrer rechten Hand hielt sie ein zerknülltes Taschentuch, mit dem sie sich immer wieder über Augen und Nase tupfte. Ihre Linke umklammerte Mikas schlanke Finger. Aus den Lautsprechern ertönte *Amoi seg' ma uns wieder* von Andreas Gabalier.

Da war er also: Der endgültige Abschied, vor dem sie sich seit Tagen gefürchtet hatte. In wenigen Augenblicken würden sie die Kapelle verlassen und wenn sie das nächste Mal herkamen, wäre es, um Pas Asche in einer Urne zu bestatten.

Ein leises Schluchzen entwich ihrer Kehle. Sie wollte stark bleiben. Vor allem für Mika, der sich vermutlich noch verlorener fühlte als sie selbst. Pa hatte nicht viel Zeit gehabt, aber er war immer für sie da gewesen. Nun waren sie auf sich allein gestellt.

Simon, der zu ihrer Rechten saß, berührte tröstend ihren Arm. »Es tut mir so leid«, raunte er.

Seine Worte bezogen sich nicht nur auf Pas Ableben und sie nickte ihm zu, signalisierte stumm, dass sie ihren Streit längst vergeben hatte.

Die letzten Töne verklangen und die Pastorin trat vor die Trauergemeinde. Als sie die Arme ausbreitete, erhoben sich alle für den Segen. »Der Herr segne und behüte dich. Der Herr lasse sein Angesicht leuchten über dir und sei dir gnädig. Der Herr hebe sein Angesicht über dich und gebe dir Frieden. Amen.«

»Amen.«

Sie selbst spürte keinen Frieden. Nur Angst und Schmerz.

»Sie haben nun Gelegenheit, nach vorn zu kommen und sich zu verabschieden«, verkündete die Pastorin. Ihren Worten folgte leise Orgelmusik.

Die übrigen Trauergäste warteten respektvoll darauf, dass Hanna und ihre Schwestern den Anfang machten. Hannas Beine trugen sie kaum, doch Simon stützte sie. Sein Arm fühlte sich stark und sicher an und ein wenig bedauerte sie, dass sie nicht mehr für ihn empfand. Ein Mann wie er wäre in vielerlei Hinsicht perfekt.

Pia, deren mysteriöser Freund auch heute nicht aufgetaucht war, schlurfte in ihrer üblichen Kombination aus dunkler Baggy-Jeans und einem Band-Shirt missmutig neben Emma her, die in ihrem schwarzen Chiffon-Kleid einfach nur bezaubernd aussah. Mika wirkte in seinem einzigen Hemd und den dunklen Stoffhosen ungewohnt erwachsen. Tapfer umklammerte er eine weiße Tulpe, die er auf dem Sarg ablegte.

Der Sarg und Pas Foto verschwammen vor ihren Augen. Wie sollten sie ohne ihn weitermachen? Wie auch nur einen weiteren Tag überstehen? Mit äußerster Anstrengung hatte sie es bis hierher geschafft, doch was folgte nach der Beerdigung?

Der würzige Geruch von Hibiskus zog ihr in die Nase und augenblicklich stellten sich ihre Nackenhaare auf. Die Trägerin des Parfüms trat in einem eleganten Hosenanzug neben sie und nickte dem Sarg zu.

Tante Yvonne.

»Es tut mir so leid. Ich hatte keine Ahnung, dass Joachim überhaupt krank war.« In der Stimme ihrer Tante schwang Mitgefühl, dennoch behagte Hanna der Ausdruck in ihren blaugrünen Augen nicht. »Jetzt werden einige Veränderungen auf euch zukommen.«

»Ich wüsste nicht, wieso.« Hannas Herz pochte wild. Yvonne konnte unmöglich Pas Testament kennen, oder doch?

»Später.« Yvonne machte Platz für die Trauergäste, die hinter ihnen darauf warteten, ebenfalls Abschied zu nehmen. Ihr Mann, Onkel Jörg, legte einen Arm um sie und führte sie nach draußen.

Auch Hanna verließ an Simons Seite die Kapelle. Draußen empfingen sie strahlender Sonnenschein, Vogelgezwitscher und der Geruch von frisch geschnittenem Gras. Fast schien es eine andere Welt zu sein.

Am Stehtisch, auf dem das Kondolenzbuch auslag, bildete sich eine Schlange. Viele von Pas Kollegen aus der Bank waren erschienen und sprachen Emma, Pia, Mika und Hanna ihr Beileid aus.

Zwischen den Männern in dunkeln Anzügen stand eine vertraute Gestalt in schwarzer Jeans und Hemd, die sie hier nicht erwartet hätte.

Mark.

Zögernd näherte er sich ihr, so als wäre er nicht sicher, wie sie auf seine Anwesenheit reagieren würde. Vermutlich war das ihre eigene Schuld, denn bei ihrer Begegnung im Supermarkt hatte sie ihn nicht gerade freundlich behandelt. Sie hatte ihm nicht einmal von dem Testament erzählt oder sich für seine Hilfe bedankt, wie ihr mit schlechtem Gewissen einfiel.

»Hallo Mark. Schön, dass du hier bist.« Sie reichte ihm ihre Hand, um keinen Zweifel daran aufkommen zu lassen, dass sie seine Geste zu schätzen wusste.

»Mein Beileid.« Marks Händedruck fühlte sich angenehm fest und trocken an, aber sein Blick verhärtete sich, als Simon an ihre Seite trat. Wieso nur?

»Mark, ich möchte dir Simon vorstellen. Wir studieren zusammen. Simon, das ist ...« Sie zögerte kaum merklich. »... Mark.« Keine weitere Erklärung. Es ging Simon schließlich nichts an, woher sie Mark kannte, und es widerstrebte ihr, darüber zu sprechen.

»Hallo.« Die beiden Männer schüttelten einander die Hände, wirkten dabei aber nicht sonderlich erfreut.

»Eine bewegende Predigt«, bemerkte Mark. »Besonders die Stelle über die Liebe deiner Eltern hat mir gefallen.«

»Mir auch.« Sie schenkte ihm ein trauriges Lächeln.

»Wir sollten los.« Die Art, wie Simon besitzergreifend einen Arm um sie legte, missfiel ihr. »Sonst warten sie im Restaurant noch auf uns.«

Seine Eile schien übertrieben. Vor allem, weil die Hälfte der Trauergäste bisher nicht einmal die Kapelle verlassen hatte.

Mark runzelte die Stirn und schien mit sich zu ringen, schließlich nickte er grimmig. »Ich gehe jetzt. Alles Gute für dich.«

Nein, das durfte er nicht. Sie hatten bisher kaum drei Sätze miteinander gewechselt und schon wollte er wieder verschwinden. Wozu hatte er den Weg dann überhaupt auf sich genommen?

»Komm mit uns ins Restaurant.« Die Worte rutschten ihr einfach so heraus. »Ich würde gern noch in Ruhe mit dir sprechen. Es gibt Tomatensuppe, Butterkuchen, Kaffee und ...« Sie sah ihm direkt in die Augen. »... Kakao.«

Simons Griff um ihre Taille verstärkte sich, während Mark sie nachdenklich musterte. Dann huschte ein Lächeln über sein Gesicht. »Okay.«

Ihr Kopf pochte, ihre Augen brannten und die Aussicht auf ein Gespräch mit Tante Yvonne – ausgerechnet während Pas Trauerfeier – verursachte ihr Magenschmerzen. Aber gerade wurde ihr Herz leichter. Mark hatte ihr in den schlimmsten Augenblicken beigestanden. Mit ihm an ihrer Seite würde sie auch den Rest der Trauerfeier hinter sich bringen.

~ ~ ~

Mark

Was tat er hier bloß? Mark kaute auf einem Bissen Butterkuchen herum und spülte mit lauwarmen Kakao nach, der keinerlei Ähnlichkeit mit Hannas köstlicher heißer Schokolade aufwies. Er hätte gehen sollen. Stattdessen saß er nun in einem überfüllten Restaurant zwischen lauter Fremden und unterhielt sich mit Hanna über Belanglosigkeiten, während ihr Freund ihn argwöhnisch musterte.

Ihr Freund.

Wie hatte er nur annehmen können, eine Frau wie sie wäre allein? Natürlich gab es jemanden in ihrem Leben, der ihr durch die schwere Zeit half. Sie brauchte seinen Beistand heute nicht. Im Gegenteil, er störte hier.

Mark knetete die Stoffserviette in seinem Schoß, während sein Blick von der Vase Tulpen zu einem roten Fleck auf dem Tischtuch schweifte. Noch immer roch es im

Raum nach der cremigen Tomatensuppe, von der er kaum einen Löffel hinunterbekommen hatte. Sobald er seinen Kuchen aufgegessen hatte, würde er sich verabschieden.

Emma, die neben Hanna saß, stand auf, um sich zu einer Gruppe am Nachbartisch zu gesellen. Ihr Platz wurde augenblicklich wieder belegt – von einer Frau Anfang vierzig mit blonder Hochsteckfrisur, die eine familiäre Ähnlichkeit zu den Geschwistern aufwies. Hanna zuckte bei ihrem Anblick zusammen.

»Ich denke, jetzt ist ein guter Zeitpunkt, um zu reden.« Die Frau machte ein ernstes Gesicht. »Du hast vermutlich inzwischen die Sorgerechtsverfügung gelesen.«

Es klang nicht nach einer Frage, dennoch nickte Hanna.

Mark spürte einen leichten Stich. Er hatte Hanna erst auf die Möglichkeit aufmerksam gemacht, ihr Vater könnte testamentarisch die Vormundschaft geregelt haben. Dennoch hatte sie es nicht für nötig gehalten, ihm Bescheid zu sagen, als sie fündig geworden war. Innerlich schüttelte er den Kopf. Wozu auch? Er war nur ein Polizist, der ihr eine Todesnachricht überbracht hatte. Mehr nicht.

»Joachim hat große Stücke auf dich gehalten. Aber ihm war vermutlich nicht bewusst, was er dir mit seiner Entscheidung aufbürdet.« Die Blondine schüttelte den Kopf. »Ich denke, uns beiden ist klar, dass ich die Vormundschaften übernehmen sollte.«

»Er hat aber mich ausgewählt.« Auf Hannas Wangen zeigten sich rote Flecken. »Er wollte, dass Emma und Mika in ihrer vertrauten Umgebung bleiben, und er wusste, dass ich mich gut um sie kümmern würde.«

»Deine Absichten ehren dich, aber du wärst heillos überfordert.« Der Tonfall der älteren Frau klang herablassend. »Du bist kaum aus der Schule raus, hast noch keinen Beruf …«

Unter dem Tisch ballte Mark die Fäuste. Wie konnte diese Frau es wagen, so mit Hanna zu reden? Noch dazu auf der Trauerfeier ihres Vaters.

»... und keinen Mann. Jörg und ich können den beiden ein stabiles Umfeld bieten. Es wäre für Emma und Mika das Beste. Wenn wir uns einig sind und dem Jugendamt das so mitteilen, wird es vor Gericht deutlich unkomplizierter.«

Hannas Augen verengten sich und sie presste die Lippen zusammen.

Mark vergewisserte sich mit einem Seitenblick, dass Mika sich zwischen einigen Gleichaltrigen außer Hörweite befand. Dafür reckten mehrere ihrer Tischnachbarn die Hälse, um nichts von dem Spektakel zu verpassen. Warum nur saß Hannas Freund so unbeteiligt daneben und griff nicht ein? Mark an seiner Stelle hätte längst etwas unternommen.

»Ich habe vorsorglich einen Termin für übermorgen um fünfzehn Uhr vereinbart«, fuhr die Frau fort. »Wir können ihn natürlich ändern, wenn es dir nicht passt.«

»Es passt mir nicht.« Zum ersten Mal klang Hanna in seinem Beisein richtig wütend. »Weder übermorgen noch in hundert Jahren. Ich bin nicht bereit, Pas letzten Willen zu missachten, und ganz bestimmt werde ich nicht zulassen, dass Mika und Emma ihr Zuhause verlieren. Wir sind immer noch eine Familie.«

»Ich gehöre auch zur Familie. Celina war schließlich meine Schwester.« Kurz flackerte Schmerz in den Augen der Blondine auf und sie wurde ebenfalls eine Spur lauter. »Wenn Joachim mich um Hilfe gebeten hat, war ich immer für euch da.«

»Aber du hast es ihn spüren lassen. Jedes Mal.« Hannas Stimme klang bitter. »Dich hat er nur angerufen, wenn ihm keine Wahl blieb. Aber dieses Mal gibt es eine.«

»Bitte nimm doch Vernunft an. Ich handele in deinem eigenen Interesse. Du kannst das allein nicht schaffen und das wird auch der Richter so sehen. Wenn er sich entscheiden muss zwischen einem Doppelverdiener-Ehepaar und einer Studentin, die an ihrer Seite nicht einmal einen Partner hat, was glaubst du wohl ...«

»Sie hat einen Freund.« Mark konnte sich nicht länger zurückhalten. »Er sitzt hier mit am Tisch.«

Alle starrten ihn an. Besonders Hanna. Freute sie sich denn nicht, dass er für sie Partei ergriff? Und wieso zog Simon nur die Stirn kraus, anstatt endlich mal den Mund aufzumachen?

»Du und Simon, ihr seid doch ein Paar?« Die Blondine klang überrascht.

Hanna schluckte und wandte sich hilfesuchend an Simon, der verlegen den roten Kopf schüttelte. »Das muss ein Missverständnis sein.«

Nun sahen alle Hanna an, hinter deren Augen frische Tränen schimmerten. Sie wirkte gedemütigt.

Was hatte er nur angerichtet?

Die Blondine zog die Stirn kraus. »Mit einem festen Partner hättest du vor Gericht vielleicht eine Chance gehabt, aber so ... Du solltest lieber Vernunft annehmen. Es bringt doch nichts, wenn wir uns innerhalb der Familie streiten.«

»Aber ich habe einen Freund.« Hannas flehender Blick warnte ihn, dass ihm ihre nächsten Worte nicht gefallen würden. »Mark und ich sind zusammen.« Über den Tisch hinweg griff sie nach seiner Hand und stieß dabei gegen eine Kaffeetasse, die leise schepperte. Ihr Händedruck fühlte sich an wie ein Schraubstock. Ein Entkommen schien ausgeschlossen. »Er ist Polizist. Ein Mann im Staatsdienst, der jeden Tag anderen Menschen hilft und sie beschützt. Ich glaube, die Mitarbeiter vom Jugendamt werden ihn lieben. Was meinst du, Tante?«

Hannas Tante bedachte sie mit einem schmallippigen Lächeln. »Wir werden sehen.« Kühl nickte sie Mark zu. »Willkommen in der Familie.«

Marks eigene Hand in Hannas fühlte sich feucht an und sein Herz raste. Hanna war eindeutig zu weit gegangen. Was hatte sie sich nur dabei gedacht? Er verstand ihre Verzweiflung, aber dieser Schwindel würde spätestens vor Gericht auffliegen und ihr mehr schaden als nützen. Zudem behagte es ihm nicht, als fester Freund von jemandem zu gelten – nicht einmal für die Dauer eines Kaffeetrinkens.

»Kommst du mal eben kurz raus, frische Luft schnappen?«, presste er hervor.

»Natürlich.« Hätte sie ein *»Schatz«* angehängt, wäre er vermutlich aufgesprungen und geflüchtet. Dass sie stattdessen auf dem Weg zur Tür erneut seine Hand ergriff wie ein verliebter Teenager, könnte er unter anderen Umständen sogar genießen.

Heute nicht.

Vor dem Restaurant standen einige Trauergäste auf dem Gehweg und unterhielten sich bei einer Zigarette. Der Geruch von Nikotin und einzelne Gesprächsfetzen wehten zu ihnen hinüber und mehrere Raucher wandten die Köpfe neugierig in ihre Richtung.

Mark führte Hanna zum Besucherparkplatz, wo sie ungestört waren. Mit den dunklen Lederschuhen, die an den Fersen scheuerten, pflügte er durch den Kies, sodass die Steinchen wild umherflogen. »Ist dir eigentlich klar, was du da eben angerichtet hast?«

Trotzig reckte sie das Kinn vor. »Du hast doch damit angefangen. Wieso behauptest du einfach, ich hätte einen festen Freund?«

»Sah für mich so aus, als wäre dieser Simon dein Freund.« Schon verrückt, dass er beinahe so etwas wie Eifersucht verspürt hatte, obwohl Hanna und er sich niemals näherkommen würden. Im Gegenteil: Nach diesem Tag würde er sich von ihr fernhalten. Hanna brauchte tatsächlich einen festen Partner, während er für Beziehungen nicht geschaffen war. Doch nun galt es, erst einmal Schadensbegrenzung zu betreiben. »Wir sollten wieder reingehen und mit …?«

»… Tante Yvonne«

»… mit deiner Tante sprechen. Ihr erklären, dass du aufgebracht warst und …«

»Nein.« Sie trat direkt vor ihn und ihr flehender Blick ließ seine Knie weich werden. Nie wieder würde er Maiglöckchenduft riechen, ohne an sie zu denken. »Wenn wir das tun, wird Yvonne mich dem Jugendamt gegenüber als labil darstellen. Dann habe ich keine Chance mehr auf die Vormundschaft.«

»Glaubst du, das würde sie wirklich tun? Sie ist immerhin deine Tante.« Aber im Grunde brauchte er Hanna nicht einmal in die Augen zu sehen, um die Antwort darin zu lesen. Wer wusste besser als er selbst, wozu die eigene Familie manchmal fähig war? »Deine Lüge wird auffliegen. Vermutlich schon beim Jugendamt, spätestens vor Gericht.«

Ein entschlossener Ausdruck trat in ihr Gesicht. »Nur, wenn du nicht mitspielst.«

Er musste sich verhört haben.

»Das meinst du nicht ernst.«

»Wieso nicht?« Sie reckte das Kinn. »Du hast gesagt, ich kann dich um Hilfe bitten. Jederzeit. Jetzt brauche ich deine Hilfe. Also kann ich mich auf dich verlassen?«

Trotz ihrer selbstbewussten Körperhaltung hörte er die Unsicherheit aus ihrer Stimme heraus, bemerkte die Anspannung in ihrem Blick. Vermutlich versuchte sie gerade, ihn mit reiner Willenskraft zum Nachgeben zu bewegen.

Oder mit purer Verzweiflung.

»Ich hab's nicht so mit festen Beziehungen. Ich wüsste nicht mal, ob ich so tun könnte, als ob. Und selbst wenn, werde ich keinen Richter belügen. Falls das rauskommt, verliere ich meinen Job.« Es schmerzte ihn, ihre Hoffnungen zunichtezumachen, aber selbst seine Hilfsbereitschaft kannte Grenzen. »Das kannst du nicht von mir verlangen.«

»Ich verlange es nicht von dir. Ich bitte dich darum.« Ihre Augen schimmerten feucht, als sie seine Hände ergriff. Wie zart sich ihre Finger in seinen anfühlten, wie sehr er ihren Schmerz nachempfand. Beinahe, als wäre es sein eigenes Herz, das in Stücke sprang. Aber das war unmöglich, denn was längst in Scherben lag, konnte kein zweites Mal zerbrechen.

»Ich würde dir wirklich gern helfen.« Sanft zeichnete er mit seinem Finger die Tränenspuren auf ihrem Gesicht nach. »Vor ein paar Jahren habe ich mich ganz ähnlich gefühlt wie du heute. Und hätte es damals nicht meine Arbeit und die Kollegen bei der Polizei gegeben, wäre ich verloren gewesen. Sie haben mich gerettet.«

»Und jetzt müssen Emma und Mika gerettet werden. Vor allem Mika. Was glaubst du, was aus ihm wird, wenn er Pia und mich auch noch verliert?« Ihre Stimme zitterte.

Ein scharfer Schmerz schoss durch seine Brust. Wie so oft wünschte er sich, die Zeit zurückzudrehen und seine eigenen Fehler ungeschehen zu machen. Er sollte sich verabschieden. Sofort. Bevor er eine Dummheit beging. Denn wenn Hanna ihn noch länger so flehend aus ihren Schokoladenaugen ansah, konnte er für nichts garantieren.

»Du kannst mich um alles bitten«, hörte er sich zu seinem eigenen Entsetzen sagen. »Um alles, womit ich nicht meinen Job gefährde, und ich werde es für dich tun.«

»Wirklich?« Ihre Augen wirkten auf einmal riesig.

Vage nahm er in der Nähe das Knallen von Autotüren wahr, hörte das Starten eines Motors, doch er konnte den Blick nicht von ihr abwenden. Noch immer musterte sie ihn so eindringlich, als wollte sie seine Gedanken lesen.

Genau das, wovor er sich am meisten fürchtete.

Schließlich kräuselte sich ihr Mund zu einem winzigen Lächeln. »Küss mich.«

Fassungslos starrte er sie an. Seine Fantasie musste ihm einen Streich gespielt haben.

Doch im nächsten Moment spürte er warme Lippen auf seinen. Wie von selbst beugte er sich zu ihr hinunter, damit sie nicht länger auf Zehenspitzen balancieren musste, und vergrub seine Hände in ihrem weichen Haar. Hanna schmeckte ein wenig nach Tomatensuppe und Apfelkuchen, aber vor allem nach Kakao und nach sich selbst. Ihre Zunge drängte in seinen Mund und bereitwillig öffnete er die Lippen, um sie einzulassen. Ihr Kuss fühlte sich nach Eroberung an – etwas, das er von Frauen nicht gewohnt war – und sandte köstliche Schauer durch seinen Körper.

Als er sich atemlos von ihr löste, raste sein Herz wie nach einem 100-Meter-Sprint und seine Arme waren mit Gänsehaut überzogen. Dieser Kuss hatte ihn aufgewühlt. Etwas, das er normalerweise unter allen Umständen zu vermeiden suchte. Ungläubig strich er über seine Lippen, die noch immer von Hannas Berührung prickelten. »Warum hast du das getan?«

»Damit du nicht lügen musst.«

»Was?« Hier entging ihm gerade etwas Entscheidendes.

»Na ja.« Plötzlich wirkte Hanna verlegen. »Wenn dich der Richter jetzt fragt, ob wir zusammen sind, kannst du ihm die Wahrheit sagen.«

Ihre Worte brachten ihn noch mehr aus dem Gleichgewicht als der Kuss. »Du glaubst ernsthaft, dass wir ein Paar sind, weil wir uns einmal geküsst haben?« Er musste ihr zugutehalten, dass sie gerade erst ihren Vater verloren hatte und verzweifelt war. Aber selbst unter diesen Umständen, schien ihre gestörte Wahrnehmung beängstigend.

»Nein.« Sie räusperte sich. »Aber ich glaube, dass wir eins werden könnten. Zumindest, bis ich die Vormundschaft habe.«

Oh Gott! Sie meinte es tatsächlich ernst.

»So was ist kein Spaß.« Vor allem nicht für ihn. »Ich verstehe deine Situation, aber ...«

»Hat dir der Kuss gefallen?«

»Natürlich hat er das.« Unter anderen Umständen hätte er sie liebend gern verführt. Doch er wählte seine Partnerinnen stets danach aus, dass sie beide das Gleiche wollten: Sex ohne Verbindlichkeiten. Vorsätzlich mit den Gefühlen einer Frau zu spielen – noch dazu einer Frau in Trauer – käme für ihn nie infrage.

»Du fühlst dich zu mir hingezogen.« Es war keine Frage. Ihre Direktheit trieb ihm die Hitze ins Gesicht. »Und ich kann nicht leugnen, dass ich dich ebenfalls attraktiv finde.«

Ihre Worte fühlten sich fast wie ein Streicheln an. Er schluckte. »Das ändert nichts an den äußeren Umständen. Die Art, wie wir uns kennengelernt haben. Du bist frisch in Trauer und ich ... ich habe derzeit auch anderes im Kopf als eine Beziehung. Das würde niemals gut gehen.«

»Natürlich nicht«, stimmte Hanna ihm zu.

»Warum willst du es dann überhaupt versuchen?« Am Ende würde sie nur verletzt werden. Er nicht, denn er hatte gelernt, sein Herz zu schützen. Aber Hanna machte auch so schon genug durch.

»Halt mich bitte nicht für naiv. Mir ist klar, dass du und ich nie dauerhaft zusammenpassen würden. Schon allein wegen deines Jobs. Aber genau darum geht es ja. Wenn wir es jetzt miteinander versuchen, wird der Richter mir vielleicht die Vormundschaft zusprechen, weil ich einen Partner habe. Und wenn wir dann scheitern, kann uns deswegen niemand einen Vorwurf machen.«

»Ziemlich gerissen.« Es verletzte seinen Stolz, wie sie eine Beziehung zwischen ihnen von vornherein ausschloss. Zwar hatte er selbst schon daran gedacht, dass sie als angehende Ärztin in einer anderen Liga spielte als ein Beamter im mittleren Polizeidienst, dennoch verspürte er einen Stich.

Hanna schien es nicht zu bemerken. Ihre vom Weinen geröteten Augen strahlten. »Genau. Es wäre völlig risikofrei. Du kannst guten Gewissens die Wahrheit sagen und wenn wir uns trennen, wird niemand enttäuscht sein, weil wir von Anfang an gewusst haben, worauf wir uns einlassen.«

Im Grunde fühlte er sich jetzt schon enttäuscht. »So bist du doch gar nicht. Ich meine, ich kenne dich kaum. Aber du wirkst nicht wie eine Frau, die einfach so von einer Beziehung zur nächsten wechselt.«

»Normalerweise nicht.« Der Wind spielte in Hannas Haaren und sie strich sich nervös eine Strähne hinters Ohr. »Aber für Mika und Emma würde ich alles tun. Davon abgesehen ...« Plötzlich bekam ihr Blick etwas Verletzliches. »... befinde ich mich gerade in einer Lage, in der ich gern jemanden an meiner Seite hätte. Jemanden wie dich.«

»Du meinst wohl eher jemanden wie Simon.« Sein Ton sollte lässig klingen, aber es war ihm misslungen.

Hanna schüttelte leicht den Kopf. »Simon ist wirklich klug, aber er versteht nicht annähernd, was derzeit in mir vorgeht. Du schon.«

Obwohl er sich gerade noch über sie geärgert hatte, spürte er bei ihren Worten ein süßes Ziehen in seinem Bauch. An dem, was mit seiner Familie geschehen war, konnte er nichts mehr ändern. Aber wenn er stattdessen Hanna half, leistete er seine Wiedergutmachung eben bei einer anderen Familie. Vielleicht könnte er sich danach ein Stück weit selbst verzeihen. Sein Wille geriet ins Wanken. »Falls ich es tue, habe ich zwei Bedingungen.«

»Die wären?«

»Erstens halten wir unseren Freundes- und Bekanntenkreis da raus. Ich möchte nicht, dass auf dem Revier jemand etwas von uns erfährt, das könnte mir schaden. Also keine glücklichen Paarfotos auf *Facebook*, *Instagram* oder *WhatsApp*.«

»Einverstanden. Und zweitens?«

»Es gibt Dinge in meiner Vergangenheit, über die ich nicht spreche. Das müsstest du akzeptieren.«

»Natürlich.« Sie lächelte schüchtern. »Darf ich auch eine Bedingung stellen?«

Eigentlich sollte er schon aus reiner Vorsicht verneinen, doch das war unmöglich, wenn sie ihn so ansah. »Von mir aus.«

»Danke.« Sie streckte den Arm aus und legte ihre warme Hand auf seine Brust, direkt über sein wild pochendes Herz. »Pass bei der Arbeit gut auf dich auf und gehe kein unnötiges Risiko ein. Ich würde es nicht ertragen, wenn dir auch noch etwas zustößt.«

Ernst sah er in ihre warmen Schokoladenaugen. »Versprochen.«

Das hier würde er noch bereuen.

Kapitel 6

Hanna

Professor Oldebeck musterte sie aus ernsten Augen über seinen Schreibtisch hinweg. »Mein herzliches Beileid. Unter diesen besonderen Umständen dürfen Sie Ihr Referat selbstverständlich nachholen. Leider nicht zum ursprünglichen Thema, denn den Vortrag hat Herr Fuchstal ja schon gehalten.« Er blätterte in seinem Kalender. »In zwei Wochen könnte ich Sie einschieben.«

»Danke, das wäre großartig.« Hanna krallte sich in die Sitzfläche des Besucherstuhls und versuchte, sich die Panik nicht anmerken zu lassen.

Zwei Wochen für ein neues Thema waren verflucht wenig. Und den Stoff, den sie während der vergangenen Woche verpasst hatte, musste sie auch noch nachholen. Zudem hatte eine Frau vom Jugendamt angerufen und ihr gefühlte tausend Fragen zu Mika und ihren Lebensumständen gestellt. Bald würde auch eine Ladung vom Familiengericht bei ihnen eintreffen.

»Ihr neuer Patientenfall.« Oldebeck reichte ihr eine Mappe mit Röntgenbildern und CT. »Bitte fassen Sie sich kurz. Maximal fünfzehn Minuten. Viel Erfolg.«

»Danke.«

Die Mappe an die Brust gepresst, verließ sie eilig das Büro und stieß im Flur beinahe mit Simon zusammen.

»Hallo.« Sie musterte ihn kühl. So ganz konnte sie ihm nicht verzeihen, wie er vor ihrer Tante mit schamrotem Kopf eine Beziehung zu ihr verneint hatte.

Auch jetzt zeigten sich auf seiner sonst so blassen Haut verräterische Flecken. »Melanie sagte mir, dass ich dich hier finde. Können wir reden?«

»Was ist mit Umweltmedizin?«

»Fängt erst in einer knappen Stunde an. Bitte, es ist wichtig.«

»Von mir aus.« Sie seufzte. »Aber lass uns woanders hingehen.«

Der Eppendorfer Park grenzte direkt an das Gelände der Uniklinik. Im Spätfrühling war es dort besonders schön. Von den Baumkronen erklang Vogelgezwitscher und das Laub leuchtete in einem hellen Grün. Tief atmete Hanna den Duft von Gras und Blättern ein. Als Kind war sie mit Pa und ihren Geschwistern häufiger hergekommen. Doch nun hatte sie sich seit Monaten keine Zeit mehr für einen Spaziergang genommen, obwohl sie die Natur liebte.

Simon ging neben ihr, schenkte der Umgebung jedoch weit weniger Beachtung. Stattdessen kaute er nervös auf seiner Unterlippe. Sie kannte diesen Gesichtsausdruck aus gemeinsamen Klausuren, in denen er regelmäßig fürchtete zu versagen und dann doch Bestnoten schrieb. »Es tut mir leid wegen vorgestern«, platzte er heraus.

»Was genau?« So leicht würde sie es ihm nicht machen.

»Ich war nicht gerade nett zu Mark«, räumte er ein.

Eine Untertreibung. »Du hast ihn angestarrt, als würdest du dich mit ihm prügeln wollen. Dabei hat er dir nicht das Geringste getan.«

»Ich wusste ja nicht, dass er dein Freund ist. Mir kam er aufdringlich vor.«

»Was nicht dein Problem war.« Sie verschränkte die Arme vor der Brust.

»Nein.« Seine Stimme klang niedergeschlagen und er ließ den Kopf hängen. Auf einmal tat er ihr leid. »Ich … du weißt, dass ich dich sehr mag. Mehr als das.«

Bitte nicht.

Natürlich waren ihr seine Blicke und die zufälligen Berührungen nicht entgangen. Simon war von Natur aus schüchtern und hatte sie während des ersten Semesters kein einziges Mal angesprochen, sondern immer nur verstohlen von der Seite gemustert. Vermutlich würden sie heute noch nicht miteinander reden, wenn sie damals keinen neuen Lernpartner gesucht und ihn einfach gefragt hätte. Seitdem wich er ihr nicht mehr von der Seite. Aber bisher hatte er sich bei aller Anhänglichkeit stets so weit zurückgehalten, dass es ihre Freundschaft nicht gefährdete.

»Als Tante Yvonne dich gefragt hat, ob wir ein Paar sind, schienst du aber von dem Gedanken entsetzt.« Ihre Stimme klang schärfer als beabsichtigt und er zuckte zusammen.

»Ich war überrascht und ich …«

Eine Joggerin im hellblauen Trainingsanzug trabte an ihnen vorbei und Simon schwieg, bis sie sich wieder außer Hörweite befand.

»Es war nicht der Gedanke an uns, der mich verunsichert hat. Aber die Vorstellung, quasi der Stiefvater deines Bruders zu werden, hat mir eine Heidenangst eingejagt.«

»Warum? Mika ist doch ein Schatz.« Wie konnte jemand diesen bezaubernden Jungen nicht mögen?

»Natürlich. Aber ich bin nicht bereit für Kinder. Und du auch nicht, wenn du ehrlich bist.«

»Ich habe bestimmt nicht vor, morgen schwanger zu werden, aber Mika ist nun mal da und er braucht mich.« Ein Windstoß fuhr ihr unter den Kragen und fröstelnd knöpfte sie ihre Jacke zu.

»Mika braucht jemanden. Aber wenn du mich fragst, hat deine Tante recht. Er sollte lieber bei ihr aufwachsen.«

»Wie bitte?« Abrupt blieb sie stehen und wandte sich zu ihm um. Das konnte Simon unmöglich ernst meinen.

Simon zog die Schultern ein. »Ich will damit nicht behaupten, dass du es nicht schaffen würdest. Aber denk auch mal über die Konsequenzen nach. Du hast noch vier Semester und das praktische Jahr vor dir und die Zeit als Assistenzärztin wird auch kein Spaziergang. Wenn Du Mika großziehst, kannst du dir Medizin abschminken.«

Für Simon würde ein Versagen im Studium vermutlich das Ende der Welt bedeuten. Seitdem sein älterer Bruder einen Posten als Oberarzt erhalten hatte, stand fest, dass Simon die elterliche Arztpraxis übernehmen sollte. Diesem Ziel widmete er sich mit aller Hingabe, auch wenn Hanna insgeheim bezweifelte, dass er bei seiner Schüchternheit einen guten Gynäkologen abgeben würde.

»Ich schaff das schon.« Es verletzte sie, wie wenig er ihr zutraute. Auch wenn sie momentan tatsächlich noch nicht wusste, wie sie die nächsten Jahre bewältigen sollte. »Mark hilft mir.«

Eine Spitze gegen Simon, die sie sich besser verkniffen hätte, schließlich würden Mark und sie sich bald wieder trennen.

»Rechne besser nicht zu fest mit seiner Unterstützung.« Simons zusammengepresste Lippen drückten deutlich seinen Missmut aus. »Ich bin wenigstens ehrlich zu dir. Mark tut doch nur so, als ob ihm etwas an deinen Geschwistern liegt, um Chancen bei dir zu haben.«

»Unsinn! So ist er nicht.« Außerdem war sie es gewesen, die Mark um einen Kuss gebeten hatte, was

Simon natürlich nicht wusste. Um einen Kuss und um sehr viel mehr.

»Ach ja?« Spöttisch zog Simon die Brauen hoch, der Ausdruck stand ihm nicht. »Wie gut kennst du ihn wirklich, um das zu beurteilen? Bis vorgestern habe ich jedenfalls noch nie von ihm gehört.«

»Gut genug.« Sie wich seinem Blick aus und betrachtete stattdessen den Teich, auf den sie zuliefen. Eine große Trauerweide wuchs direkt am Ufer und ihre Zweige ragten fast bis ins Wasser. Plötzlich spürte sie Simons warme Hand an ihrem Arm.

»Hanna, bitte sieh mich an.«

Widerwillig drehte sie sich zu ihm um. Sie wollte Simon nichts vormachen, aber ihn ins Vertrauen zu ziehen, schien ebenfalls ausgeschlossen. Vor allem, da er so vehement den Standpunkt ihrer Tante vertrat.

Er stand so dicht vor ihr, dass sie die Sommersprossen auf seiner Nase zählen könnte. An seiner Haut haftete noch der Geruch von Desinfektionsmitteln und auf seiner Stirn zeigte sich eine Denkerfalte. »Bist du sicher, dass er der Richtige für dich ist? Denn auf mich wirkt es nicht so.«

Sie fühlte sich ertappt. Trotzdem zwang sie sich zu einem Lächeln. »Das werde ich nur herausfinden, wenn ich uns beiden eine Chance gebe.«

»Betrachte es doch mal realistisch. Mark arbeitet im Schichtdienst, nicht wahr?«

Sie nickte.

»Und das wird er auch noch bis zur Rente tun. Er wird nachts arbeiten und am Wochenende, was nicht gerade familienfreundlich ist. So kann er dir kaum den Rücken fürs Studium freihalten.« Simons Stimme klang ernst. »Nehmen wir mal an, ihr bleibt tatsächlich zusammen, bis du Ärztin bist. Was dann? Glaubst du, er käme damit klar, dass du ein Vielfaches seines Gehalts verdienst? Denn für mich sieht er wie ein Macho aus, der regelmäßig ins Fitnessstudio geht und von seiner Frau bewundert werden möchte.«

Simons Worte verunsicherten sie, obwohl sie an ihr abperlen sollten. Was kümmerte sie eine Zukunft mit Mark, die sie ohnehin nie haben würde?

»Geld ist doch nebensächlich. Ich studiere bestimmt nicht Medizin, um reich zu werden.«

»Ich weiß. So gut kenne ich dich mittlerweile.« Simons Stimme klang sanft. »Ich glaube bloß, dass du dich an den falschen Mann klammerst, weil du in deiner Lage einen Halt brauchst. Und ich möchte dich davor bewahren …«

Ihr Handy klingelte.

»Tschuldigung, da muss ich rangehen.« Erleichtert über die Unterbrechung nahm Hanna den Anruf entgegen, auch wenn die Nummer ihr nichts sagte. Prompt fand sie sich im Gespräch mit ihrer alten Schulrektorin wieder.

»Es tut mir sehr leid, Sie in Ihrer Trauer zu stören, aber es gibt ein Problem mit Mika.«

»Ist er verletzt?« Hannas Stimme überschlug sich. Alles, nur das nicht!

»Nur leicht«, erwiderte die Rektorin. »Aber er hat einen Mitschüler während des Sportunterrichts angegriffen und sich geprügelt. Können Sie bitte herkommen und ihn abholen?«

»Natürlich.« Ihr wurde kalt. Pa lag nicht einmal unter der Erde und schon hatte sie bei Mika versagt.

»Alles in Ordnung?«, fragte Simon. »Du bist ganz blass geworden.«

Sie schüttelte den Kopf. »Ich muss los. Mika hat Probleme in der Schule.«

»Aber Umweltmedizin fängt in einer Viertelstunde an und bei der Vorlesung herrscht Anwesenheitspflicht.«

»Ich weiß.« Wehmütig betrachtete sie die glatte Oberfläche des Sees, auf der sich das Sonnenlicht spiegelte. Wie friedlich es hier war.

Simon fasste sie am Arm. »Wenn du jetzt gehst, verlierst du deinen Schein.«

Sie schluckte. Dann reckte sie das Kinn. »Aber wenn ich bleibe, verliere ich vielleicht Mika. Mach's gut.«

Sanft löste sie sich aus seinem Griff. Sie mochte ihn wirklich, aber er verstand sie nicht im Geringsten.

~ ~ ~

Mark

Genervt drückte Mark auf dem Weg nach Hause den dritten Anruf seines Vaters weg. Das Gelalle auf der Mailbox hatte er gleich wieder gelöscht. Nein, er würde bestimmt nicht seinen freien Nachmittag damit verschwenden, seinen Vater mit dessen alter Karre zum Discounter zu fahren, damit der sich dort mit Wodka und Bier eindecken konnte. Stattdessen plante er einen Besuch im Schwimmbad. Ein wenig Extra-Training für seine SEK-Aufnahmeprüfung konnte nicht schaden.

Marks Anderthalb-Zimmer-Wohnung befand sich im vierten Stock eines Altbaus in der Seilerstraße. Die linke Häuserzeile der Straße grenzte an die Reeperbahn, sodass Marks Heimweg ihn an einem Sexkino, einem Casino und dem *Rude Club* vorbeiführte. Baukräne ragten über die Straße und der Lärm einer Abrissbirne übertönte die Verkehrsgeräusche. Seit Sankt Pauli zum In-Viertel erklärt worden war, schossen überall

Neubauten aus dem Boden. Vierzehn Euro Miete pro Quadratmeter waren hier keine Seltenheit.

Der Geruch von Staub und Abgasen mischte sich mit dem Gestank der Mülltonnen, die heute am Gehsteig standen. In jede Lücke zwischen Fußweg und Straße hatten sich parkende Autos gequetscht und Mark beglückwünschte sich zu der Entscheidung, seinen alten Audi verkauft zu haben. Leicht war es ihm nicht gefallen, aber die Mietpreiserhöhung vergangenen Sommer hätte er sonst nur mit einem Nebenjob bewältigen können und das kam nicht infrage. Er war Polizist und sonst nichts.

Als er am *Restaurant Freudenhaus* vorbeiging, knurrte sein Magen, doch der musste sich bis nach dem Schwimmen gedulden.

Noch ein Anruf. Mark drückte ihn weg, ohne hinzusehen, und schloss die Eingangstür zu seinem Wohnblock auf. Im Treppenhaus roch es muffig und jemand hatte einen Stapel Flyer einfach auf dem Boden abgelegt. Mark holte seine Post aus dem Briefkasten: Rechnungen, Werbung und ein Brief von Tom.

Sein Herzschlag beschleunigte sich. Hoffentlich waren das keine schlechten Neuigkeiten, Tom hatte selten Gutes zu berichten. Noch in der Wohnungstür riss Mark den Umschlag auf. Darin befand sich jedoch kein Brief, sondern ein Aquarellbild, das einen Ausschnitt des Hamburger Doms mit dem Big Spin Karussell zeigte. Auf der Rückseite stand in kleinen Buchstaben: *»Noch 325 Tage«*.

Also doch keine Katastrophe. Erleichtert pinnte Mark das Bild mit einem Magneten an seinen Kühlschrank. Dort hingen bereits Aquarelle von der nächtlichen Reeperbahn, dem Hafen bei Sonnenaufgang und dem Stadtpark. Die kleinen Kunstwerke versetzten ihm einen Stich. Sein Bruder hatte all die Orte gemalt, die er schmerzlich vermisste. Er blieb eben ein Träumer – selbst in der Jugendstrafanstalt.

Schon wieder klingelte sein Handy. Dieses Mal ertönte das Geräusch für eine neue *WhatsApp*-Nachricht. Genervt rief Mark die App auf. Er sollte die Nummer seines Vaters wirklich sperren, andernfalls würde er ihn nie in Ruhe lassen. Doch die Mitteilung stammte nicht von ihm, sondern von Hanna, die anscheinend vergeblich versucht hatte, ihn anzurufen.

»SOS: Kannst du ganz schnell herkommen? Eine Frau vom Jugendamt ist hier und will dich sprechen. Es geht um Mika und um uns.«

Ihm wurde kalt und er fühlte sich wie erstarrt. Überraschungsbesuch vom Jugendamt und sie hatten vorab nichts abgesprochen. Konnte das überhaupt gutgehen? Mit zitternden Fingern tippte er seine Antwort.

»Bin in 15 Minuten bei dir.«

~ ~ ~

Hanna

Betreten starrte Hanna auf das benutzte Frühstücksgeschirr. Wenn Pia und Emma wenigstens den Esstisch abgeräumt hätten, würde Frau Heldecke vom Jugendamt sie vielleicht etwas weniger missbilligend über den Rand ihrer Brille hinweg mustern. Zwar hatte die Sozialarbeiterin bei ihrer Ankunft versichert, Hanna solle sich ihretwegen keine Umstände machen, dennoch schien ihrem prüfenden Blick nicht das Geringste zu entgehen.

»Ist Mika schon öfter mit einer blutigen Nase nach Hause gekommen?« Frau Heldecke klappte ihr Notizbuch auf, bemerkte im letzten Moment die Kaffeelache auf der Tischplatte, verzog den Mund und rückte ein Stück beiseite. Kein Wunder. Die Käsereste auf Pias Frühstücksteller müffelten vor sich hin und die Putenbrust auf der Wurstplatte hatte außerhalb des Kühlschranks eine ungesunde Farbe angenommen.

Hannas Wangen erhitzten sich. Die Frau musste ja glauben, dass sie mit Mika und dem Haushalt heillos überfordert war. »Nein, es war das erste Mal. Mikas Rektor sagt, so ein Verhalten ist nach einem Trauerfall ganz normal.«

Frau Heldecke zog die Brauen hoch, so als würde sie ihr keinen Glauben schenken. »Wie kommt Mika denn sonst in der Schule zurecht?«

»Gut.« Hoffte sie zumindest. In Wahrheit wusste sie nicht, wie Mika bei seinen letzten Tests abgeschnitten hatte und ob er regelmäßig seine Hausaufgaben machte. Die Schule war in Pas Aufgabenbereich gefallen.

Pa. Wieder einmal vermisste sie ihn schmerzlich. Er hatte sich aus vielen Alltagsproblemen herausgehalten, aber wenn einer von ihnen ernsthaft in Schwierigkeiten steckte, war auf ihn Verlass gewesen.

»Haben Sie den Eindruck, dass Mika den Tod Ihres Vaters einigermaßen verarbeitet?« Erwartungsvoll sah die Frau sie an.

Was sollte sie ihr antworten? Dass Mika heimlich weinte? Dass er jede Nacht in ihr Bett kroch, nachdem er aus einem Albtraum erwacht war? Dass er ständig über Bauchschmerzen klagte und auf nichts, außer Schokolade, Appetit hatte?

»Er trauert. Um mehr zu sagen, ist es noch zu früh.«

»Verstehe.« Der verkniffene Gesichtsausdruck der Sozialarbeiterin zeigte deutlich, dass Hannas knappe

Antwort sie nicht zufriedenstellte. »Ich würde jetzt gern mit Mika unter vier Augen sprechen.«

»Natürlich.« Hanna stand auf. »Er ist in seinem Zimmer.« Hoffentlich saß er dort am Schreibtisch und machte Hausaufgaben. Es fehlte noch, dass sie ihn mit einem Egoshooter erwischten. Als sie leise wummernde Bässe durch die geschlossene Zimmertür hörte, ahnte sie, dass ihre Pechsträhne noch nicht vorüber war.

Frau Heldecke hielt vor Mikas Tür inne. »Werde ich gleich noch Ihren Lebensgefährten treffen?«

Hannas Herzschlag beschleunigte sich. »Das kann ich nicht versprechen. Ich habe ihn angerufen, aber er geht nicht an sein Handy. Vielleicht hat er einen Einsatz.«

»Sie kennen seinen Dienstplan nicht?« Ein bohrender Blick traf sie. Hanna schwitzte.

»Normalerweise schon. Aber Mark hat ein paar Schichten getauscht, um uns beizustehen, und jetzt habe ich den Überblick verloren.«

»Es ist wichtig, dass ich mit ihm spreche. Wenn es heute nicht klappt, möchte ich, dass Sie beide zu mir ins Büro kommen.« Energisch klopfte die Sozialarbeiterin gegen die Tür und trat dann ein, ohne eine Antwort abzuwarten.

Wie befürchtet, lag Mika bäuchlings auf seinem Bett und spielte auf Emmas altem Handy. Der Fußboden war mit Legosteinen bedeckt, während in Emmas Zimmerhälfte die wild aufs Bett geworfenen Kleidungsstücke darauf hindeuteten, dass sie sich morgens in großer Eile angezogen hatte.

Die Tür schloss sich vor Hanna und sie hastete ins Esszimmer, um endlich den Frühstückstisch abzuräumen. Während sie die Geschirrspülmaschine befüllte, fiel ihr Blick auf das Handy, das sie vorhin in der Panik auf der Arbeitsplatte liegen lassen hatte.

Eine neue WhatsApp-Nachricht von Mark. Ihr Zeigefinger, mit dem sie über das Display wischte, zitterte. Wenn er absagte, würde das die Sozialarbeiterin endgültig gegen sie aufbringen. Doch der eine Satz, den Mark ihr geschrieben hatte, ließ sie erleichtert aufseufzen. Noch bestand die Chance, einen guten Eindruck für das Gericht zu hinterlassen.

Als es im nächsten Moment klingelte, rannte sie zur Tür, riss sie auf und fiel noch im Treppenhaus in Marks Arme. »Danke, danke, danke!«

Sie sollte sich vermutlich nicht so fest an ihn klammern, aber gerade konnte sie nicht anders. Marks Geruch und seine Körperwärme hüllten sie tröstend ein, halfen ihr dabei, wieder ruhiger zu atmen.

»Was ist denn passiert?« Mark schob sie ein Stück von sich, um ihr in die Augen zu sehen. »Du bist ja ganz aufgeregt.«

»Weil alles schiefläuft. Mika hat sich in der Schule geprügelt und sieht total ramponiert aus und Emma und Pia haben heute Morgen ein einziges Chaos hinterlassen. Ausgerechnet da muss das Jugendamt unangemeldet vorbeikommen. Angeblich ist der Frau ein Termin weggebrochen, aber ich glaube, sie wollte mich nur kalt erwischen.«

»Wir schaffen das schon.« Mark legte einen Arm um ihre Taille und küsste sie sanft auf die Stirn. Augenblicklich fühlte sie sich besser.

»Die Frau heißt Heldecke. Sie unterhält sich gerade mit Mika, danach will sie mit dir reden.«

»Gibt es etwas, das ich wissen sollte?«

Hanna schüttelte den Kopf und folgte Mark in die Wohnung. »Ich habe mir keine Geschichte ausgedacht, wie wir uns kennengelernt haben oder wohin wir in den Urlaub fahren. Allerdings ...« Sie zögerte, denn diese

Nachricht würde ihm mit Sicherheit nicht gefallen. »... habe ich gesagt, dass wir planen zusammenzuziehen.«

»Wir tun was?« Mark riss seine Augen auf. »Aber ...«

»Nicht so laut.« Sie hob ihren Zeigefinger an die Lippen und nickte in Richtung von Mikas Zimmer. »Mir blieb keine Wahl. Frau Heldecke hat durchblicken lassen, dass sie dich als meinen Partner nicht ernst nimmt, weil du in deiner eigenen Wohnung lebst. Also musste ich das behaupten.«

»Keine Lügen. Das hast du mir versprochen.« Sein Tonfall klang anklagend. »Sonst riskiere ich meinen Job.«

Sie wich seinem Blick aus. »Es ging nicht anders. Tut mir leid.« In diesem Moment verachtete sie sich für das, was sie Mark antat. Ausgerechnet Mark, der ihr selbstlos seine Hilfe anbot und im Gegenzug nur wenige Bedingungen stellte. Heute hatte sie sein Vertrauen missbraucht.

Für Mika. Alles, was sie tat, geschah zu seinem Wohl. Dennoch fühlte sie sich mies. Mark verdiente etwas Besseres.

~ ~ ~

Mark

»Ich freue mich, dass wir uns doch noch kennenlernen.« Der Händedruck der Sozialarbeiterin fühlte sich überraschend fest an. »Regine Heldecke.«

»Mark Struwe.« Er schaffte es, seiner Stimme einen ruhigen Klang zu verleihen, obwohl in seinem Inneren Aufruhr herrschte. Hanna hatte eine Mitarbeiterin des Jugendamtes belogen und er steckte mit drin.

Sie setzten sich auf die Couch im Wohnzimmer und Hanna, ganz die perfekte Gastgeberin, stellte ihnen

Wasser und eine Kanne Kaffee hin. Der Duft frisch aufgebrühter Bohnen vermischte sich mit dem Geruch alten Leders und unter anderen Umständen hätte er sich in dieser Umgebung sehr wohlgefühlt. Nun allerdings zwang er sich, tief durchzuatmen, während seine Sinne sich in Alarmbereitschaft befanden.

»Bitte setzen Sie sich zu uns«, bat Frau Heldecke Hanna. »Ich möchte mit Ihnen beiden sprechen.«

Panik huschte über Hannas blasses Gesicht, dann nickte sie und nahm auf der anderen Seite der Sozialarbeiterin Platz.

Diese räusperte sich. »Das Gericht wird mich um eine Stellungnahme bitten, wo ich Mika und Emma am besten aufgehoben sehe. Dabei steht das Kindeswohl an erster Stelle.«

Mark nickte. Beruflich hatte er schon häufiger mit dem Jugendamt zu tun gehabt. Aber sich persönlich vor einer Sozialarbeiterin beweisen zu müssen, fühlte sich vollkommen anders an.

»Mika hat mir gesagt, dass er gern bei Ihnen wohnt. Allerdings bin ich mir nicht sicher, wie stabil dieses Umfeld wirklich ist.« Ihr prüfender Blick verursachte ihm eine Gänsehaut. »Hätte Frau Jannsen tatsächlich Ihre Unterstützung bei der Sorge für Mika?«

Nein, wollte er schreien. Unauffällig wischte er die feuchten Hände an seinen Hosenbeinen ab. Sein Herz raste. Er konnte für keine Familie sorgen. Er wusste nicht einmal, wie ein normales Familienleben aussah, hatte er selbst doch nur eine kaputte, völlig verdrehte Version dessen erlebt, was andere Menschen für selbstverständlich hielten.

»Ich werde Hanna unterstützen, so gut es mir möglich ist«, presste er hervor.

»Sie arbeiten im Schichtdienst, nicht wahr?«

Er nickte. Dieses Terrain erschien im deutlich ungefährlicher. »Wenn ich Frühdienst oder Nachtschicht habe, bin ich nachmittags zu Hause. Ein Vorteil gegenüber normalen Arbeitszeiten.«

Die Frau zog die Brauen hoch. »Das wäre es, wenn Sie hier leben würden. Aber da Sie eine eigene Wohnung haben, stelle ich mir Ihren gemeinsamen Alltag sehr schwierig vor. Wie wollen Sie so für ein Kind sorgen?«

»Wir hatten vor, uns eine Wohnung zu suchen«, mischte Hanna sich ein. »Aber das ist hier in der Gegend ja nicht so einfach. Und dann kam der Tod meines Vaters dazwischen.«

Die Augen der Sozialarbeiterin verengten sich. »Ich kann nur die Ist-Situation beurteilen, nicht ein Was-wäre-wenn. Unter diesen Umständen muss ich davon ausgehen, dass Sie ...« Ihr Blick ruhte auf Hanna. »... allein für Mika verantwortlich wären, was angesichts Ihres Alters ...«

»Ich ziehe hier ein.«

Hanna starrte ihn aus weit aufgerissenen Augen an und auch Frau Heldecke schien sprachlos.

Mark konnte selbst kaum fassen, was er gerade gesagt hatte. Angst schnürte ihm die Kehle zu und Panik drohte ihn zu überwältigen. Er war nicht bereit für so viel Nähe. Früher oder später würde Hanna anfangen, Fragen zu stellen. Oder er beging einen Fehler und verriet sich. Dann käme seine schäbige Vergangenheit ans Licht und ...

»Nun, das ändert einiges.« Die Sozialarbeiterin räusperte sich. »Bis wann werden Sie eingezogen sein?«

Er schluckte. Genauso gut konnte er es rasch hinter sich bringen. »Bis nächste Woche.«

»So bald schon.« Frau Heldecke nickte anerkennend, während Hanna hinter ihrem Rücken stirnrunzelnd den Kopf schüttelte. »Bis zum Gerichtstermin sollte ausreichend Zeit für einen zweiten Besuch sein. Ich würde gern noch einmal vorbeikommen, wenn Sie sich eingelebt haben.«

»Natürlich.«

Hannas Blicke schienen gedacht, ihn zu erdolchen.

Kaum hatte Frau Heldecke sich verabschiedet und die Wohnungstür hinter sich zugezogen, stürzte Hanna sich auch schon auf ihn. »Was hast du dir nur dabei gedacht?«

»Ich wollte dir helfen. Du hast selbst gesagt, dass du allein keine Chance auf die Vormundschaft hast.« Er hätte Dankbarkeit erwartet, schließlich nahm er ihretwegen einiges auf sich.

»Sie kommt für einen zweiten Besuch. Der Schwindel wird auffliegen.« Wild ruderte Hanna mit den Armen. »Hast du auch nur einen Augenblick über die Konsequenzen nachgedacht? Du sagst zu mir, ich soll nicht lügen, weil dich das in Schwierigkeiten bringt. Aber selbst …«

»Ich habe nicht gelogen.« Das Handy in seiner Hosentasche vibrierte. »Ich werde wirklich hier einziehen.«

»Das ist nicht dein Ernst!«

»Vorübergehend.« Er sah auf das Display. Schon wieder sein Vater. Ein ungutes Gefühl beschlich ihn. »Tut mir leid, aber da muss ich rangehen.«

Er trat zwei Schritte beiseite und drehte sich weg. Immerhin hielt Hanna seinen Vater für tot und wenn es nach ihm ginge, sollte das auch so bleiben.

»Hallo.« Er bemühte sich um einen neutralen Tonfall, der nichts von seinen wahren Gefühlen preisgab.

»Na endlich, das wurde auch Zeit.« Sein Vater klang beinahe nüchtern, was allerdings nicht viel bedeutete, denn er vertrug eine Menge. »Du musst mich hier abholen.«

»Wo denn?« Er entfernte sich noch einen weiteren Schritt von Hanna, die eindeutig zu neugierig in seine

Richtung sah. Er hatte seinen Vater schon aus Kneipen geschleppt, auf Parkbänken aufgelesen und bei Freunden abgeholt, wenn seine Beine ihn nicht mehr trugen. Es war peinlich, aber notwendig, um Schlimmeres zu verhindern.

Meist zog er sich dabei ein Cap tief ins Gesicht, damit ihn niemand erkannte, wenn er eine torkelnde, nach Schnaps stinkende Gestalt stützte. Diese Leben hatte er hinter sich gelassen, als er in den Polizeidienst getreten war.

»Die Antwort wird dir nicht gefallen.«

Mark seufzte. »Das tut sie nie. Also, wo soll ich hinkommen?«

»Auf dein Revier.«

Kapitel 7

Mark

Marks Magen verkrampfte sich, als er auf den zerkratzten Empfangstresen seines Reviers zutrat. Die mollige Brünette, die gerade ihren Dienst versah, hieß Natalie, hatte zwei Söhne im Grundschulalter und steuerte zu jeder Weihnachtsfeier selbstgebackenen Bienenstich bei. Erst vorige Woche hatten sie sich in der Teeküche über das letzte Heimspiel von Sankt Pauli unterhalten, doch dieses Mal würde ihr Gespräch weniger angenehm verlaufen.

»Moin.« Natalie lächelte ihn an. »Brauchst du was?«

Ihr kurzes Stirnrunzeln verriet ihre Überraschung, als sie bemerkte, dass er seine Uniform nicht trug. Ja, er war in zivil hier in einer privaten Angelegenheit. Etwas, das er besser schnell hinter sich brachte, bevor ihn noch mehr Kollegen sahen.

Er schluckte. »Ich möchte meinen Vater abholen, Karsten Struwe.«

Ihre Augen weiteten sich, doch dann nickte sie nur und sah ihn mitfühlend an. »Einen Moment, ich sag Bescheid.« Sie rief über Kurzwahl einen Kollegen an. »Kannst du bitte Herrn Struwe rausschicken? Sein Sohn ist hier.«

Verlegen starrte Mark auf den frisch gewischten Linoleumboden, der nach Zitrusreiniger roch. Womöglich hatte sein Vater sich hier kürzlich übergeben, denn grundlos wurde nicht mitten am Tag geputzt. Schon bevor er die beiden sah, erkannte er Birgits helle Stimme und den tiefen Bass seines Vaters.

Ausgerechnet sie.

Er schmeckte Galle und die vertraute Wut meldete sich zurück. Hatte sein Vater nicht schon genug angerichtet? Musste er ihn auch noch an seinem Arbeitsplatz blamieren?

Die Tür schwang auf und gab den Blick auf Birgit und seinen Vater frei. Mit langen Schritten eilte er den beiden entgegen, um diese Szene abzukürzen. Längst roch er den Gestank des Alkohols, der seinem Vater aus jeder Pore strömte. Dessen rote Wangen und glasige Augen ließen keinen Zweifel an seinem Zustand aufkommen, auch wenn er heute noch geradeaus laufen konnte.

»Danke, ab hier übernehme ich.« Mark wich Birgits Blick aus, fasste seinen Vater bei der Schulter und wollte ihn in Richtung Tresen bugsieren, um seine persönliche Habe abzuholen.

Grob schüttelte sein Vater die Hand ab und trat einen Schritt beiseite. »Ich kann selber laufen, *min Jung*. Behandle mich nicht wie ein Kind.«

»Dann verhalte dich nicht wie eins.« Nur mit Mühe gelang es ihm, seine Stimme ruhig zu halten.

Natürlich wusste Birgit über seinen Vater Bescheid, seitdem er sie in jener Nacht vor neun Jahren gefragt hatte, wie seine Mutter zu Tode kommen war. Dennoch fühlte es sich heute deutlich schlimmer an. Männer wie ihn schickten Birgit und er sonst zum Ausnüchtern in eine Arrestzelle.

»Ihr Sohn hat recht.« Birgits Stimme klang streng. »Sie haben großes Glück, dass heute niemand verletzt wurde.«

»Was ist denn überhaupt passiert?«, fragte Mark. Für eine Kneipenschlägerei war es noch zu früh am Tag und sein Vater war zwar betrunken, aber längst nicht stark genug, um deswegen aufs Revier gebracht zu werden.

»Nur ein winziger Unfall.« Sein Vater spreizte Daumen und Zeigefinger, um zu demonstrieren, wie klein er gewesen war. »Ich habe ein parkendes Auto gestreift, ganz harmlos.«

»Bis auf deinen Promillewert.« Marks Stimme klang bitter. »Gott sei Dank hat dich jemand daran gehindert, in diesem Zustand weiterzufahren.«

»Den Führerschein haben wir beschlagnahmt«, mischte Birgit sich ein. »Der Wagen steht noch auf dem Parkplatz. Du solltest ihn abholen, bevor er abgeschleppt wird.«

»Danke, das mache ich.«

»Natalie hat den Schlüssel. Bis dann.« Birgit nickte ihm zum Abschied zu und entschwand durch die Tür.

Hinter Marks Schläfen pochte es schmerzhaft. Birgit würde ihm niemals vorhalten, was heute passiert war. Dennoch würde sie es nicht vergessen. Sie würde sich daran erinnern, wenn sie das nächste Mal gemeinsam einen betrunkenen Randalierer festnahmen oder einen Autofahrer zum Bluttest schickten. Sie würde ihre Schlüsse ziehen, warum er auch nach Feierabend nur alkoholfreies Bier trank und sich insgeheim fragen, ob er ebenfalls gefährdet war.

Widerwillig begleitete er seinen Vater zu Natalie, um dessen persönliche Gegenstände abzuholen. Jede Sekunde, die er neben ihm wartete, wurde zur Qual. Seine Blicke huschten wild umher. Würde ihm noch ein Kollege über den Weg laufen? Vielleicht sogar Kevin? Seine Atmung beschleunigte sich. Fühlte sich die Luft hier drinnen sonst auch so stickig an oder lag es an seinen Nerven?

Als er endlich den Autoschlüssel in seinen Händen hielt, trat er hastig ins Freie und atmete tief durch. Die

Luft roch nach Abgasen und ein Passant drängte sich rücksichtslos an ihm vorbei. Dennoch spürte er, wie die Beklemmung von ihm abfiel.

Zum ersten Mal hatte er sich auf seinem Revier fehl am Platz gefühlt – so, als würde er der falschen Seite angehören.

Sein Vater, der ihm in gemächlichem Tempo folgte, vergrub die Hände in den Taschen seiner speckigen Jacke und wirkte erstaunlich gelassen.

»Das mit dem Führerschein ist Mist«, sagte er. »Hättest mich mal fahren sollen, dann wäre das nicht passiert.«

»Hättest du mal nichts getrunken.« Angewidert wandte Mark sich ab. Sein Vater würde sich nie ändern. Nichts brachte ihn dazu, seine Sucht zu bekämpfen. Weder Marks überstürzter Auszug, noch der Tod seiner Frau. Nicht einmal, dass Tom den gleichen verhängnisvollen Weg eingeschlagen hatte und im Gefängnis gelandet war. Das Einzige, was seinen Vater je von der Flasche trennen würde, war der Tod.

»Ich kann so nicht mehr weitermachen.« Marks Stimme klang dumpf. Es wurde höchste Zeit für einen Neuanfang an einem Ort, an dem niemand über ihn, seinen Vater und den Tod seiner Mutter Bescheid wusste. Gerade bot sich ihm eine einmalige Chance. Er musste es einfach schaffen, beim SEK genommen zu werden.

»Worüber beklagst du dich eigentlich? Du hast doch alles.« Verständnislos schüttelte sein Vater den Kopf. »Sieh mich an. Ich hab jahrelang Tiere ausgeweidet und bin im Blut gewatet. Hat mich total kaputtgemacht.« Wie immer, wenn er über seine Zeit in der Schlachterei sprach, verdüsterte sich seine Miene. »Aber aus dir ist was geworden. Du bist Polizist. Wenn du jetzt noch die Richtige findest, ist dein Leben perfekt.«

»Ist es nicht.« Finster starrte Mark auf die vorbeifahrenden Autos, um seinen Vater nicht ansehen zu müssen.

Keine Frau, die etwas auf sich hielt, würde bei ihm bleiben, wenn sie erst seinem Vater begegnet war. Sobald sie erführe, dass sein Bruder wegen gefährlicher Körperverletzung einsaß und seine Mutter sich das Leben genommen hatte, würde sie ihn mit anderen Augen sehen. Einen Mann mit so einer Familie wünschte sich niemand.

Erst recht keine Frau wie sie.

Energisch schob er den Gedanken beiseite. Er würde Hanna dabei helfen, die Vormundschaft für ihre Geschwister zu erlangen, und danach seinen eigenen Weg gehen.

So war es für alle das Beste.

~ ~ ~

Hanna

Hannas Finger verkrampften sich um den Lenker ihres Fahrrads. Gestern noch hätte sie vor Wut am liebsten auf Mark eingeschlagen, heute fürchtete sie um sein Leben. Wenn ihm bloß nichts zugestoßen war.

Die Menge um sie herum drängte sich bis an das rot-weiße Flatterband. Männer und Frauen streckten die Arme nach oben, um mit ihren Handykameras den Tatort zu filmen. Überall Stimmen, die eher aufgeregt als besorgt klangen. Eine Frau, die Hanna rücksichtslos beiseite stieß, um sich an ihr vorbeizuquetschen.

Hannas Rad kippte um und sie stolperte. Hätte Simon sie nicht aufgefangen, wäre sie gestürzt. Stattdessen kippte sein Rad, das er losgelassen hatte, gegen einen filmenden Mann.

»Passt doch auf!«, schimpfte dieser.

Simons Arme um ihre Schultern fühlten sich sicher und vertraut an, aber sie lösten keine Sehnsucht nach mehr aus. Sanft wand sie sich aus seiner Umklammerung, die länger andauerte als nötig. »Danke.« Sie stellte sich auf ihre Zehenspitzen, doch Köpfe verdeckten die Sicht. »Kannst du etwas erkennen?«

Simon schüttelte den Kopf. »Nur das, was du schon weißt. Die Verletzten haben sie weggebracht. Da liegt nur noch ein abgedeckter Körper, den sie gerade auf eine Bahre legen.«

»Es muss doch mehr im Internet zu finden sein.« Mit fahrigen Bewegungen wischte Hanna über das Display und las die Schlagzeilen: *»Schießerei am Schulterblatt«*, *»Todesopfer bei Schießerei am helllichten Tag«* und *»Ein Toter und vier Verletzte nach Polizeieinsatz«*.

Eine neue Twitternachricht traf ein und ließ sie erstarren. »Toter vom Schulterblatt war Polizist. Oh Gott!« Ihre Brust wurde eng. Das hier war Marks Revier und er befand sich im Dienst. Vielleicht lag er dort unter der Plane, nur fünfzig Meter von ihr entfernt. Oder er war mit einem der Rettungsfahrzeuge abtransportiert worden – vermutlich sogar in ihre Klinik.

»Bitte beruhige dich.« Simon klang ernst, aber gefasst. »Es ist mehr als unwahrscheinlich, dass es ausgerechnet Mark erwischt hat. Hier arbeiten hunderte Polizisten.«

An Wahrscheinlichkeiten glaubte sie nicht mehr. Wie viele Frau starben schon mit achtunddreißig Jahren an Brustkrebs? Dennoch hatte es ihre Mutter getroffen. Und wie hoch war die Wahrscheinlichkeit, dass ein Achtjähriger Vollwaise wurde? Erneut traf sie der Schmerz über Pas Verlust mit voller Wucht. Nein, Zahlen und Statistiken vermittelten eine trügerische Sicherheit, die über den Einzelfall nichts aussagte.

Wieder wählte sie Marks Nummer. Wieder landete sie auf seiner Mailbox. »Mark, ich bin's noch mal. Bitte ruf zurück.« Über den Lärm war sie vermutlich kaum zu verstehen, doch dann merkte er zumindest nicht, wie ihre Stimme zitterte. »In den Nachrichten kam gerade, dass der Tote ein Polizist ist. Mindestens zwei der Verletzten sollen ebenfalls Polizisten sein und ich ... Sag mir einfach nur, dass du okay bist.«

»Kennst du eins der Opfer?« Ein Mann drehte sich zu ihr um und richtete seine Handykamera auf sie.

»Nein, ich ...« Fassungslos starrte sie den Fremden an. »Filmen Sie mich gerade?«

»Bloß weg hier.« Simon half ihr, das Rad aufzuheben, schnappte sich sein eigenes Bike und schob sich durch die Menge. Hanna folgte in seiner Schneise.

Endlich ließen sie das Gedränge hinter sich. Hannas Beine trugen sie nicht länger und sie sackte auf den Bistrostuhl eines nahegelegenen Cafés. Gänsehaut überzog ihre Arme, die Kälte drang bis in ihr Innerstes. Sie hatte schon Ma und Pa verloren. Sie könnte es nicht ertragen, wenn Mark auch noch etwas zustieß.

Warme Hände auf ihren Schultern rissen sie aus den düsteren Gedanken. Simon hockte vor ihr und sah sie ernst an. »Du machst dich mit deinen ständigen Sorgen noch kaputt.«

»Was spielt das für eine Rolle? Mark ist vielleicht verletzt oder Schlimmeres.« Sie merkte selbst, wie hysterisch sie klang. »Ich glaube nicht, dass sie mich überhaupt informieren würden. Oh Gott, ich weiß nicht, wer sein Notfallkontakt ist. Ich kann nicht mal jemanden anrufen, der es weiß.«

Sie schlug die Hände vors Gesicht, um die Tränen zu verbergen. Welches Recht besaß sie schon, um Mark zu weinen? Sie kannte ihn doch kaum.

Dennoch flossen die Tränen unaufhörlich, begleitet von leisen Schluchzern, die sie erbeben ließen. Sie hörte eine fremde Frau fragen, ob sie Hilfe bräuchten, doch Simon bedankte sich und verneinte. In der Ferne ertönte eine Sirene und noch immer hörte sie gedämpft die Stimmen der Gaffer.

Als sie sich endlich traute, Simon wieder anzusehen, musterte er sie besorgt. »Glaubst du wirklich, dass es dir guttut, mit einem Polizisten zusammenzusein? So etwas wie heute kann dir mit ihm jeden Tag passieren.«

»Bitte sag das nicht.« Ihre Stimme zitterte. Allein die Vorstellung ließ sie erschaudern.

Ihr Blick schweifte zu dem abgesperrten Tatort. Zwei weitere Einsatzfahrzeuge näherten sich, doch sie konnte die Insassen nicht erkennen.

Das Handy in ihrer Hosentasche klingelte. Sie griff so hastig danach, dass es ihr beinahe aus den Fingern glitt. »Hallo?«

»Hier ist Mark.« Seine Stimme klang ruhig und sehr lebendig. Ihr Herz setzte einen Schlag lang aus.

»Dir ist nichts passiert. Gott sei Dank!«

Simons Gesichtszüge entspannten sich. Er trat ein paar Schritte beiseite, um sie in Ruhe telefonieren zu lassen.

»Ich bin nicht vor Ort gewesen«, fuhr Mark fort. »Ich musste in der Hopfenstraße einen Ehestreit schlichten.«

»Okay.« Ganz allmählich normalisierte sich ihr Puls und die Wärme kehrte in ihre Gliedmaßen zurück. Mark ging es gut. Er schwebte nicht in Gefahr.

»Hör zu, ich muss jetzt weiterarbeiten. Morgen habe ich frei. Wenn's passt, würde ich dann ein paar Sachen von mir vorbeibringen.«

»Darüber möchte ich noch mit dir sprechen.« Auch wenn ihre Wut angesichts ihrer Angst um Mark längst abgeklungen war, würde sie ihm sein Verhalten vom

Vortag nicht einfach so durchgehen lassen. »Ich verstehe, dass du es nur gut meinst und uns helfen willst. Aber trotzdem sollten wir das mit dem Zusammenziehen nicht überstürzen und …«

»Wir können morgen in Ruhe reden. Ich muss jetzt meinen Bericht schreiben. Bis dann.« Mark legte auf, ohne ihr die Gelegenheit zu geben, etwas zu erwidern.

Hanna atmete tief durch. Sie wollte sich jetzt nicht über Mark ärgern. Nicht, während sie so dankbar dafür war, dass nicht er tot unter dieser weißen Plane lag. Doch jemand anderes hatte weniger Glück gehabt. An einer Haustür in Hamburg würden schon bald Polizisten klingeln, ihre Mützen abnehmen und mit ernster Miene verkünden, dass sie etwas Trauriges mitzuteilen hätten. Wie sich das anfühlte, wusste sie nur zu gut.

»Mit Mark ist also alles in Ordnung?«

Kurzzeitig hatte sie Simons Anwesenheit tatsächlich vergessen.

»Ja, er hatte einen anderen Einsatz.« Ihre Stimme klang kraftlos. Nun, da ihre Sorge ausgestanden war, spürte sie, wie ihre Beine zitterten. Eine Folge des Schocks. Sie wollte nur noch nach Hause, weg von diesem Ort des Grauens, an dem die Schaulustigen sie fast mehr abstießen als das eigentliche Verbrechen.

Simon schien ähnlich zu denken. Er nahm sein Rad, das gegen eine Wand lehnte. »Lass uns fahren.«

Müde hob sie ihr Rad vom Boden auf und schwang sich in den Sattel. Obwohl sie noch immer aufgewühlt war, half ihr das gleichmäßige Treten der Pedale, wieder ruhiger zu werden. Mit jedem Meter, den sie zwischen sich und die Gaffer am Absperrband brachte, wurde ihr leichter ums Herz.

Sie bogen in die Feldstraße ein, vorbei am alten Bunker, dessen graue Betonmauern vier Stockwerke in den Himmel ragten. Vom Heiligengeistfeld ertönte leise die Musik der Karussells auf dem Frühjahrsdom. Fast glaubte sie, die klebrige rosa Zuckerwatte zu schmecken, die Pa ihr dort immer spendiert hatte.

Obwohl es nicht auf Simons Route lag, folgte er ihr in die Marktstraße und stieg vor ihrem Wohnhaus vom Rad. Der Duft vom Vietnamesen gegenüber zog ihr in die Nase und erinnerte sie daran, dass sie vergessen hatte, auf dem Rückweg fürs Abendessen einzukaufen.

»Soll ich dir dein Rad in den Keller bringen?«, bot Simon an.

»Nein, danke. Das schaffe ich schon.« Simon hatte ihretwegen mehr als genug Zeit verloren. Wenn sie nicht so darauf bestanden hätte, an der Absperrung auszuharren, wäre er längst zu Hause.

Im Nachhinein kam ihr die Reaktion auf den Vorfall übertrieben vor. Jeden Tag starben Menschen, wurden Polizisten verletzt. Deswegen ging das Leben trotzdem weiter. Niemand außer ihr war in Panik verfallen.

Simon räusperte sich. »Es geht mich im Grunde nichts an, aber habe vorhin mitbekommen, dass du mit Mark zusammenziehst.«

Auch das noch. Alles in ihr sträubte sich gegen die Diskussion, die nun unweigerlich folgen würde und für die ihr die Kraft fehlte. Aber Simon verdiente die Wahrheit. Insbesondere, falls er sich immer noch Hoffnungen machte. Und das, obwohl sie ihn nie anders als einen guten Freund behandelt hatte.

»Ja, Mark möchte bei uns einziehen. Es ist vermutlich etwas früh, aber …«

»Wie lange kennt ihr euch?« Simon musterte sie kritisch. »Doch höchstens ein paar Monate.«

Eher einige Tage. Doch das behielt sie besser für sich. »Manchmal spielt die Zeit keine Rolle. Es kommt auf die

Qualität einer Beziehung an.« Sie schob ihr Rad beiseite, um eine Spaziergängerin samt Labrador durchzulassen. Der Hund kläffte, als er einen Artgenossen erspähte, und zog kräftig an der Leine. »Mark hat mir in meinen schwersten Stunden beigestanden und ich weiß, dass ich mich auf ihn verlassen kann.«

»Er ist bestimmt ein guter Kerl, sonst hättest du ihn dir nicht ausgesucht. Aber was ihr da vorhabt, ist Wahnsinn.« Sanft fasste Simon sie am Arm. »Bitte glaub mir, dass ich das nicht sage, weil ich ihn dir ausreden will. Ich lebe seit zwei Jahren in einer Fünfer-WG und es war bisher jedes Mal ein Drama, wenn wir uns mit einem neuen Mitbewohner zusammenraufen mussten. Ich denke da an Niklas, der ständig unsere Heizung runtergedreht hat, um Kosten zu sparen. Oder Robin, vor dem nichts im Kühlschrank sicher war. Dabei geht es bei uns in der WG bloß um Kleinigkeiten wie den Putzplan und die Badezimmerzeiten. Bei euch geht es um viel mehr.«

»Das weiß ich.« Seine Worte schürten Ängste, die sie sich selbst kaum eingestehen mochte. Sie brauchte Mark, wenn sie Mika und Emma nicht verlieren wollte. Aber wie würden es ihre Geschwister verkraften, wenn so kurz nach Pas Tod ein Fremder bei ihnen einzog? Wenn er täglich mit ihnen am Tisch saß, sie kaum noch unter sich wären, um ungestört zu trauern?

»Was machst du, wenn es schiefgeht? Dann verliert Mika schon wieder eine Bezugsperson.« Ernst sah Simon sie an. »Glaubst du nicht, es wäre vernünftiger, noch etwas zu warten? Wenigstens, bis ihr aus dem Gröbsten raus seid?«

»So viel Zeit haben wir nicht.« Ohne es zu wollen, wurde sie laut. »Du hast Tante Yvonne doch selbst gehört. Allein habe ich keine Chance auf die Vormundschaft. Mit Mark an meiner Seite wird es vielleicht klappen.«

Simon schüttelte den Kopf. »Ich hätte es ahnen müssen. Du ziehst ernsthaft mit Mark zusammen, weil du Mika nicht verlieren willst? Das ist doch …«

»Nein. Ich ziehe mit Mark zusammen, weil ich ihn liebe.«

Wütend stieß sie die Haustür auf, schob ihr Rad hindurch und ließ Simon einfach stehen. Auch wenn er ihr bester Freund war, gab es Grenzen, die er nicht überschreiten sollte.

Im Flur roch es nach Farbe und ein *»Achtung: frisch gestrichen!«*-Schild warnte davor, die Wände im Treppenhaus zu berühren. Seufzend nahm sie ihr Fahrrad hochkant und bemühte sich, auf ihrem Weg in den Keller nirgendwo anzustoßen.

Simon hatte recht. Nicht mit allem, aber in vielen Punkten. Sie sollte nicht mit Mark zusammenziehen. Wenn es schiefging, wie Simon befürchtete, könnte sie sich noch glücklich schätzen. Aber was, wenn es gut ging? Was, wenn es ihr gefiel?

Zitternd hielt sie auf dem breiten Treppenabsatz an. Sie durfte sich nicht an Mark gewöhnen, denn er würde schon bald wieder ausziehen. Doch vor allem durfte sie sich nicht in ihn verlieben.

Die Minuten, in denen sie am Flatterband gestanden und um sein Leben gebangt hatte, waren ihr eine Warnung gewesen. Niemals durfte sie ihr Herz an einen Mann wie Mark verlieren. Denn wenn ihm auch noch etwas zustieß, würde sie endgültig zerbrechen.

Kapitel 8

Mark

Hallo.« Schwungvoll ließ Mark die drei prall gefüllten Reisetaschen zu Boden fallen und stieg über sie hinweg. Hanna, die den Flur versperrte, stemmte die Hände in die Hüften und musterte ihn aus schmalen Augen.

»Hatten wir nicht vereinbart, dass wir heute noch einmal in Ruhe über alles reden?«

»Das können wir, wenn ich ausgepackt habe.« Mark gab sich selbstbewusster, als er sich fühlte. »Wo soll ich meine Taschen hinbringen?«

Sie seufzte. »Also gut. Du kannst Pas Zimmer nehmen. Ich zeig es dir.«

Pas Zimmer. Wie hatte er nur so gedankenlos sein können? Natürlich waren alle anderen Räume belegt. Er hatte bei seinem letzten Besuch bereits mitbekommen, dass die Geschwister sich jeweils zu zweit ein Zimmer teilten. Und nun würde ausgerechnet er den Raum entweihen, den noch vor zwei Wochen ihr Vater bewohnt hatte.

»Hier ist es.« Hanna stieß eine Tür auf. Das Zimmer roch muffig, als sei es seit Tagen nicht gelüftet worden, und wirkte vollgestopft. Das Ehebett stand an die Wand gerückt, sodass nur auf der linken Seite ein Nachttisch Platz fand. Die gegenüberliegende Wand wurde von einem Kleiderschrank eingenommen, der bis unter die Decke reichte. Es gab ein Fenster mit Blick auf die Marktstraße.

Davor stand ein kleiner Schreibtisch, neben den ein Rollcontainer und ein Drucker gezwängt worden waren.

»Ich bin noch nicht dazu gekommen, dir was freizuräumen.« Hanna öffnete eine Schranktür und nahm einen Armvoll Pullover aus dem Fach. »Am besten lagern wir die Sachen in unserem Keller ein. Und dann müssen wir wohl aussortieren.« Ihre Stimme klang belegt.

»Das hat doch Zeit.« Seinetwegen sollte sie sich nicht übereilt von der Habe ihres Vaters trennen. »Ich brauche nicht viel Platz.« Er deutete auf die drei Reisetaschen. »Den Rest lasse ich in meiner Wohnung.«

»Klingt vernünftig.« Beinahe wirkte sie enttäuscht, aber das musste er sich eingebildet haben.

Hanna brachte einen Umzugskarton und stapelte die Wäsche aus den Schubladen und die Kleidung aus den Fächern sorgfältig hinein. Die Anzüge und Oberhemden, die zu Dutzenden an der Kleiderstange hingen, ließ sie hingegen unangetastet.

Währenddessen räumte Mark seine Sachen in die frei gewordenen Fächer. Als er Hanna dabei erwischte, wie sie seine schwarzen Slips musterte, wandten beide hastig den Blick ab. Die Situation fühlte sich eindeutig zu intim an.

Rasch trat Mark ans Fenster, um frische Luft einzulassen. Im Zimmer war ihm ein leichter Duft nach Pfefferminzbonbons aufgefallen, den kurioserweise die Bettwäsche verströmte. Ob Hannas Vater vor dem Einschlafen Bonbons genascht hatte? Es fiel ihm schwer, sich den Mann vorzustellen, der er gewesen sein mochte. Hatte Hanna ihr freundliches, verbindliches Wesen von ihm geerbt? Oder kam sie eher nach ihrer Mutter?

Eine halbe Stunde später waren sie fertig. Hanna, die das Bett frisch mit blau-weiß gestreifter Wäsche bezogen hatte, strich die Decke glatt. Mark schob seine leeren Reisetaschen unter das Bett, damit sie nicht länger im Weg standen.

»Jetzt können wir reden«, schlug er vor.

»Gut.«

Er hatte damit gerechnet, dass sie ins Wohnzimmer gehen würden. Stattdessen setzte Hanna sich auf das Bett. Sie klopfte neben sich auf die Matratze und nach kurzem Zögern folgte er ihrer Einladung. Ihr Parfum zog ihm in die Nase und sein Herzschlag beschleunigte sich. Die Wege, die seine Gedanken nahmen, halfen ihm leider überhaupt nicht dabei, einen klaren Kopf zu bewahren. Wie sie wohl mit zerwühltem Haar und in nichts als ein Laken gewickelt aussehen würde? Mit wund geküssten Lippen und einem roten Hauch auf den Wangen, während sie über die Matratze rollten.

»Den Teil, in dem ich versuche, dir deine Schnapsidee auszureden, können wir nun getrost überspringen.« Hannas Mundwinkel kräuselten sich. »Denn ich habe keine Lust, gleich wieder alles einzuräumen.«

»Ich auch nicht.« Ein warmes Gefühl breitete sich in seinem Bauch aus. »Worüber reden wir stattdessen?«

»Ich dachte da an ein paar praktische Dinge. Wir haben einen Putz- und Einkaufsplan. Wenn du hier einziehst, solltest du darin ein paar Dienste übernehmen.« Ihr Lächeln brachte seine Haut zum Kribbeln.

»Kein Problem. Sonst noch was?«

»Bisher hatten wir keine festen Badzeiten. Aber ich schätze, jetzt sollten wir dafür auch einen Plan aufstellen, damit meine Schwestern dich nicht unter der Dusche erwischen.« Hanna errötete. »Ich meine, damit du nicht meine Schwestern …«

»Schon klar.« Insgeheim schmunzelte er. Ob Hanna überhaupt auffiel, dass sie nur von ihren Schwestern gesprochen hatte? »Bekomme ich einen Haustürschlüssel?«

»Natürlich.« Sie räusperte sich. »Wir kochen auch abwechselnd. Kannst du kochen?«

»Ganz ordentlich. Ich versorge mich seit zehn Jahren selbst also …«

»So lange schon?«

Verdammt, er hatte nicht aufgepasst, was er sagte. Um sie abzulenken, griff er nach ihrer Hand. Die Haut unter seinen Fingern fühlte sich warm und zart an und sein Wunsch, ihren Körper auch an anderen Stellen zu berühren, wuchs mit jedem Augenblick. »Über eins haben wir noch nicht gesprochen.«

»Und das wäre?«

Er schluckte schwer, während er mit den Fingern über ihren Handrücken streichelte. »Was ist mit uns?«

»Wie meinst du das?« Ihre Stimme klang belegt, während ihre Augen seinen Bewegungen folgten.

Er spürte, wie ihm das Blut ins Gesicht schoss. Das hier würde schwer werden, viel schwerer als erwartet. »Du hast gesagt, wir brauchen unsere Beziehung nicht vorzutäuschen. Und du hast mich geküsst.« Er schluckte. »Auf der anderen Seite weiß ich, dass du in Trauer bist und die Umstände besonders sind. Und um ehrlich zu sein, habe ich keine Ahnung, wie ich mich verhalten soll.«

Ihr Schweigen machte ihn nervös.

»Ich meine, du lässt mich hier wohnen, aber du quartierst mich im Schlafzimmer deiner Eltern ein. Wir wollen es miteinander versuchen, um den Richter nicht zu belügen, doch gleichzeitig wissen wir beide, wie es letzten Endes ausgehen wird. Was ist in dieser Situation angemessen? Für mich fühlt sich das Ganze wie ein Tanz auf rohen Eiern an.«

Noch immer sagte sie nichts, doch ein feines Lächeln brachte ihre Augen zum Leuchten. »Warum lässt du es nicht einfach auf dich zukommen?«

»Würde ich ja, aber …«

Wieder traf ihr Kuss ihn völlig unvorbereitet. Flüchtig berührten ihre geschlossenen Lippen die seinen. Es blieb nicht einmal genug Zeit, sie richtig zu schmecken, bevor Hanna sich schon wieder zurückzog. Dennoch prickelte seine Haut und er spürte, wie die Erregung sich in ihm ausbreitete.

Während er noch benommen mit dem Finger seine Lippen entlangstrich, war Hanna schon aufgestanden und hatte die Tür geöffnet. »Stell dir einfach vor, dass hier wäre eine normale WG und wir würden gerade anfangen, uns zu daten. Damit kannst du nichts falschmachen.« Noch immer lächelnd schloss sie die Tür hinter sich.

Seufzend ließ Mark sich zurück auf die Matratze sinken und vergrub seine Nase in der Stelle, die noch Hannas Geruch verströmte. Mit One-Night-Stands kannte er sich aus, aber vom Dating verstand er nicht das Geringste.

~ ~ ~

Hanna

»Das ist jetzt nicht dein Ernst!« Wütend tigerte Pia durch ihre Zimmerhälfte. Die Spitzen ihrer rosa Haarsträhnen leuchteten seit Kurzem grün und passten damit farblich perfekt zu ihren Secondhand-Jeans, die zwei Nummern zu groß waren und die sie deswegen hochgekrempelt hatte. »Als du gesagt hast, er zieht hier ein, dachte ich, dass ihr zusammen Pas Zimmer nehmt. Ich habe es satt, mir eins mit dir zu teilen.«

»So schlimm ist es doch nicht.« Hanna unterdrückte ein Seufzen. Sie verstand den Ärger ihrer Schwester nur zu gut. »Das wäre Emma gegenüber kaum fair, oder? Sie hat auch keinen Raum für sich allein.«

»Aber du findest es fair, wenn dein Freund hier ein eigenes Zimmer kriegt?« Pia fauchte beinahe. »Wer gibt dir das Recht, das einfach zu entscheiden? Die Wohnung gehört mir genauso wie dir.«

»Ich weiß.« Pa hatte ihnen sein Vermögen zu gleichen Teilen hinterlassen. Mit der Summe aus seiner Lebensversicherung und ihrer Waisenrente stand ihnen genug Geld zur Verfügung, um die laufenden Kosten für Strom, Gas, Wasser und den täglichen Bedarf zu decken. Falls sie sich jedoch nicht einigen konnten, die Wohnung weiter wie bisher zu nutzen, würde es schwierig werden.

Erschöpft ließ Hanna sich auf ihren Schreibtischstuhl sinken. Ihr Blick schweifte über das sorgfältig gemachte Bett mit der weißen Tagesdecke, die Regale voller Aktenordner und Medizinbücher, bis zu ihrem Laptop. Während die Zimmerhälften ihrer Geschwister deutlich deren Persönlichkeit widerspiegelten, wirkte ihr eigener Bereich nichtssagend. Genauso hätte er in einem Möbelkatalog abgedruckt werden können. Bedeutete das im Umkehrschluss, dass sie selbst langweilig war?

»Mark zieht hier erst mal zur Probe ein. Dafür möchte ich keine Möbel umstellen. Wenn wir nicht klarkommen, kann er jederzeit seine Taschen packen und gehen.« Ernst sah sie Pia an. »Ich brauche Hilfe mit Mika, sonst hätten wir uns mit diesem Schritt mehr Zeit gelassen. Mark und ich in einem Raum, das wäre momentan zu eng.«

Dennoch lehnte ein Teil von ihr diese Idee nicht vollständig ab.

»Du und ich hier drinnen, das ist auch zu eng.« Pia verschränkte die Arme vor der Brust.

Mit Wehmut dachte Hanna an die Zeiten zurück, als ihre Schwester die Wanduhr auseinandergenommen und alle Teile auf dem Teppich zwischen ihren Betten verteilt hatte. Oder als sie vergeblich versucht hatte, den Toaster auf Hannas Decke zu reparieren. Noch tagelang hatten die Krümel Hanna im Bett gepikst. Wann hatte Pia aufgehört zu schrauben und stattdessen Mauern um sich errichtet?

»Langfristig werden wir eine andere Lösung finden«, versprach Hanna. »Davon abgesehen bist du ohnehin kaum noch zu Hause. Wann lernen wir deinen Freund eigentlich kennen?« Sie bemühte sich, beiläufig und nicht besorgt zu klingen. Dennoch verengten sich Pias Augen.

»Spionierst du mir hinterher? Ich habe dir nie von einem Freund erzählt.«

»Wo solltest du sonst deine Nächte verbringen?« Weshalb nur regte Pia sich gleich so auf? »Zudem hat Emma euch zufällig auf dem Schulhof gesehen.«

»Emma also auch!« Auf Pias Stirn erschien eine steile Falte. »Hätte ich mir ja denken können.« Ruckartig riss sie ihre mit Bandstickern beklebte Schranktür auf und feuerte Kleidungsstücke in einen schwarzen, mit Nieten verzierten Rucksack.

»Was soll das?«

»Siehst du doch. Ich gehe. Dann hast du das Zimmer wieder für dich allein.«

»Bitte nicht so.« Hanna stellte sich vor die Tür. »Lass uns vernünftig reden.«

»Wozu?« Pia drängte sich an ihr vorbei und stieß dabei gegen ihre Schulter. »Du hast doch längst alles entschieden.«

»Pia, bitte!«

Ihre Schwester stürmte in den vollgestellten Flur, in dem es schwach nach Leder und Gummi roch. Ungeduldig zwängte sie sich in ein Paar schwarzer Stiefel, für die es viel zu heiß war. Hanna folgte ihr. »Bring deinen Freund mit. Ich möchte ihn gern kennenlernen.«

Doch Pia, deren Blick Marks blaue Uniformjacke streifte, schüttelte den Kopf. »Dafür ist es zu spät. Jetzt, wo der Polizist eingezogen ist, wird er unsere Wohnung nicht mehr betreten.« Grußlos schlug sie die Tür hinter sich zu.

~ ~ ~

Überall Musik, blinkende Lichter und der Duft gebrannter Mandeln: Auch als Erwachsene liebte Hanna den Hamburger Dom. Vorsichtig kostete sie von der rosa Zuckerwatte, die prompt an ihrer Nasenspitze kleben blieb. Mika, der einen Schokoladenapfel am Stiel aß, hatte sich ebenfalls eingeschmiert. Mark zückte sein Handy und schoss ein Foto von ihnen.

»He, nicht jetzt!«, protestierte sie. »Ich habe Essen im Gesicht.«

»Macht nichts. So wirkt es natürlicher.« Sein Lächeln besänftigte sie gleich wieder. Überhaupt fand sie es süß, dass er sie zu seinem Einstand auf den Dom eingeladen hatte. Pia hatte abgelehnt und Emma musste zur Generalprobe für ihre Theateraufführung, aber Mika war sofort begeistert gewesen.

»Habt ihr Lust, mit dem Riesenrad zu fahren?«, fragte Hanna. »Heute ist die Luft ganz klar, da hätten wir gute Sicht.«

Mika schüttelte den Kopf. »Das ist doch langweilig. Lasst uns lieber noch mal Autoskooter fahren.«

»Jetzt ist deine Schwester dran.« Marks Ton klang freundlich, aber bestimmt. »Sie hat sich bisher noch gar nichts gewünscht.«

»Bis auf die Zuckerwatte.« Die Süße auf ihrer Zunge war nichts im Vergleich zu den zuckrigen Gefühlen, die Mark mit seinem liebevollen Blick in ihr weckte.

»Darf ich mal probieren?«, fragte er. »Ich meine, bei der Farbe sieht es im Grunde ungenießbar aus. Aber so, wie du guckst, muss es gut sein.«

»Klar.« Ertappt reichte sie ihm die Süßigkeit. Die Art, wie er in die flauschige Zuckerwatte biss, wirkte beinahe erotisch. Wenn sie ihn jetzt küsste, würde es vermutlich süß und klebrig werden. Stopp. Daran sollte sie besser nicht denken.

»Schmeckt lecker. Danke.«

Als er die Zuckerwatte zurückgab, streiften sich ihre Finger. Die Berührung setzte sich als sanftes Kribbeln auf ihrer Haut fort. Wie selbstverständlich ergriff er daraufhin ihre Linke und hielt sie fest. Händchenhaltend marschierten sie weiter auf das bunt leuchtende Riesenrad zu, das sechzig Meter in den Himmel ragte.

»Können wir gleich noch in die Geisterbahn?«, bat Mika.

»Natürlich.« Marks Geduld mit ihrem Bruder war bewundernswert. Mindestens ein Dutzend Fahrgeschäfte hatten die beiden zusammen besucht, während Hanna am Boden auf sie wartete. Bei schnellen Karussellfahrten wurde ihr übel, aber Höhen machten ihr zum Glück weniger aus.

Vor dem Riesenrad bildeten die Wartenden eine lange Schlange, in die sich Mika, Mark und Hanna einreihten. Während sich vor den meisten Fahrgeschäften Familien und Teenagercliquen tummelten, überwogen hier Paare allen Alters.

Und sie? Zählten sie dazu?

Ihr Herz klopfte gleich etwas rascher, und sie zwang sich, tief durchzuatmen. Sie konnte genießen, was Mark und sie verband, solange es andauerte. Mehr nicht.

Marks Hand in ihrer strahlte glühende Hitze aus, doch sie wollte ihn auf keinen Fall loslassen. Als könne er ihre Gedanken lesen, streichelten seine Finger sanft über ihre Hand, während sein Mund sich zu einem winzigen Lächeln verzog, das ihn jünger erscheinen ließ.

Zwar war er mit seinen sechsundzwanzig Jahren nur fünf Jahre älter als sie, doch kam es ihr so vor, als würde er über deutlich mehr Lebenserfahrung verfügen. Allein der Umstand, dass er vor zehn Jahren von zu Hause ausgezogen war, während sie sich noch immer ihr altes Kinderzimmer mit Pia teilte, sagte schon alles.

Mika hatte seinen Schokoladenapfel aufgegessen und beäugte Hannas Zuckerwatte so sehnsuchtsvoll, dass sie ihm den Rest überließ. Sie war ohnehin nicht mehr hungrig. Stattdessen spürte sie ein süßes Ziehen in ihrem Magen, das sie all die Menschen, Geräusche und Gerüche um sie herum vergessen ließ. Wann hatte sie sich das letzte Mal so lebendig gefühlt?

Zweifel keimten in ihr auf. Durfte sie das hier überhaupt so genießen, nachdem Pa erst kürzlich verstorben war? War es in Ordnung, Karussell zu fahren und Zuckerwatte zu naschen, so als wäre nichts passiert? Sie könnte behaupten, dass sie nur Mika zuliebe mitgegangen war, aber das stimmte nicht. Sie liebte jede Sekunde davon.

Viel zu schnell für ihren Geschmack erreichten sie den Ticketschalter und Mark ließ ihre Hand los, um zu bezahlen.

In der Gondel hätte Hanna sich am liebsten neben Mark gesetzt, aber das kam nicht infrage. Stattdessen nahm sie neben Mika Platz, der so wild herumzappelte, dass sie ein Machtwort sprach. Danach knabberte er schmollend an seiner Zuckerwatte und schielte immer wieder sehnsüchtig zu den Autoskootern.

Mark saß ihr gegenüber und sie konnte die Augen nicht von ihm lassen. Dem Bunker, dem Fernsehturm und den Fahrgeschäften unter ihnen schenkte sie kaum

Beachtung. Stattdessen betrachtete sie Marks Gesicht: den Bartschatten auf seinem Kinn, die winzigen Fältchen um seine Augen und die Sommerbräune auf seinen Wangen. Wenn er jetzt neben ihr säße, würde sie sich an ihn lehnen und ihn küssen.

Als könne er ihre Gedanken lesen, verdunkelten sich seine Augen, bis sie nur noch die Pupillen erkannte. Obwohl eine frische Brise aufzog, wurde ihr unter der leichten Sommerjacke plötzlich warm.

Sie erreichten den höchsten Punkt ihrer Gondelfahrt und Hanna sah hinab. Sechzig Meter unter ihnen wuselten winzige Menschen zwischen den Buden und Karussells umher. Die Luft roch hier oben frischer und das schiefe Gemisch der Karussellmusiken war nur noch gedämpft zu hören.

Marks Hand an ihrem Knie ließ sie zusammenzucken. Er beugte sich vor. »Bist du schon mal geflogen?«

Sie nickte. »Nach Mallorca. Und du?«

»Ich nicht.« Sein offenes Lächeln sandte ein Kribbeln durch ihren Magen. »Ich glaube, so nahe wie heute, war ich dem Himmel noch nie.«

Wie von selbst beugte sie sich ebenfalls vor und auf halber Strecke trafen ihre Lippen aufeinander. Sein Mund schmeckte süß und klebte von der Zuckerwatte, die er bei ihr genascht hatte. Aus Rücksicht auf Mika widerstand sie der Versuchung, die köstlichen Reste von Marks Lippen zu lecken, genoss nur das Gefühl, seinen Atem in ihrem Gesicht zu spüren. Er duftete nach Sandelholz und nach etwas, das ihn selbst ausmachte.

Mikas Protestlaute rissen sie aus ihrer Verzückung. Verlegen löste sie sich von Mark und bedauerte den Verlust im selben Moment.

Ihr Bruder verdrehte genervt die Augen: »Das ist voll peinlich! Könnt ihr nicht in eurem Zimmer knutschen?«

Kapitel 9

Mark

Leise vor sich hinsummend wendete Mark das Rührei in der Pfanne. Der goldgelbe Ton wirkte perfekt. Der Speck zischte und roch köstlich. Doch ein wenig Basilikum würde den Geschmack noch verfeinern. Mark pflückte zwei Blätter von der Pflanze auf der Fensterbank und zerkleinerte sie mit einem Messer.

Es war lange her, dass er für jemand anderen Frühstück zubereitet hatte. Überraschenderweise machte es ihm Spaß. Das konnte natürlich auch an Hannas Kuss liegen, den er immer noch auf seinen Lippen spürte und der ihn lächeln ließ.

»Guten Morgen.« Emma steckte den Kopf zur Küchentür herein und schnupperte. »Mh. Hier riecht es aber gut.«

Ihr feuchtes Haar hatte sie mit einem Handtuch zu einem Turban hochgebunden. Zum Glück war sie bereits vollständig angezogen. Mark hoffte, dass er nie einer von Hannas Schwestern im Bademantel begegnen würde. Auch so schon fühlte es sich merkwürdig an, mit drei jungen Frauen zusammenzuwohnen, die er kaum kannte.

Emma hingegen schien weniger Berührungsängste zu haben. Sie streifte beiläufig seine Schulter, als sie sich neugierig über die Pfanne beugte. »Du darfst bleiben.«

»Danke.«

»Keine Ursache. Meine Motive sind rein selbstsüchtig.« Sie lächelte. »Wie war's auf dem Dom?«

»Super.« Mark drehte den Herd aus und schob die Pfanne von der heißen Platte. »Mika ist fünfmal Autoskooter gefahren. Das war das Highlight.«

»Wirklich?« Spöttisch zog Emma die Brauen hoch. »War das nicht euer Kuss auf dem Riesenrad?«

Ihre Direktheit machte ihn sprachlos.

»Ich dachte ja, ihr tut nur so als ob.« Seelenruhig füllte Emma Kaffeepulver in die Maschine. »Damit Mika und ich nicht zu Tante Yvonne müssen. Aber anscheinend habt ihr das Nützliche mit dem Angenehmen verbunden.« Sie zwinkerte ihm zu.

»Also wir ...«

»Keine Sorge, das geht schon in Ordnung.« Emma drehte den Wasserhahn auf, um die Kanne zu füllen. »Ich finde es romantisch. Du, der unerschrockene Polizist, hilfst Hanna, verlierst dabei dein Herz und ...«

»Klingt nach einem miesen Kitschfilm«, brummte er. Es behagte ihm nicht, wie sein Liebesleben hier diskutiert wurde. Dabei war er erst vor knapp vierundzwanzig Stunden eingezogen. Worüber würden sie nächste Woche reden? Die Namen seiner künftigen Enkel?

»Ich bin mehr fürs Theater.« Emma räumte Geschirr und Besteck auf ein Tablett. »Das ist richtige Kunst.« Sie sah ihn abwägend an und auf einmal wirkte sie beinahe schüchtern. »Kommst du auch zu meiner Premiere?«

Er schluckte. Hanna zu helfen, was das Eine. Aber er hatte nicht damit gerechnet, dass er deswegen auch familiäre Pflichten übernehmen müsste. »Wenn ich Zeit habe. Wann ist sie denn?«

»Donnerstag um halb acht.« Ihre Stimme klang belegt. »Wir haben nur zwei Aufführungen und sind seit Wochen ausverkauft.«

»Aber wie ...«

»Pas Karte.« In ihren Augen schimmerten Tränen.

Mark schluckte. »Er hatte schon eine Karte?«

Emma nickte. »Ich könnte es nicht ertragen, wenn sie verfällt. Er hatte sich so darauf gefreut. Im Grunde ist das Stück nichts Besonderes, nur eine Schulaufführung. Aber Kishon war einer von Pas Lieblingsautoren. Er mochte seinen Humor.«

Ihr tapferes Lächeln versetzte ihm einen Stich. Das Angrillen bei Kevin konnte auch ohne ihn stattfinden. »Ich werde da sein«, versprach er.

~ ~ ~

Hanna

»Lass mich den Abwasch machen, du hast schon genug getan.« Hanna nahm Mark die schmutzige Pfanne aus der Hand und ließ heißes Wasser ins Spülbecken laufen. Kraftvoller als nötig schrubbte sie mit dem Schwamm über die festgesetzten Eierreste. Es machte sie nervös, wie Mark sie dabei beobachtete. Viel zu nahe stand er neben ihr und sein leicht herber Geruch erinnerte sie an den Moment auf dem Riesenrad, als sie sich geküsst hatten. Allein der Gedanke daran beschleunigte ihren Herzschlag.

Mark beugte sich vor, bis sie die Wärme seines Körpers spüren konnte. Wollte er sie etwa erneut küssen? Nein, er griff leider nur nach dem Geschirrhandtuch. »Dann darf ich wenigstens abtrocknen.«

»Es ist nicht nötig, dass du dich so ins Zeug legst.« Gegen ihren Willen musste Hanna lächeln. »Mika ist begeistert, seitdem du mit ihm im *Big Monster* gefahren bist. Niemand sonst hat sich bisher in diesen schrecklichen Kraken getraut. Emmas Herz hast du mit diesem Frühstück erobert und was Pia angeht …«

»… bin ich chancenlos.« Mark nahm ihr die saubere Pfanne ab und streifte dabei ihren Arm. Die zufällige Berührung kribbelte wie Ameisen auf ihrer Haut.

Wie üblich spürte sie das Bedürfnis, ihre Schwester zu verteidigen. »Pia macht eine schwierige Phase durch. Ich glaube, sie weiß nicht, was sie nach dem Abi mit sich anfangen soll. Pa und sie haben sich in letzter Zeit viel gestritten und das kann sie nun nicht mehr mit ihm klären. Ihr neuer Freund übt auch keinen guten Einfluss auf sie aus.«

»Was ist mit dir?« Das Graublau seiner Augen erinnerte sie heute an eine stürmische See.

»Meine Meinung interessiert Pia nicht. Sie macht, was sie will.« Obwohl sie es versuchte, konnte sie den Blick nicht von ihm lösen.

»Das meine ich nicht. Was hältst du davon, dass ich hier wohne? Hast du dich an den Gedanken gewöhnt?«

Sie schluckte. An Marks Gegenwart würde sie sich niemals gewöhnen, dafür wühlte er sie viel zu sehr auf. »Ich bin mir nicht sicher.« Ihre Stimme klang belegt.

»Für mich fühlt es sich auch ungewohnt an.« Marks Blick verdunkelte sich. »Ich hatte vergessen, wie es so ist mit einer Familie.«

Hannas Herz zog sich vor Mitleid zusammen. Natürlich. Marks Eltern waren gestorben und soweit sie wusste, hatte er keine Geschwister. Kein Wunder, dass ihr gemeinsames Frühstück in ihm bittersüße Erinnerungen geweckt hatte.

Bevor sie darüber nachdenken konnte, streckte sie die Hand nach ihm aus. Ihre Finger, die eben noch im Spülwasser gebadet hatten, hinterließen auf seiner Wange eine feuchte Spur, die sie an Tränen erinnerte. Feine Bartstoppeln kratzten über ihre sensiblen Kuppen und brachten die Haut zum Prickeln.

»Ich glaube, ich weiß etwas, das helfen würde.« Ihr Herzschlag beschleunigte sich.

»Helfen?«

»Damit du dich hier mehr zu Hause fühlst.« Sanft streichelte sie bis zu seinem Mundwinkel, verharrte dort aber, weil sie seine Lippen nicht mit Spülwasser benetzen wollte.

Wie in Zeitlupe beugte Mark sich zu ihr hinab, den Blick dabei erwartungsvoll auf sie gerichtet. Die Botschaft dahinter war eindeutig. Sie könnte jederzeit aufhören und er würde sie in Ruhe lassen. Aber das wollte sie nicht. Stattdessen kam sie ihm das letzte Stück entgegen und presste ihre Lippen auf seine.

Die Berührung fühlte sich fast unwirklich an – viel zu intensiv für das, was sie taten. Atemlos schlang sie beide Arme um seine Schultern und spürte seine Hände in ihrem Haar. Das Geschirrhandtuch fiel zu Boden. Seine Zunge kitzelte ihre Lippen und sie öffnete den Mund, um sie einzulassen. Mark schmeckte nach Rührei mit Speck, nach Kaffee und nach etwas, das sie nicht benennen konnte, das sie aber süchtig machte.

Immer enger drängte Mark sich gegen sie. Längst drückte die Arbeitsplatte schmerzhaft in ihren Rücken, doch es kümmert sie nicht. Selbst durch die Kleidung spürte sie deutlich die Wärme seines Körpers und seine Erregung.

Ein Teil von ihr wollte hier und jetzt den Reißverschluss seiner Jeans öffnen und verwegenen Sex auf dem Küchentresen haben, solange sich ihre Geschwister in der Schule befanden. Mark und sie waren beide erwachsen und wen kümmerte es, wenn sie ihrer Lust nachgaben?

Doch dafür stand zu viel auf dem Spiel.

Mark blinzelte irritiert, als sie sich widerwillig von ihm löste und einen Schritt zurücktrat, doch er unternahm keinen Versuch, sie festzuhalten.

»Wir sollten lieber weitermachen.« Ihre Stimme überschlug sich ein wenig. »Sonst wird das Wasser kalt.«

»Hm.« Wortlos reichte er ihr den Topf, in dem er für Mika Kakao gekocht hatte.

Die Stille fühlte sich bedrückend an, doch ihr fiel beim besten Willen nichts ein, was sie hätte sagen können. *Danke für den fantastischen Kuss, aber mehr will ich nicht, damit es nicht zu kompliziert wird, schließlich brauche ich deine Hilfe noch,* kam nicht infrage. Und alles andere klänge hohl.

Schließlich erlöste Mark sie aus ihrer Misere, indem er das feuchte Handtuch schwungvoll über die Heizung warf. »Ich muss los. Kann sein, dass ich die nächsten Tage in meiner Wohnung übernachte.«

»Aber du bist doch gerade erst eingezogen.«

Er wich ihrem Blick aus. »Der Schichtplan ist die Hölle und es liegen haufenweise Überstunden an. In spätestens vier Tagen bin ich wieder hier.«

Mit drei langen Schritten verließ er die Küche. Sie hörte ihn im Flur rumoren und kurz darauf die Wohnungstür zuschlagen. Seine Flucht hatte keine dreißig Sekunden gedauert.

~ ~ ~

Mark

Das Seil brannte in seinen aufgeschürften Händen, doch Mark zwang sich, die Beine nicht zur Hilfe zu nehmen. Noch einen Meter und er hätte es geschafft. Neben ihm verzog ein Mann mit blondem Bürstenschnitt das Gesicht vor Schmerzen und ließ sich langsam nach unten gleiten. Der Ausbilder, der bei der Matte wartete, schüttelte missbilligend den Kopf.

Durchgefallen.

Mark packte das Seil fester. Um ihn herum schwitzten, stöhnten und kämpften die anderen Bewerber, die nach drei harten Auswahltagen noch übrig waren. Die Luft in der Sporthalle roch nach Schweiß und Verzweiflung. Alle hier träumten denselben Traum. Für die meisten würde er in wenigen Stunden enden.

Seine feuchten Finger rutschten am Seil ab und er krallte sich mit aller Kraft fest. Schmerz schoss ihm in Arme und Schultern. Nur noch einen halben Meter bis zur Markierung. Nur noch dreißig Zentimeter.

Endlich berührte er den Strich auf dem Seil. Der Ausbilder nickte ihm zu und Mark seilte sich vorsichtig ab.

Es war noch lange nicht überstanden.

Als Nächstes musste er Klimmzüge machen. Zehn Stück in zehn Sekunden. Seine Arme protestierten. Schweiß lief ihm in die Augen und brachte sie zum Tränen.

Bankdrücken achtzig Kilo. Sprünge über die Turnkästen. Immer noch keine Pause. Marks Lungen brannten, als er die Sporthalle verließ, um sich für den Zweitausend-Meter-Lauf aufzustellen.

Die Männer neben ihm hatten rote Köpfe und stanken nach Schweiß, doch ihre Augen strahlten stolz. Alle, die hier antraten, hatten das Wissens-Quiz und den Schießtest erfolgreich gemeistert. Wenn sie auch die Sportprüfung überstanden, fehlte ihnen nur noch das Bewerber-Interview, bevor sie zum Sondereinsatzkommando wechseln konnten. Natürlich würde die Schinderei damit erst richtig beginnen.

»Sie haben acht Minuten für Ihre Runde.« Der Ausbilder blies in seine Trillerpfeife.

Mark rannte wie noch nie in seinem Leben. Seine Umgebung, die anderen Läufer, selbst seine Schmerzen nahm er wie durch einen Schleier wahr. Das Adrenalin, das durch seine Blutbahn pumpte, verlieh ihm neue Kraft. Er fühlte sich geradezu euphorisch. Auf diesen Moment hatte er seit Monaten hingearbeitet. Er war mehr als bereit dafür.

Wieder sah er Hanna vor sich: ihr leicht zerzaustes Haar, die geröteten Wangen und den sehnsuchtsvollen Ausdruck in ihren Augen. Doch dann war ein Schatten über ihr Gesicht gehuscht. Die Erinnerung brachte ihn aus dem Tritt und ein stechender Schmerz schoss ihm durch den Knöchel.

Verflucht.

Humpelnd lief er weiter. Jeder Schritt eine Qual. Bisher hatte er die Gruppe angeführt, doch nun überholte ihn der erste Läufer, dann der zweite. Das Ziel vor Augen zwang er sich vorwärts. Noch drei Polizisten holten ihn ein, bevor er, vor Schmerzen keuchend, den Ausgangspunkt erreichte.

Der Ausbilder drückte seine Stoppuhr. »Sieben Minuten achtundfünfzig. Gerade noch geschafft.«

Als zwei Nachzüglicher eintrafen, winkte der Mann ab, und sie ließen enttäuscht die Köpfe hängen. Mark bedauerte die beiden. So kurz vor dem Ziel zu scheitern, musste wehtun. Auch seine eigenen Schmerzen machten sich jetzt stärker bemerkbar, doch vor dem Ausbilder würde er sich keine Schwäche anmerken lassen.

»Glückwunsch. Sie können sich morgen um acht Uhr zum Interview in Zimmer 217 melden.« Der Mann hakte seinen Namen ab und marschierte zurück zu den Umkleidekabinen. Sobald er ihm den Rücken zukehrte, fasste Mark sich an den Knöchel, der pochte und bereits anschwoll. Er würde ihn in der Mannschaftsbaracke kühlen.

Nur noch eine Prüfung, dann hatte er es geschafft.

~ ~ ~

»Du hättest dir freinehmen sollen.« Verständnislos schüttelte Birgit den Kopf. »Nach vier Tagen Schinderei brauchst du eine Pause.«

»Nicht, solange Steffi und Clemens krank sind.« Seufzend ließ Mark sich gegen die Lehne seines Schreibtischstuhls sinken. Nachdem Birgit seinen Knöchel gesehen hatte, hatte sie ihn zu Büroarbeit verdammt. Dabei gab es nichts Ermüdenderes, als die ganze Nacht Akten zu wälzen.

Mark unterdrückte ein Gähnen. Er hatte vor der Arbeit zwei Stunden in seiner Wohnung geschlafen, dennoch fühlte er sich wie gerädert.

Birgit zog ihren Stuhl zu ihm heran. »Ist sonst alles in Ordnung?«

»Klar, warum fragst du?« Ihr Blick behagte ihm nicht.

»Hätte ja sein können. Wie geht's deinem Vater?«

Er erstarrte. »Darüber möchte ich nicht sprechen.«

»Wie du meinst.« Ihre Miene wirkte ernst. »Du weißt hoffentlich, dass es für uns keine Rolle spielt.«

»Für mich schon.«

»Wer du bist, hat nichts damit zu tun, wo du herkommst.«

Mark nickte, auch wenn er ihr insgeheim widersprach. Birgit stammte aus einer heilen Polizistenfamilie. Auf ihrem Schreibtisch stand ein hübsches Foto von ihr, ihrer Tochter im Teenageralter und ihrem Mann. Für jemanden wie sie war es leicht zu glauben, dass jeder in seinem Leben das Gleiche erreichen konnte.

»Du hast mir noch nicht verraten, wie es gelaufen ist. Abgesehen von deinem Knöchel.«

»Ganz gut.« Nervös spielte Mark mit dem Kugelschreiber, der er schon die ganze Zeit über zwischen den Fingern drehte. Er fühlte sich schuldig, weil er Birgit und sein Team im Stich lassen würde, obwohl sie ihm all die Jahre eine gute Chefin gewesen war.

Sie seufzte. Im Licht der Schreibtischlampe traten ihre Falten deutlicher hervor und ihm wurde bewusst, wie viele

Jahre sie ihm voraushatte. »Ich lasse dich ungern gehen. Die Guten, die wollen alle ins Kommissariat oder zu den Spezialeinheiten, dabei brauchen wir im Streifendienst genauso fähige Leute.« Eindringlich sah sie ihn an. »Du bist mein bester Mann. Ich habe dir das nie gesagt, damit es dir nicht zu Kopf steigt. Aber wenn du gehst, wirst du hier eine Lücke hinterlassen, die niemand füllen kann.«

»Unsinn.« Nur mit Mühe gelang es ihm, seine Rührung zu verbergen. Bis zu diesem Zeitpunkt hatte er nicht einmal geahnt, wie viel ihm die Anerkennung der Frau bedeutete, die für ihn in vielerlei Hinsicht eine Mutter gewesen war. »Ihr kommt auch ohne mich klar. Ich ... das ist meine große Chance.«

»Ist es wirklich das, was du willst?«, fragte Birgit. »Denn wenn es das ist, musst du es durchziehen. Dann darfst du keine Rücksicht auf das Team oder mich nehmen. Ich habe bloß manchmal den Eindruck, dass es dich aus den falschen Gründen zum SEK drängt.«

Unbehaglich rutschte er auf seinem Stuhl herum. »Ich möchte dorthin, wo ich am meisten gebraucht werde. Und das derzeit ist das SEK.«

»Oder denkst du, du musst zu einer Spezialeinheit wechseln, um etwas zu beweisen? Deinem Vater vielleicht oder dir selbst?«

Sie sah ihn auf diese spezielle Art an, mit der sie die härtesten Kriminellen dazu brachte, ein Geständnis abzulegen. Auch er fühlte sich, als würde sie jedes Geheimnis und jeden seiner dunklen Gedanken erahnen. Dennoch zwang er sich, ihrem Blick standzuhalten.

»Ich bin jung, sportlich und belastbar. Solche Leute suchen sie dort. Auf Streife kann ich auch in zwanzig Jahren noch gehen.«

»Verstehe.« Sie nickte. Auf ihrer Stirn erschien eine Falte. »Wie geht es jetzt weiter?«

»Sie melden sich.« Seine Chancen standen gut. Von fünfunddreißig Bewerbern waren nur sechs übrig geblieben. Doch er musste auch ins Team passen. Falls der Ausbilder ihn aufgrund seiner familiären Hintergründe für seelisch instabil hielt, würde er trotz allem abgelehnt werden …

»Na dann viel Glück!« Beinahe brüsk wandte Birgit sich ab und rollte mit dem Stuhl zurück an ihren Schreibtisch.

Er wurde den Eindruck nicht los, dass er sie enttäuscht hatte.

Kapitel 10

Hanna

»War es sehr schlimm?« Hanna schloss Emma in die Arme und drückte sie an sich. Dabei achtete sie darauf, Emmas Bühnen-Make-up nicht zu verschmieren. Lachen, Stühlerücken und Gesprächsfetzen drangen aus der Aula zu ihnen herüber, in der die Besucher ihre Plätze einnahmen.

Emma schüttelte den Kopf und machte ein tapferes Gesicht. Leider wusste Hanna bei ihr nie so genau, wann sie die Wahrheit sagte und wann sie schauspielerte. »Die blöde Kuh hat mir gefühlte eintausend Fragen gestellt. Die meisten davon zielten darauf ab, dich schlecht dastehen zu lassen. Aber ich habe ihr klipp und klar gesagt, dass ich bei dir bleiben will.«

»Hoffentlich nützt es was.« Für Hanna war es ein Schock gewesen, als die Frau vom Jugendamt angerufen und Emma zu sich bestellt hatte. Zum Glück hatte ihre Schwester darauf gelassener reagiert als sie selbst und ihr versichert, dass sie mit der Sozialarbeiterin schon fertig würde.

»Ich glaube ja.« Emmas Augen verengten sich. »In meinem Alter wird der Wille berücksichtigt.«

Was sie nicht aussprach, war ihnen dennoch bewusst: Mikas Wünsche würden keine Rolle spielen.

»Du solltest jetzt reingehen«, bemerkte Emma. »Lass deinen Polizisten nicht warten, er ist echt süß.«

»Viel Glück!« Ihre Wangen fühlten sich plötzlich heiß an. Mark war nicht *ihr* Polizist und sie täte gut daran, das in Erinnerung zu behalten.

Dennoch machte ihr Herz einen kleinen Satz, als sie Mark im Zuschauerraum entdeckte. Er unterhielt sich mit Mika, hatte auf seiner anderen Seite einen Platz für sie freigehalten und schien die bewundernden Blicke der Mütter und älteren Schülerinnen nicht zu bemerken. Hanna konnte es den Frauen nicht verdenken, denn der schmal geschnittene graublaue Pullover betonte nicht nur Marks sportliche Statur, sondern auch seine Augen.

Als er sie entdeckte, huschte ein Lächeln über sein Gesicht. »Und, alles gut?«

»Ja, zum Glück.« Vorsichtig zwängte sie sich an ihm vorbei. Seine Knie streiften ihre Schenkel und in ihr keimte plötzlich der Wunsch auf, sich auf seinen Schoß zu setzen, anstatt auf den freien Stuhl daneben.

Pias mürrischer Blick ernüchterte sie. Ihre Schwester hatte beide Arme vor der Brust verschränkt und kaute auf der Unterlippe. Ihre Kleidung roch nach Zigarettenrauch und dunkle Schatten umgaben ihre Augen. Dennoch beruhigte es Hanna, dass sie überhaupt aufgetaucht war.

»Schön, dass du hier bist.« Hanna versuchte, sich ihre Besorgnis nicht anmerken zu lassen. Seit Marks Einzug hielt Pia sich kaum noch zu Hause auf, kam nur noch zum Schlafen und manchmal nicht einmal das.

»Ich hab's Emma versprochen. Aber das ändert nichts daran, dass ich wütend auf dich bin.«

»Okay.« Pias feindseliger Tonfall versetzte ihr einen Stich. Wann hatten ihre Schwester und sie sich nur so entfremdet? Was würde Pa sagen, wenn er jetzt hier wäre? Er hatte sich so darauf gefreut, Emma das erste Mal in einer Hauptrolle zu sehen. Doch dazu war es nicht mehr gekommen.

Eine warme Hand schob sich tröstlich in ihre.

Mark.

Die Lichter im Raum erloschen, dafür erstrahlten die Scheinwerfer. Sie beleuchteten die Kulisse eines Ateliers. Ein Junge, den Hanna nicht kannte, stand im Kittel vor seiner Staffelei und tat so, als würde er Emma malen, die für ihn posierte. Das Stück hieß »Zieh den Stecker raus, das Wasser kocht« und Emma hatte ihr erklärt, dass es eine Satire auf moderne Kunst sei.

Obwohl Emma sehr überzeugend spielte, konnte Hanna der Handlung nicht recht folgen. Sie bekam noch mit, dass es um einen erfolglosen Maler ging, dessen zufällig aufeinandergestapeltes Mobiliar von einem Kritiker versehentlich für ein Kunstwerk gehalten wurde. Danach verlor sie den Faden. Zu sehr lenkte Marks Gegenwart sie ab.

Es war nicht so, dass er etwas tat. Nein, allein sein Geruch, die kleinen elektrischen Stöße, die die Berührung seiner Hand in ihr auslösten, reichten aus, um ihre Aufmerksamkeit zu fesseln.

Auch Pia wirkte unkonzentriert, tippte immer wieder Nachrichten in ihr Handy, dessen Display im dunklen Raum störend aufleuchtete. Mika, den das Stück überforderte, rutschte unruhig auf seinem Stuhl herum. Mark flüsterte ihm etwas ins Ohr, das ihn augenblicklich beruhigte. Zu gern hätte Hanna gewusst, was es war.

Das Stück dauerte eine knappe Stunde und es gab keine Pause. Als die Schauspieler zum Applaus vortraten, fühlte Hanna sich beinahe erleichtert. Gleichzeitig tat es ihr leid, dass sie Emmas Leistung so wenig gewürdigt hatte.

Das Licht ging an und die Zuschauer strömten zu den Ausgängen, wo Saft und selbstgebackene Kuchen zugunsten der Theater-AG verkauft wurden. Diesen Teil der Veranstaltung hätte Hanna am liebsten ausgelassen. Wo immer sie auftauchte, verstummten die Gespräche und

Menschen musterten sie betroffen. Alle hier wussten Bescheid und einige Mutige traten vor, um Hanna ihr Beileid auszusprechen. Sie wollte nur noch weg.

»Hat's euch gefallen?« Strahlend fiel Emma ihnen nacheinander um den Hals und ließ dabei auch Mark nicht aus, der sichtbar errötete.

»Gar nicht übel.« Endlich lächelte Pia mal wieder. »Sah ein bisschen so aus, als ob dich der Junge mag, der den Raphael spielt.«

»Dominik meinst du?« Emma schüttelte den Kopf. »Der ist doch noch ein halbes Kind.« Ihre Augen begannen zu funkeln und Hanna folgte ihrem Blick.

Ein sportlicher Oberstufenschüler, braun gebrannt und fast zwei Meter groß, unterhielt sich mit einem blonden Mann, der im Vergleich zu ihm geradezu zierlich wirkte. Die beiden Männer entdeckten sie. Zu Hannas Bedauern war es nicht Emmas Schwarm, der daraufhin lächelnd auf sie zuging.

»Guten Abend. Ich bin Julian Lindner, Leiter der Theater-AG. Ich muss Ihnen zu Ihrer Schwester gratulieren.« Kraftvoll schüttelte den blonde Mann Hannas Hand und begrüßte danach auch Mark, Pia und Mika.

»Sie haben da eine schöne Aufführung auf die Beine gestellt«, bemerkte Hanna.

Emmas Lehrer strahlte. Er hatte ein hübsches Lächeln mit Grübchen in den Wangen, auch wenn er für ihren Geschmack als Mann ein wenig zu zart wirkte. »Danke, das freut mich. Emma ist eine große Bereicherung für unsere Theatergruppe. Ich wette, eines Tages wird sie eine berühmte Schauspielerin.«

»Ach, Unsinn!« Emma lächelte geschmeichelt.

»Wir werden sehen.« Es behagte Hanna nicht, dass dieser Lehrer ihrer Schwester solche Flausen in den Kopf setzte. Natürlich war Emma begabt, aber das bedeutete leider nicht, dass sie auch als Schauspielerin Erfolg haben würde. Besser wäre es, wenn sie die Schule mit guten Noten abschloss und danach etwas Solides studierte. Ohne Eltern, die sie im Notfall finanziell unterstützten, konnten solche Träume schnell gefährlich werden.

»Sie schaffen das, Emma, davon bin ich überzeugt.« Der Lehrer setzte tatsächlich noch einen drauf. »Und ich werde dann überall erzählen, dass Sie zuerst auf dieser Bühne hier gestanden haben.«

Nun reichte es aber. Hanna überlegte, wie sie den Lehrer abwimmeln könnte, als eine kleine Frau sich in ihre Gruppe drängte.

»Mark, was machst du denn hier?« Die Frau hatte ein wettergegerbtes Gesicht und war mindestens zwanzig Jahre älter als Mark.

Trotz ihres freundlichen Tonfalls versteifte er sich. »Hallo. Ich ... wir haben uns das Stück angesehen.«

»Das dachte ich mir schon.« Nun klang sie beinahe spöttisch. »Wir sind hier, weil Finja das Bühnenbild mitgebaut hat. Aber dass du Verbindungen zu dieser Schule hast, überrascht mich.« Ihr aufmerksamer Blick streifte Emma und Mika, verharrte aber auf Hanna.

Ihr wurde heiß. Mark hatte sie ausdrücklich gebeten, seine Freunde und Kollegen außen vor zu lassen. Doch nun stand sie einer Frau gegenüber, die Mark anscheinend gut kannte und nicht so wirkte, als würde sie sich mit Small Talk zufriedengeben. Im Gegenteil: Unter ihrem Blick fühlte Hanna sich mit jedem Atemzug unbehaglicher.

Endlich trat Mark einen Schritt vor und legte einen Arm um ihre Hüfte. Seine Berührung ließ sie gleich ruhiger atmen. »Birgit, darf ich dir Hanna vorstellen? Sie ist meine Freundin. Und das hier sind Pia, Mika und Emma. Sie hat die Dahlia gespielt.«

»Tolle Leistung.« Die Frau nickte Emma anerkennend zu, danach reichte sie Hanna die Hand. Ihr Händedruck fühlte sich trocken und überraschend kräftig an. »Freut mich, dass wir uns kennenlernen. Ich bin Birgit.«

Ihr Tonfall verriet, dass sie davon ausging, der Name würde Hanna etwas sagen. Tat er aber nicht. Trotzdem ließ sie sich nichts anmerken. »Freut mich auch.«

Ein wenig ruppig stieß Birgit Mark in die Seite. »Hättest ruhig mal etwas verraten können, alter Geheimniskrämer.«

Mark lächelte, doch es wirkte gezwungen.

»Was macht dein Knöchel?«, fragte sie Mark.

»Schon besser.« Ihm schien das Thema nicht zu behagen, denn sein Kiefer verspannte sich. Hanna selbst gefiel es auch nicht, daran erinnert zu werden, wie gefährlich seine Arbeit manchmal war. Zwar hatte er ihr versichert, dass er beim Verlassen des Wagens einfach nur umgeknickt sei, doch vermutlich steckte mehr dahinter.

Gemeinsam reihten sie sich in die Schlange am Kuchenbüfett ein. Es duftete nach Kaffee und Apfelstrudel. Hannas Magen knurrte. Mit schlechtem Gewissen erinnerte sie sich an ihr Referat, das zu Hause auf sie wartete, verdrängte den Gedanken aber gleich wieder. Diesen Abend würde sie unbeschwert genießen.

Birgit sprach von einem Grillen unter Kollegen, das Mark und sie gerade verpassten. Anscheinend war sie ebenfalls Polizistin. Mark hatte die andere Einladung nie erwähnt, und es rührte Hanna, dass er sich dafür entschieden hatte, sie heute zu begleiten.

»Wie habt ihr euch eigentlich kennengelernt?« Birgit fragte beiläufig zwischen zwei Bissen Käsekuchen, doch sie behielt Hanna dabei genau im Blick.

»Wird das hier etwa ein Verhör?« Spöttisch zog Mark die Brauen hoch. »Wir sind nicht bei der Arbeit.«

Unterschwellig hörte sie aus der scherzhaften Bemerkung eine Warnung heraus. Wollte er damit zum Ausdruck bringen, dass Birgit mit ihrer Frage eine Grenze überschritt?

In Marks Augen flackerte Panik auf und sie begriff.

Nicht bei der Arbeit.

Ihr Puls beschleunigte sich und ihr Mund fühlte sich trocken an. Wenn die falschen Personen die Umstände ihres Kennenlernens erfuhren, würde sie vor Gericht scheitern. Und Mark bekäme Probleme, weil er versucht hatte, ihr zu helfen.

Sie musste sich eine Geschichte ausdenken. Wo könnte sie Mark stattdessen getroffen haben? Auf einer Party? Bei Freunden? In einem Café? Seine kräftigen Arme brachten sie auf eine Idee. »Beim Sport.«

Ungläubig starrte Pia sie an. Auch Emma und Mika wirkten überrascht, doch zum Glück schwiegen sie.

Mark stellte seinen Teller ab und hakte sie unter. »Wir gehen ins gleiche Fitnessstudio. Hanna war mir schon länger aufgefallen, aber ich wusste nicht, wie ich sie ansprechen soll.« Er machte eine Pause und sah sie auffordernd an. Anscheinend sollte sie ab hier übernehmen.

Hanna schluckte. »Eines Tages machte sich so ein schmieriger Kerl an mich ran. Total aufdringlich, obwohl ich ihm gesagt habe, dass er mich in Ruhe lassen soll. Mark ist dazwischengegangen und hat mich beschützt. Er ist ein großartiger Beschützer.« Zumindest der letzte Teil war nicht erfunden.

»Klingt ganz nach dir.« Birgit lächelte. »Ich muss dann mal zurück zu meiner Familie. War schön, euch kennenzulernen.« Sie nickte ihnen zum Abschied zu und verschwand im Getümmel.

Erleichtert holte Hanna tief Luft. Das war gerade noch mal gut gegangen.

»Ihr habt euch also im Fitnessstudio ineinander verliebt?« Pias Bemerkung klang bissig und ihre Augen verengten sich. »Das ist ja interessant. In meiner Erinnerung hat sich das Ganze anders abgespielt.«

»Nicht so laut«, bat Mark. Nervös sah er sich um, doch bisher schien ihnen niemand besondere Beachtung zu schenken.

»Warum habt ihr gelogen?«, fragte nun auch Mika. Er klang eher traurig als wütend.

Hanna spürte einen Kloß im Hals. Sie wollte ihren kleinen Bruder beschützen und nicht mit seiner ungewissen Zukunft belasten. Doch auf einmal kam es ihr so vor, als wäre sie ihm die Wahrheit schuldig. »Wir erklären dir alles, wenn wir wieder zu Hause sind.«

»Was mich betrifft, spart euch das Gerede.« Abfällig schüttelte Pia den Kopf. »Ich hab noch was vor.« Ohne ein weiteres Wort des Abschieds drehte sie sich um und ging.

Besorgt sah Emma ihr hinterher. »Denkt ihr, sie wird uns Schwierigkeiten machen?«

»Natürlich nicht«, sagte Hanna. »Sie ist unsere Schwester und wir halten zusammen.« Doch insgeheim quälten sie selbst Zweifel, ob sie Pia noch vertrauen konnten.

~ ~ ~

Mark

Mika saß zwischen Hanna und ihm auf der Couch und rutschte unruhig hin und her. Das Leder gab Knatschgeräusche von sich, die in der Stille unnatürlich laut klangen. Das Schweigen wurde beinahe unerträglich, doch Mark zwang sich, abzuwarten. Hanna und er hatten alles gesagt. Jetzt war Mika an der Reihe.

Er musterte Hanna aus Augen, die feucht schimmerten. »Ich will nicht zu Tante Yvonne.« Seine Unterlippe bebte.

»Und ich will dich nicht gehenlassen.« Auch in Hannas Augen schwammen Tränen. »Deshalb tun wir alles, um das Jugendamt zu überzeugen. Auch ein bisschen schwindeln.«

»Was ist so schlimm daran, wie ihr euch wirklich getroffen habt?« Fragend sah Mika ihn an.

Mark räusperte sich. Dieses Gespräch überforderte ihn. »Im Grunde sind es zwei Dinge. Zum einen macht es keinen guten Eindruck, wie ich mich als Polizist verhalten habe. Ich hätte Hanna während meiner Arbeitszeit nie so nahe kommen dürfen. Zum anderen haben wir uns erst vor zwei Wochen kennengelernt. So eine kurze Beziehung würde der Richter niemals ernstnehmen.«

»Aber ihr liebt euch doch, oder?«

Verlegen wich er Mikas Blick aus. Der Junge besaß ein Talent dafür, die falschen Fragen zu stellen.

Hanna seufzte. Anscheinend ahnte sie, dass es an ihr hängen blieb, diese Klippe zu umschiffen. »Wir mögen uns sehr. Aber Liebe braucht Zeit, um zu wachsen. Und dafür kennen wir uns noch nicht lange genug.«

»Also bist du nur meinetwegen hier eingezogen?« Mika musterte ihn anklagend.

Nun war es Mark, der unruhig auf der Couch herumrutschte. Er fühlte sich fast wie bei einem Verhör. »Du warst der Hauptgrund, ja.« Tröstend berührte er Mika an der Schulter, doch der Junge wich vor ihm zurück.

»Und wenn ihr euer Ziel erreicht habt, gehst du wieder weg?« Seine Stimme zitterte und frische Tränen schossen ihm in die Augen.

Nein, wollte er sagen. Schon allein, um Mika nicht wehzutun. Doch es war zu spät. Mika hatte die Wahrheit in seinen Augen gelesen.

»War doch klar!« Wütend stürmte er davon.

»Mika, nicht!« Hanna sprang auf, um ihm zu folgen, doch Mark hielt sie am Arm fest.

»Bitte, lass ihn.«

»Aber er …«

»Er braucht jetzt Zeit für sich, um runterzukommen.« Zumindest war es bei Tom früher so gewesen, wenn er einen Wutanfall hatte. Fast hätte Mark eine Bemerkung in diese Richtung gemacht, doch gerade noch rechtzeitig fiel ihm ein, dass Hanna überhaupt nichts von Toms Existenz wusste.

Wie immer, wenn er an seinen Bruder dachte, empfand er tiefes Bedauern. Und Schuld. Er hatte bei Tom in so vielerlei Hinsicht versagt, dass er es nie wieder gutmachen konnte. Doch womöglich lag es in seiner Macht, Hanna und ihren Geschwistern zu helfen.

»Wir haben seine Gefühle verletzt.« Hanna klang niedergeschlagen. »Ich hätte daran denken müssen, dass er nicht noch einen Verlust verkraftet.« Traurig lächelte sie ihn an. »Du bist einfach zu nett, deswegen hat er dich so schnell ins Herz geschlossen.«

»Ich bin nicht so gut, wie du glaubst.« Der Ausdruck in ihren braunen Augen brachte sein Herz zum Flattern. Ihre Bewunderung basierte auf Täuschung, Lügen und Geheimnissen. Sie war nicht echt.

»Sei nicht so hart zu dir.« Langsam streckte sie die Hand nach ihm aus und streichelte über seine stoppelige Wange. Ihr Geruch, ihr Lächeln, ihre Stimme übten eine Anziehung auf ihn aus, die beinahe unheimlich war.

Schon küssten sie sich und er schmeckte Kaffee, Kuchen und Äpfel auf ihrer Zunge. Ihre weichen Lippen saugten sich an ihm fest, so als wollten sie ihn nie wieder loslassen. Leise stöhnte er in ihren Mund, während die Erregung in seinen Unterleib schoss. Dieser Kuss war zu viel und gleichzeitig zu wenig.

Gierig zog er sie auf seinen Schoß, ließ sich mit ihr gegen die weiche Lehne sinken. Der Geruch von Leder vermengte sich mit ihrem Duft. Seine Lippen prickelten. Eine Hand vergrub er in ihrem offenen Haar, mit der anderen knetete er durch den Jeansstoff ihren Po.

»Komm mit auf mein Zimmer«, raunte er ihr ins Ohr. »Dort sind wir ungestört.«

»Ich kann nicht.« Sanft löste Hanna sich aus der Umarmung und krabbelte von seinem Schoß. »Ich sollte jetzt mit Mika reden.«

»Was ist mit später?« Sein Ton klang zu verzweifelt, um sexy zu wirken. Doch zum ersten Mal kümmerte es ihn nicht.

»Das wäre unklug.« Ein trauriges Lächeln umspielte ihre Lippen. »Wir wissen beide, dass deine Zeit hier begrenzt ist. Lass es uns nicht unnötig kompliziert machen.« Wie, um ihren Worten den Stachel zu nehmen, küsste sie ihn zärtlich auf den geschlossenen Mund. »Mika ist nicht der Einzige, der keinen weiteren Abschied erträgt.«

Kapitel 11

Mark

Im Wagen stank es nach Alkohol, Zigaretten und Erbrochenem von der letzten Passagierin, die sie zur Ausnüchterung aufs Revier gebracht hatten. Mark öffnete das Beifahrerfenster und sah hinaus auf die nächtlichen Straßen von Sankt Pauli. Die Besucher der Theaterstücke und Shows gingen nach Hause, während die Feiernden weiterzogen. Dazwischen Prostituierte, Dealer und harmlose Anwohner. Seit einigen Wochen tauchten vermehrt auch Autonome im Viertel auf und sorgten für Ärger.

Kevin, der am Steuer saß, zog die Stirn kraus, als sie an einem Graffiti mit dem Schriftzug *»Die Feinde der Freiheit sind die unseren«* vorbeifuhren. »Ich frage mich, ob das bis zum Gipfel so weitergeht.«

»Es wird noch schlimmer«, prophezeite Mark. »Sie fangen gerade erst an.«

»Wir haben dich übrigens gestern vermisst.«

»Ich hatte schon was vor.« Das Thema behagte ihm wenig, aber belügen wollte er Kevin auch nicht. Zumindest nicht mehr als unbedingt nötig.

Sein Freund lächelte breit. »Eine Frau?«

»Eine Theateraufführung.«

Kevin pfiff durch die Zähne. »Also doch eine Frau. Freiwillig gehst du nicht ins Theater. Wie heißt sie?«

Er zögerte. Ob Kevin sich noch an den Namen erinnern würde? »Hanna.«

»Es ist was Ernstes, oder?« Kurz wandte Kevin sich zu ihm um, bevor er wieder auf die Straße sah. »Du hast mich vorher noch nie für eine Frau versetzt.«

»Nein, es ist harmlos.« Zumindest hoffte er das, denn alles andere würde unweigerlich in einer Katastrophe enden. »In ein paar Wochen bin ich ohnehin von hier weg.« Er hatte lässig klingen wollen, doch seine Stimme hörte sich brüchig an.

»Hast du die Zusage etwa schon?«

Mark schüttelte den Kopf. »Aber ich rechne täglich damit. Falls ich im Gespräch keinen groben Schnitzer gemacht habe, sollte es klappen.« Merkwürdig, wie wenig er sich auf den erlösenden Anruf freute, nachdem er den Prüfungen Monate lang entgegengefiebert hatte. Allerdings würde sein Beginn beim SEK zwangsläufig das Ende seiner gemeinsamen Zeit mit Hanna bedeuten.

»Wenn diese Hanna dir so gut gefällt, dass du ihretwegen ins Theater gehst, solltest du nicht so schnell aufgeben.« Kevin klang ungewohnt ernst. »Klar ist die Ausbildung hart, aber nach der ersten Zeit kannst du zumindest am Wochenende nach Hause und …«

»Sie käme damit nicht zurecht.« Sich etwas vorzumachen, brachte niemandem etwas. Er wusste genau, warum er Hanna nie von seiner Bewerbung für das SEK erzählt hatte.

»Fernbeziehungen sind nicht jedermanns Sache«, stimmte Kevin ihm zu. »Meine Schwester hatte mal einen Freund, der …«

»Stopp. Fahr rechts ran.«

Vor ihnen parkte ein roter Beetle, dessen Lack von Schmierereien entstellt wurde. Schwarz prangte auf dem Heck das antifaschistische Zeichen. Die Farbe roch frisch und als Mark mit dem Finger darüber strich, verschmierte die Schrift. »Die können noch nicht weit sein.«

»Dann erwischen wir sie.« Kevin klang grimmig. »Das ist schon das zweite Mal diese Woche.«

Sie ließen ihren Wagen stehen und gingen zu Fuß weiter. Musik aus den umliegenden Clubs mischte sich mit Stimmen und Zigarettenrauch. Einige der Passanten musterten sie feindselig, doch die meisten ignorierten sie einfach. Polizisten gehörten hier zum Stadtbild.

In einer ruhigeren Seitenstraße ertappten sie die Schmierfinken auf frischer Tat. Zwei schwarz vermummte Gestalten, die einen Mercedes besprühten. Bei ihrem Anblick ließen die beiden ihre Spraydosen fallen und rannten los. Leider in entgegensetzte Richtungen.

»Du links, ich rechts.« Ohne eine Antwort abzuwarten, stürmte Mark los. Kevin folgte seinem Beispiel.

»Stehenbleiben, Polizei!«, rief sein Freund. Wie zu erwarten reagierte der Vermummte nicht auf den Zuruf.

Mark verfolgte dessen Komplizen. Dieser war kleiner und zierlicher, aber sehr wendig. Plötzlich bog er scharf ab, kletterte über einen Zaun und versuchte, durch einen privaten Hinterhof zu entkommen.

Nicht mit ihm.

In seiner Eile blieb Mark am Zaun hängen und riss sich die Hose auf. Schmerz schoss durch seinen lädierten Knöchel, als er unsanft landete, dennoch rannte er weiter.

Vor einer hohen Betonmauer endete die Verfolgungsjagd. Der Hinterhof war nur spärlich beleuchtet und stank nach Urin. Hektisch sah der Vermummte sich nach allen Seiten um, doch den einzigen Ausweg schnitt Mark ihm erfolgreich ab. Marks Lunge brannte und der Knöchel pochte, aber das verstärkte nur sein Triumphgefühl. »Es ist vorbei.« Seine Stimme klang hart. »Hände über den Kopf.«

Der Vermummte zögerte einen Moment, bevor er langsam die Hände nach oben hob.

»Und nun runter mit der Maske.«

Dieses Mal dauerte es länger, bis Marks Anweisung befolgt wurde. Unter der schwarzen Strumpfmaske quollen rosa Strähnen hervor. Eisblaue Augen funkelten ihn zornig an.

»Pia?« Beinahe hätte er sie gefragt, was sie hier machte. Leider war es offensichtlich. »Bist du völlig irre?«

»Ich nicht, aber anscheinend der Rest von euch. Wir versuchen nur, auf den kapitalistischen Wahnsinn aufmerksam ...«

»Das reicht jetzt«, fuhr er sie an. »Deine Motive sind mir schnuppe. Aber mit einer Aktion wie dieser ruinierst du deine Zukunft und rückst zudem Hanna in ein schlechtes Licht.«

Sie verschränkte die Arme vor der Brust. »War doch klar, dass es dir in Wahrheit nur um sie geht. Wir anderen interessieren dich nicht.«

»Doch, das tut ihr.« Er sollte nicht so wütend reagieren, schließlich befand er sich im Dienst. Aber gerade fiel es ihm schwer, Professionalität zu wahren. »Ich denke auch an Mika und Emma und daran, was der Richter wohl davon hält, wenn die beiden mit einer Vorbestraften unter einem Dach wohnen.«

»Ich bin nicht vorbestraft.« Pia klang empört.

»Aber nach heute Nacht wirst du es sein.« So hatte es damals auch bei Tom angefangen. Mit Graffiti, die er illegal auf alte Mauern sprayte. Angeblich Kunst, in Wahrheit ein scheußlicher Protest gegen ihren Vater, dessen Handwerk sein Bruder verabscheute. Tom, der Vegetarier, der kein totes Tier essen konnte. Auf Menschenleben nahm er hingegen weniger Rücksicht ...

Allmählich dämmerte wohl auch Pia, welche Konsequenzen ihr Verhalten haben würde, denn sie erbleichte. »Ich bin bloß eine Punkerin und gegen Kommerz. Hast du eine Ahnung, wie viele Menschen dem Geld hinterherjagen und darüber ihre eigenen Familien vernachlässigen? Mein Pa war auch so einer. Immer drehte sich bei ihm alles um die Arbeit.« Ihre Stimme klang kraftlos. »Ich wollte ein Zeichen setzen.«

»Das ist dir ja gelungen.« Auch er fühlte sich erschöpft. Es würde Hanna das Herz brechen, wenn sie davon erfuhr. »War das überhaupt deine Idee oder hat dein autonomer Freund dich dazu gedrängt?«

»Meine.« Doch sie wich seinem Blick aus. »Ich bin freiwillig mitgekommen.«

»Es ist nicht das erste Mal, dass du so was machst, oder?« Ernst musterte er sie. »Wir sind uns schon mal bei einem Einsatz begegnet.«

Pia schüttelte den Kopf. »Das war harmlos. Du hast mich von einem Sitzstreik weggetragen.«

»Das war alles? Und darum machst du so ein Geheimnis?«

Sie zuckte mit den Schultern. »Wir haben vor Pas Bank gestreikt. Hanna hätte das schlecht aufgenommen, besonders so kurz nach seinem Tod.«

»Verstehe.« Zu wissen, dass sie sich bisher nichts Schlimmes hatte zuschulden kommen lassen, ließ das heutige Ereignis noch fataler erscheinen. Hoffentlich erwischte Kevin diesen Mistkerl, der Pia da mit reingezogen hatte.

Mark seufzte. »Es zwingt dich niemand, den Gipfel gut zufinden. Oder unsere Regierung. Aber was ihr heute getan habt, ist Sachbeschädigung. Schätzungsweise fünftausend Euro pro Fahrzeug. Dafür müsst ihr aufkommen.«

»So viel? Das wusste ich nicht.« Pias Lippen bebten, doch sie hielt die Tränen zurück. Vor knapp drei Wochen hatte sie ihren Vater verloren und sich in ihrer Trauer an die falsche Person gewandt. Nun musste sie für ihre

Fehler bezahlen. Es war einer jener seltenen Augenblicke, in denen er seinen Job nicht mochte.

Kevin meldete sich über Funk. »Ich habe ihn.« Er klang atemlos, aber erfreut. »Was ist mit dir?«

Mark zögerte. Pias musterte ihn so ängstlich, dass es ihm einen Stich versetzte. Obwohl die Schwestern sich nicht besonders ähnelten, erinnerte Pia ihn in diesem Moment an Hanna. Als Kevin und er damals vor ihrer Wohnungstür gestanden hatten, hatte sie ihn genauso angesehen.

»Entwischt.«

Hoffentlich würde er das nicht bereuen. Pia starrte ihn fassungslos an.

»Bemühe dich nicht, ich komme zurück zum Treffpunkt.« Er unterbrach die Verbindung und musterte Pia ernst. »Ich riskiere hier gerade meinen Job, also mach das nie wieder.«

»Bestimmt nicht«, versprach sie.

»Zu keinem ein Wort. Vor allem nicht zu deinem Freund.«

»Was passiert jetzt mit ihm?«

Mark zuckte mit den Schultern. »Hängt von seinen Vorstrafen ab. Hoffen wir für dich, dass er dichthält.«

»Danke.« Auf einmal klang sie beinahe schüchtern. »Ich habe dich falsch eingeschätzt.« Lautlos verschwand sie im Halbdunkel.

Nachdenklich machte er sich auf den Rückweg. Er nahm die Lichter und Menschen, das Hupen der Autos, den Geruch der Abgase und das Grölen der Betrunkenen um sich herum kaum wahr. Stattdessen starrte er auf seine Einsatzstiefel, deren Absätze leise über den Gehweg klackten. Niemals hätte er geglaubt, dass er Hanna zuliebe seine Ideale als Polizist verraten würde. Diese Erkenntnis löste Furcht in ihm aus, aber zugleich eine süße Sehnsucht, die ihm zum Verhängnis werden könnte.

~ ~ ~

Hanna

Schon beim ersten Klingeln ahnte Hanna, dass dieser Anruf nichts Gutes bedeutete. Die unbekannte Nummer auf dem Handydisplay kam ihr seltsam vertraut vor. Um sie herum lachten und redeten ihre Kommilitonen auf dem Flur, bevor die nächste Veranstaltung begann.

»Geh nicht ran«, bat Simon. Er stand so dicht neben ihr, dass sie sein Aftershave riechen konnte.

Fest umklammerte Hanna die Mappe mit ihrem Referat. Simon hatte recht. In fünf Minuten musste sie in den Seminarraum gehen und ihren Vortrag nachholen. Sich jetzt ablenken zu lassen, wäre verkehrt. Dennoch warnte ein Ziehen im Magen sie davor, den Anruf zu ignorieren.

»Es könnte dringend sein.« Sie wandte sich von Simon ab, um seinen vorwurfsvollen Blick nicht sehen zu müssen, und drückte auf das Symbol mit dem grünen Hörer.

Sie hätte es besser sein lassen.

»Mika hat sich wieder geprügelt.« Die Stimme der Rektorin klang verärgert. »Dieses Mal bleibt uns keine andere Wahl, als ihn für den Rest der Woche zu suspendieren.«

»Was ist passiert?« Hannas Mund fühlte sich trocken an.

»Ein Streit auf dem Schulhof. Der andere Junge hat einen Zahn verloren, die Eltern sind außer sich. Bitte holen Sie Mika umgehend ab.«

»Ich kann nicht.« Ihre Beine fühlten sich an wie aus Gummi und sie schmeckte Galle. Schon wieder hatte sie als große Schwester versagt. Aber wenn sie jetzt die Uni verließ, würde sie ihren Schein nicht bekommen.

»Nach allem, was passiert ist, kann ich Mika nicht ohne Begleitung gehen lassen. Außerdem muss er zu einem Arzt. Er hat eine Platzwunde auf der Stirn.«

»Er wird abgeholt«, versprach Hanna kraftlos.

Kaum hatte sie aufgelegt, sah sie sich Simon gegenüber, der sie finster anstarrte. »Denk nicht mal dran, jetzt wegzulaufen.«

»Ich muss.« Wut und Sorge um Mika mischten sich mit einem Gefühl der Resignation. »Mir bleibt doch keine andere Wahl.«

»Oh doch.« Simon deutete auf das Handy. »Überwinde deinen Stolz und ruf deine Tante an. Sag ihr, es ist ein Notfall.«

»Ich kann nicht.« Der Gedanke, ausgerechnet Tante Yvonne um Hilfe zu bitten, war grauenvoll. »Sie würde das vor Gericht gegen mich verwenden.«

»Was genau? Dass Mika sich geprügelt hat? Dass du einmal nicht von hier wegkonntest?« Simon schüttelte den Kopf. »Wenn sie das versucht, macht sie sich lächerlich.«

»Aber das Risiko …«

»Du musst jetzt an dich denken. Nur dieses eine Mal.«

Hannas Herz raste. Sie durfte Yvonne nicht anrufen. Sie musste es tun. Sie sollte nicht …

Die schweren Schritte ihres Professors auf dem Gang ließen sie zusammenzucken. Ihr blieb keine Zeit zu zögern.

~ ~ ~

Mit zitternden Händen schloss Hanna die Wohnungstür auf. Was würde sie dort vorfinden? Tante Yvonne, die sich als

Retterin aufspielte? Eine Sozialarbeiterin, die Mika abholen wollte, weil er sich schon wieder geprügelt hatte?

Beinahe stolperte sie über die Reisetaschen und Kartons, die den Flur versperrten. Ein scharfer Schmerz schoss durch ihre Brust. Fest presste sie die Hände vor den Mund, um nicht laut aufzuschluchzen. Sie nahmen ihr tatsächlich Mika weg.

Ihre Beine gaben nach und sie ließ sich auf den Boden sinken. Halb saß sie auf einem Rucksack und etwas Hartes drückte gegen ihren Schenkel. Das hier durfte nicht geschehen, sie konnte es nicht zulassen. Sie musste da reingehen und um Mika kämpfen, sobald das Zittern nachließ. Tränen tropften von ihren Wangen. Vor der Frau vom Jugendamt durfte sie nicht weinen. Erst recht nicht in Tante Yvonnes Beisein.

»Hanna.«

Wo kam Mark so plötzlich her? Er schob eine Tasche beiseite und kniete sich vor sie auf den Boden. Sanft wischte er die Tränen aus ihrem Gesicht. Wie gut er roch, wie tröstlich sich seine Hände anfühlten. Mit dem Mut der Verzweiflung stürzte sie sich in seine Arme und vergrub ihr Gesicht an seiner Schulter.

»Mika«, schluchzte sie. »Nimmt Yvonne ihn mit oder das Jugendamt?«

»Mika?« Eine warme Hand streichelte über ihren Kopf. »Warum sollte er ...? Nein, Mika bleibt hier. Die Sachen gehören Pia.«

»Oh.« Vorsichtig löste sie sich weit genug von seiner Schulter, um das Chaos auf dem Boden genauer zu betrachten. Tatsächlich, der schwarze Nietenrucksack neben dem Schulregal gehörte ihrer Schwester. Ebenso wie die dunkle Reisetasche mit den Bandstickern.

Erleichtert atmete sie tief aus. Doch gleich beschlich sie eine neue Sorge. »Pia zieht also zu ihrem Freund.«

Einem Mann, der ihre Familie mied und mit Polizisten nichts zu tun haben wollte.

»Nein, zum Glück nicht.« Mark lächelte. »Sie wollte es erst. Aber wir haben uns in Ruhe unterhalten und ihr ist klar geworden, dass sie sich auf ihr Abi konzentrieren sollte. Sie zieht zu eurer Tante.«

»Zu Yvonne?« Die Frage erübrigte sich, da sie sonst keine Tante hatten, aber Hanna konnte es einfach nicht glauben. Ausgerechnet Pia, die Regeln verabscheute, wollte bei ihrer strengen Tante leben? »Das geht niemals gut.«

»Ihr beide braucht dringend Abstand und vielleicht kann Yvonne ihr etwas Halt geben.« Beiläufig streichelte Mark ihren Arm und verursachte ihr eine Gänsehaut. »Yvonne wartet übrigens im Wohnzimmer auf dich. Wir sollten besser reingehen.« Galant half er ihr auf.

Als Hanna mit klopfendem Herzen eintrat, bot sich ihr ein erstaunlich friedvoller Anblick. Mika und Yvonne spielten am Couchtisch eine Partie Schach. Über Mikas rechter Braue klebte ein Pflaster und auf seinem Wangenknochen prangte ein blauer Fleck, doch sonst sah er fit aus.

Hannas Erleichterung währte jedoch nicht lange. Schon traf sie Yvonnes ernster Blick.

»Danke, dass du so schnell gekommen bist.« Auch wenn sie ihre Tante nicht mochte, wusste sie, was sich gehörte.

»Ich helfe, wo ich kann. Der Arzt sagt, Mika hat noch einmal Glück gehabt. Kein Schädel-Hirn-Trauma. Der Faden löst sich von selbst auf, muss also nicht gezogen werden. Allerdings bittet dich die Rektorin zum Gespräch.« Yvonne wölbte die Brauen. »Euch beide, um genau zu sein.«

Beschützend legte Mark einen Arm um ihre Schulter. »Dann werden wir natürlich mit ihr reden.«

»Colin hat angefangen, ich hab mich nur gewehrt.« Mikas Stimme klang empört. »Ständig bringt er blöde Sprüche und sagt, ich wäre …«

»Hat er zuerst zugeschlagen oder hat er dich nur beleidigt?«, fragte Hanna streng.

Trotzig schob Mika die Unterlippe vor.

Sie seufzte. »Das geht so nicht weiter. Du kannst dich nicht ständig prügeln, sonst fliegst du noch von der Schule. Und was ist, wenn du jemanden ernsthaft verletzt? Oder wenn dich jemand verletzt?«

»Ich kann mir nicht alles gefallen lassen.« Ihr Bruder verschränkte die Arme.

»Nicht jetzt«, raunte Mark in ihr Ohr und nickte in Yvonnes Richtung. Diese stand auf und strich ihren Bleistiftrock glatt. So wie ihre Tante angezogen war, musste sie direkt von ihrem Arbeitsplatz bei einer Versicherungsgesellschaft losgefahren sein, um Mika abzuholen.

Kurz bekam Hanna Gewissensbisse, weil sie keinen Gedanken daran verschwendet hatte, wie Yvonne diesen Einsatz mit ihrem Arbeitgeber regelte. Doch als Yvonne sich prüfend umsah, verflog Hannas Mitleid. »Es müsste mal wieder Staub gewischt werden und das Alpenveilchen braucht frisches Wasser.«

Nur mit Mühe unterdrückte Hanna ein Augenrollen. Ihre Tante fand doch immer was zum Mäkeln. Nur weil es bei ihr und Jörg so aussah, als würde *Schöner Wohnen* jederzeit für eine Homestory vorbeikommen, konnte sie das wohl kaum von allen anderen erwarten.

»Du solltest mich mal wieder besuchen.« Yvonne wandte sich direkt an Mika und Hanna blieb fast das Herz stehen. »Das hast du schon ewig nicht mehr gemacht. Wie könnten zu Hagenbeck gehen und die Elefanten füttern. Was meinst du?« Wenn sie mit Mika sprach, klang ihre Stimme ganz anders als sonst, viel sanfter.

»Das ist wohl kaum der richtige Zeitpunkt, um ihn zu belohnen«, bemerkte Hanna verärgert. Glaubte ihre Tante etwa, Mikas Liebe sei käuflich?

Nachdenklich runzelte Mika die Stirn, schließlich huschte ein Lächeln über sein Gesicht. »Okay, ich besuche dich. Aber ich bleibe hier wohnen, weil ich immer bei Hanna leben möchte.«

Die Miene ihrer Tante erstarrte.

Anstatt ihren Triumph auszukosten, verließ Hanna das Wohnzimmer, um sich ungestört von Pia zu verabschieden. Es fiel ihr schwer, sich mit dem Gedanken anzufreunden, dass ihre Schwester ausgerechnet zu Yvonne zog. Aus dem Raum, den sie gemeinsam bewohnten, dröhnte laute Punkmusik. Bei ihrem Eintreten suchte Pia gerade Hefte und Schulbücher zusammen.

»Hallo.« Pias warmes Lächeln überraschte sie. Seit Pas Tod hatte ihre Schwester sie nicht mehr so freundlich angesehen. Schon vorher war es nur selten vorgekommen. Wann hatten sie sich bloß so weit voneinander entfernt?

Unsicher verharrte Hanna in der Mitte des Raums. »Du ziehst also zu Yvonne?«

Pia nickte. »Verrückt, oder?«

»Ja, ziemlich.« Sie räusperte sich. »Wenn es wegen des Zimmers ist …«

»Ist es nicht.« Ernst musterte Pia sie aus ihren eisblauen Augen. »Aber es gibt Dinge in meinem Leben, aus denen ich euch raushalten will. Und gerade wird mir hier alles zu viel. Das ist nicht mein Kampf, verstehst du?«

»Bedeutet das, dir ist es egal, ob Emma und Mika uns weggenommen werden?« Das konnte Pia doch unmöglich ernst meinen.

»Nein, aber du steigerst dich da in was rein. Du und Yvonne, ihr hattet schon immer dieses Konkurrenzdenken.« Pia kramte zwei Jutesäcke unter ihrem Bett hervor, in die sie ihre Schulsachen stopfte. »Du siehst das alles zu verbissen. Schlimmstenfalls ziehen Mika und Emma fünf Kilometer weg, das ist doch kein Weltuntergang. Wäre Ma noch am Leben, würdest du vermutlich längst in einer Studenten-WG wohnen – vielleicht sogar in einer anderen Stadt. Dann würdest du die beiden viel seltener sehen.«

In gewisser Weise stimmte, was Pia sagte, dennoch hörten sich ihre Worte grundverkehrt an. »In dem Fall wären Emma und Mika bei unseren Eltern. Sie hätten noch ihre Familie.«

Pia schüttelte den Kopf. »Weißt du, was das eigentliche Problem ist? Du hast dich so lange da reingesteigert, uns Ma zu ersetzen, dass du jetzt nicht damit aufhören kannst.«

»Sie fehlt mir so. Nach all den Jahren noch.« Schon merkwürdig. Es verging kein Tag, an dem sie nicht an Ma dachte, dennoch konnte sie sich nicht daran erinnern, wann Pia und sie das letzte Mal über ihre Mutter gesprochen hatten.

»Mir auch.« Ihre Schwester zog sie in eine kurze, aber feste Umarmung und griff nach den Jutebeuteln. In der Tür drehte sie sich ein letztes Mal um. »Lass endlich los, dann wird dein Leben leichter.«

Kapitel 12

Hanna

Hanna fühlte sich leer. Stimmte das, was Pia ihr vorwarf? Hatte sie die Sorge um ihre Geschwister zu sehr in den Mittelpunkt gerückt und darüber ihr eigenes Leben vergessen? Simon hatte Ähnliches gesagt. Hunderte Male. Doch während seine Kritik an ihr abprallte, konnte sie Pias Worte nicht einfach vergessen.

Lustlos stocherte sie beim Abendessen in ihren Spaghetti mit Pesto herum, während Emma und Mark sich angeregt über Krimiserien im Fernsehen unterhielten. Mark störte sich daran, wie fehlerhaft die Polizeiarbeit dargestellt wurde, Emma beklagte die Qualität der Schauspieler. Schweigsam schaufelte Mika sein Essen in sich hinein. Er schmollte, weil Hanna zur Strafe für seine Suspendierung ein Fernsehverbot ausgesprochen hatte.

»Nie zeigen sie, wie jemand Schreibarbeiten erledigt«, beschwerte sich Mark. »Dabei frisst das einen Großteil unserer Zeit. Und die Schutzpolizisten sind die Deppen, die den Tatort absichern, bis die richtigen Polizisten von der Kripo kommen.«

»Warum bist du eigentlich nicht zur Kripo gegangen?«, fragte Emma. »Es hätte gut zu dir gepasst.«

Mark ließ die Gabel sinken. »Dazu fehlt mir das Abi. Als Kriminalkommissar muss man studiert haben. Ich bin im mittleren Dienst, da hat man weniger Möglichkeiten.«

Etwas in seinem Ton verriet Hanna, dass Emma einen wunden Punkt berührt hatte. Ob Mark die Schule abgebrochen hatte, nachdem seine Eltern gestorben waren? Wann waren sie überhaupt gestorben und woran? Es gab so vieles über ihn, das sie nicht wusste. Aber jedes Mal, wenn sie ihm eine persönliche Frage stellte, verschloss er sich. Und sie *hatte* ihm versprochen, dass sie an seiner Vergangenheit nicht rühren würde.

»Welche Möglichkeiten hast du denn?« Emmas Neugierde überwog schon immer ihr Taktgefühl.

Mark zögerte. Interessant. Anscheinend behagte ihm dieses Thema sogar noch weniger. »Wahrscheinlich werde ich in den nächsten Jahren zum Polizeiobermeister befördert. Meine Aufgaben bleiben aber die gleichen. Ansonsten könnte ich höchstens zu einer Spezialeinheit wechseln.«

»Du meinst das SEK? Klingt aufregend.« Emma wirkte begeistert. »Werden die Jungs nicht immer zu den gefährlichsten Einsätzen gerufen?«

Mark nickte. »Die SEKs wurden 1972 gegründet – als Reaktion auf die Geiselnahme während der Olympischen Spiele. Damals hatte die Polizei versagt. Wenn es um Terroristen, Geiselnahmen und besonders gefährliche Kriminelle geht, kommen die Sondereinsatzkommandos zum Zug.« In seinem Ton schwang deutlich Bewunderung mit.

Hanna wurde übel. Sie schob ihren halbvollen Teller von sich. »Für mich hört sich das schrecklich an.« Über den Tisch hinweg ergriff sie Marks Hand und drückte sie fest. »Ich bin jedenfalls froh, dass du zur Schutzpolizei gehörst und nicht zu denen. Das ist gefährlich genug.«

»Findest du?« Sein Ausdruck wirkte gequält. Glaubte er etwa, sie würde an seinem Mut zweifeln, weil er Ehestreite schlichtete und Ladendiebe festnahm, anstatt auf Geiselnehmer zu schießen?

»Es jagt mir eine Heidenangst ein, wenn ich daran denke, was dir alles zustoßen könnte.« Zärtlich streichelte sie über seinen Handrücken, genoss das Prickeln in ihren Fingerspitzen und die Wärme seiner Haut.

»Mark passt auf sich auf, nicht wahr?« Zum ersten Mal mischte Mika sich in das Gespräch ein. Seine Stimme klang ängstlich.

»Mir passiert schon nichts.« Mark entzog Hanna seine Hand und rollte geschickt Spaghetti mit seiner Gabel auf. »Es gibt keinen Grund, sich Sorgen zu machen.«

Als er die Nudeln zum Mund führte, blieb etwas Soße an seiner Oberlippe haften. Hanna kribbelte es in den Fingern, den Spritzer zu entfernen, doch die Anwesenheit ihrer Geschwister hielt sie davon ab.

Zwei Stunden später hatten Emma und Mika sich auf ihr Zimmer zurückgezogen und Hanna genoss es, Mark einmal für sich allein zu haben. Sie kuschelten auf der Ledercouch und sahen sich einen alten *Star Wars* Film an. Hannas Kopf lehnte an Marks Brust und sie spürte durch das dünne Shirt jeden Atemzug. Ein warmer Hauch kitzelte sie am Ohr, bis er von einer feuchten Zunge abgelöst wurde.

»Ist das okay?« Marks Hand, die bisher träge ihren Bauch gestreichelt hatte, lupfte ihr Shirt. Dort, wo er nackte Haut berührte, breitete sich Hitze aus.

»Nur, wenn du abschließt.«

Sie hatte die Worte kaum ausgesprochen, als Mark schon von der Couch aufsprang und den Schlüssel herumdrehte. »Gesichert«, verkündete er selbstgefällig.

Wortlos versanken sie in einen Kuss. Mark schmeckte nach Pesto und Apfelsaft. Unter seinem Aftershave roch sie sein männlich-herbes Aroma. Wie fest sich seine Brustmuskeln und die kräftigen Arme anfühlten. »Du bist gut in Form.«

Er lächelte gegen ihren Mund. »Hat auch Vorteile, dass ich Polizist bin, oder?«

»Hm.« Marks Hände lenkten sie ab. Mit der einen knetete er ihren Po, mit der anderen streichelte er sich langsam von ihrem Nabel bis zur Brust. Wohlige Schauer erfassten sie. Blind tastete sie nach der Fernbedienung und drehte Obi-Wan Kenobi den Ton ab.

»Willst du etwa nicht mehr fernsehen?« Sein Ton klang neckend. Unter dem Shirt löste er den Verschluss des Büstenhalters und streifte die Träger von ihren Schultern. Ihre Brüste passten genau in seine Hände. Seine aufgerauten Fingerkuppen reizten ihre Brustwarzen.

Sie streckte die Arme nach oben, damit er ihr das Shirt über den Kopf ziehen konnte. »Normalerweise tue ich so etwas nicht.« Mark sollte wissen, dass er etwas Besonderes für sie war.

»Ich schon.«

Seine Antwort traf sie wie ein kalter Guss. Was hatte sie auch erwartet? Etwa ein Liebesgeständnis? Sie sollte ihre Würde wahren und sich zurückziehen.

Doch dann umschlossen weiche Lippen ihre Brustwarze und die Liebkosungen von Marks Zungenspitze schossen direkt in ihren Unterleib. Wozu aufhören, wenn es sich so gut anfühlte? Pia hatte recht, sie musste auch mal an sich denken. Und gerade wollte sie nichts mehr, als mit Haut und Haaren von Mark verschlungen zu werden.

Etwas Hartes drückte gegen ihren Schoß. Beherzt massierte sie die Ausbuchtung in Marks Hose. »Nächstes Mal möchte ich, dass du dabei deine Polizeiuniform trägst«, raunte sie ihm zu. »Darin finde ich dich wahnsinnig sexy.«

»So nicht?« Er lächelte schelmisch, während er seine Gürtelschnalle löste. Danach öffnete er Knopf und Reißverschluss und legte seine warme Hand auf Hannas. Langsam, aber bestimmt, schob er sie in seinen Hosenbund. Mit klopfendem Herzen umfasste sie sein pochendes Fleisch. Es war lange her, dass sie einen Mann auf diese Weise berührt hatte, und noch nie hatte es sich so aufregend angefühlt.

»Schon besser. Aber du hast immer noch zu viel an.« Sie half ihm, das Shirt auszuziehen. Andächtig zeichnete sie mit den Fingern Muster auf seine rasierte Brust, deren Brustwarzen sich erwartungsvoll aufrichteten. Sie konnte seine Lust riechen, ebenso wie den herben männlichen Duft, der ihm eigen war.

Ihr Puls beschleunigte sich, während die Hitze sich in ihrem Schoß ausbreitete. Mark mochte als Lebenspartner nicht zu ihr passen, aber der Sex mit ihm versprach, unvergesslich zu werden.

Sie leckte über seine Brust, stippte mit der Zunge in den Nabel und folgte einer Spur dunkler Haare bis in den Bund seiner aufgeknöpften Jeans. Mark sog scharf die Luft ein, als sie ihn in den Mund nahm. Er schmeckte salzig und bitter und fühlte sich zugleich samtig weich und fest an.

»Lass es uns sicher machen.« Sanft schob Mark sie von sich, fischte ein Kondom aus seiner Gesäßtasche und riss die Packung auf.

Bei dem Gedanken daran, wie leichtsinnig sie sich verhalten hatte, wurde ihr flau im Magen. Und das als Medizinstudentin. Doch schon vertrieben Marks Lippen auf ihren alle Bedenken. Seine Zunge glitt in ihren Mund und sie teilte seinen eigenen Geschmack mit ihm. Raue, kräftige Hände halfen ihr aus Hose und Slip und liebkosten sie zwischen ihren Schenkeln. Ein leises Stöhnen entwich ihrer Kehle.

Als das Prickeln unerträglich wurde, entwand sie sich seinem Griff und zupfte an seiner Jeans. »Runter damit.«

In gespielter Enttäuschung schüttelte er den Kopf. »Du magst meine Hose wirklich nicht.«

»Sie ist eben keine Polizeiuniform.«

Gemeinsam streiften sie die Jeans ab. Hanna vergrub ihre Nase in dem feuchten Fleck von Marks Pants. Sie könnte süchtig nach seinem Geruch werden. Ihr Blick fiel auf seine stolz aufgerichtete Männlichkeit. Schon schlossen sich ihre Lippen um das Kondom, das nach Gummi und Waldmeister schmeckte. Sein eigenes Aroma gefiel ihr besser. Doch das Schnaufen, das er von sich gab, spornte sie an, sich besondere Mühe zu geben.

»Du musst leiser sein«, ermahnte sie ihn schließlich. Zwar lag Emmas und Mikas Raum am anderen Ende des Flurs, mit der Küche und Marks Zimmer dazwischen, aber sie wollte auf keinen Fall von den beiden gehört werden.

»Dann braucht mein Mund wohl eine andere Beschäftigung.« Er drückte sie flach auf die Couch und kniete verkehrt herum über ihr. Nein, genau richtig herum. Seine in Gummi gehüllte Männlichkeit baumelte verführerisch vor ihrem Mund und sie schloss die Lippen darum. Im nächsten Augenblick benetzte seine feuchte Zunge ihren Lustpunkt und dieses Mal war sie es, die ein Stöhnen unterdrückte.

Genießerisch massierte sie seine Pobacken und die kräftigen Schenkel, die vor Anspannung zitterten. Deutlich spürte sie, wie sehr er sich zurückhielt, um nicht einfach in ihren Mund zu stoßen. Diese Rücksicht gehörte zu ihm, genauso wie seine Sportlichkeit und seine Kraft, und sie machte einen wichtigen Teil seiner Anziehung aus.

Das Leder kühlte ihren Po und Rücken, während der Rest ihres Körpers glühte. Mark saugte und leckte an ihr, bis sie sich aufbäumte und ihn dabei aus ihrem Mund gleiten ließ. Fest presste sie die nackten Füße gegen die Armlehne und klammerte sich haltsuchend an Marks Beine. Heiße Lust schoss in Wellen durch sie hindurch und seine geschickte Zunge verlängerte ihren Höhepunkt fast bis ins Unerträgliche.

Als sie erschöpft unter ihm zusammenbrach, drehte Mark sich zu ihr um und küsste sie. Dieses Mal schmeckte sie sich selbst in seinem Mund. Zutiefst befriedigt streichelte sie über sein kurzes Haar und den schweißfeuchten Rücken.

Fragend stupste Mark gegen ihren Eingang und drang auf ein Nicken von ihr langsam in sie ein. Die ersten verhaltenen Stöße empfand ihre überreizte Weiblichkeit als unangenehm, doch Marks Hände und Lippen lenkten sie erfolgreich ab.

Sie leckte das Salz von seiner Brust und saugte an seinem Schlüsselbein, bis er genussvoll die Augen schloss. Von seinem Geschmack würde sie nie genug bekommen.

Früher als erwartet setzte erneut ein süßes Prickeln in ihrem Schoß ein. Kraftvoll schlang sie ihre Beine um Mark, um ihn noch tiefer in sich aufzunehmen und wurde mit einem leisen Seufzen belohnt. Er erhöhte das Tempo und die Kraft seiner Stöße, bis ein Beben seinen Körper erfasste.

Die ganze Zeit über sah er sie an und es war der verletzliche Ausdruck in seinen Augen, der ihr Herz berührte und sie schließlich zum Höhepunkt brachte.

~ ~ ~

Mark

Seine feuchte Haut löste sich mit einem Schmatzen vom Leder, als er sich herumrollte und Hanna auf seine Brust zog. Allmählich beruhigte sich sein Herzschlag, doch das Hochgefühl blieb. Zum ersten Mal seit Jahren verspürte er nicht den Drang, aufzustehen, sich anzuziehen und zu gehen, sobald der Akt vorüber war. Im Gegenteil.

Träge angelte er nach einer Wolldecke, die er über sie beide legte, und vergrub seine Nase in Hannas weichem Haar. Ein leichter Maiglöckchenduft mischte sich mit ihrer persönlichen Note. Unter seiner Hand spürte er das Pochen ihres Herzens, ihr warmer Atem streifte seine Haut.

Daran könnte er sich gewöhnen.

Hanna zeichnete Kreise um seinen Nabel und kraulte seinen Unterleib. Er war zu ausgelaugt, um Erregung zu empfinden, aber es fühlte sich angenehm an.

»Das war perfekt.«

Zuerst glaubte er, sich die leise hingehauchten Worte nur eingebildet zu haben. Doch Hanna wandte sich lächelnd zu ihm um und schien auf eine Antwort zu warten.

Etwas in seiner Brust zog sich schmerzhaft zusammen. Es hätte tatsächlich perfekt sein können. Doch ihre Unterhaltung vom Abendbrot spukte noch immer in seinem Kopf herum.

Er hatte Hanna belogen.

Auch vorher schon hatte er ihr manches verschwiegen und in Kauf genommen, dass sie seinen Vater für tot und ihn selbst für ein Einzelkind hielt. Aber heute hatte er sie zum ersten Mal bewusst getäuscht und fühlte sich schäbig deswegen. Hanna hätte nie mit ihm geschlafen, wenn sie gewusst hätte, dass er wahrscheinlich zum Sondereinsatzkommando wechselte.

»Für dich nicht?« Verletzlichkeit blitzte in ihren warmen Augen auf, und er fühlte sich gleich noch mieser.

»Doch, ich bin nur noch ausgeknockt.« Die Ausrede klang lahm, aber Hanna gab sich damit zufrieden.

Wie vertrauensvoll sie sich an ihn kuschelte, wie süß sie lächelte. Dabei hatte er sich diese Augenblicke mit einer Lüge erschlichen. Mittlerweile kannte er sie gut genug, um zu wissen, dass sie andernfalls Abstand gewahrt hätte, um nicht verletzt zu werden.

Die Wahrheit würde auf jeden Fall schmerzen.

Seine verschwitzte Haut begann zu jucken und sein angewinkelter Arm kribbelte unangenehm. Das Gefühl ihrer Verbundenheit zerrann mit jedem Atemzug mehr.

Womöglich brauchte sie nie davon zu erfahren, dass er sich beim SEK beworben hatte. Wenn sie ihn dort ablehnten, wäre es rückblickend sogar sinnvoll gewesen, dass er ihr nichts erzählt und ihr so die Sorgen erspart hatte.

Zärtlich küsste Hanna ihn auf die Stirn. »Du grübelst zu viel.«

»Tut mir leid.« Er musste sich zusammenreißen, sonst würde Hanna ihm noch anmerken, dass etwas nicht stimmte.

Ihre Hand glitt zwischen seine Beine und streichelte sein Geschlecht. »Bereit für eine Fortsetzung?«

Obwohl ihre Zuwendung bereits Wirkung zeigte, entzog er sich ihr. »Besser nicht.« Er fühlte sich jetzt schon, als hätte er sie benutzt. Auf keinen Fall würde er das wiederholen.

»Schade.« Sie hauchte einen Kuss auf seine Wange. »Schläfst du heute Nacht bei mir?«

Er sollte Nein sagen. Der Sex war ein Fehler gewesen, auch wenn er sich wundervoll angefühlt hatte. Wenn er auch noch in Hannas Bett übernachtete, verschlimmerte er die Situation damit nur. Bald schon würden sie getrennte Wege gehen. Es war wichtig, dass ihre Herzen dann noch intakt waren.

»Das ist keine gute Idee. Ich habe Frühdienst und muss um fünf Uhr raus.«

»Bitte.« Das Flehen in ihren braunen Augen brachte seinen Entschluss ins Wanken.

»Na gut.«

Er beging einen Fehler, aber in diesem Moment kümmerte es ihn nicht. Denn ihr Lächeln traf ihn mitten ins Herz.

~ ~ ~

Nach einem anstrengenden Arbeitstag und einer moderaten Einheit im Fitnessstudio kaufte Mark im Supermarkt für die Woche ein. Es fühlte sich ungewohnt an nach all den Jahren, in denen er von allem Single-Portionen genommen hatte, für vier Personen zu planen, doch es machte ihm Freude. Er erinnerte sich daran, dass Mika gern Bananen aß und Emma nach einer Müslimischung mit Weintrauben verrückt war. Und er warf alles in seinen Korb, von dem er wusste, dass es Hanna schmeckte.

Als er schließlich drei prall gefüllte Plastiktüten nach oben in die Wohnung trug, musterte Emma in aus großen Augen. »Wie hast du das bloß alles geschleppt?«

»Bin gut im Training.« Zudem verlieh die Nacht mit Hanna ihm ungeahnte Kräfte. Es war ewig her, dass eine Frau in seinem Arm geschlafen hatte und bei dem Gedanken an Hannas kitzelnden Haare in seinem Gesicht musste er unwillkürlich lächeln.

Emma hingegen lächelte nicht. Sie wirkte bedrückt und Mark wollte sie aufheitern. »Was hältst du davon, wenn ich dich bei deinem Küchendienst unterstütze? Wir könnten Lasagne machen, ich habe alles dafür eingekauft.«

»Heute nicht. Hanna und ich haben keinen Hunger.« Emma nahm ihm eine der Tüten ab und gemeinsam trugen sie die Einkäufe in die Küche. Dort roch es nach heißem Fett. »Ich habe Mika vorhin Spiegeleier gebraten. Möchtest du auch welche?«

»Was ist denn los?«, fragte Mark. Ihn beschlich ein mieses Gefühl.

»Wir haben Post bekommen.« Emma griff nach einem weißen Umschlag, der auf der Arbeitsplatte lag und von mehreren Fettspritzern getroffen worden war. »Hier bitte, lies selbst.«

Der Brief stammte vom Amtsgericht Hamburg-Mitte. Ungeduldig zog Mark das Schreiben aus dem Umschlag und überflog die juristischen Floskeln. Es war der Termin für eine Anhörung in drei Wochen. Hanna, Emma, Pia und Mika wurden aufgefordert, dort persönlich zu erscheinen. Auch ihre Tante, deren Mann und die Mitarbeiterin des Jugendamtes waren geladen. Sein Name fehlte. Er wusste nicht, ob er deswegen erleichtert oder besorgt sein sollte.

»Wir haben gewusst, dass es dazu kommen würde.« Seine Stimme klang rau.

Emma nickte ernst. »Schon, aber es fühlt sich anders an, das genaue Datum zu kennen. So als hätten wir als Familie eine Gnadenfrist gehabt, die jetzt abläuft.«

»Das ist noch lange nicht entschieden. Besonders nicht in deinem Fall.« Beinahe hätte er tröstend den Arm um ihre Schultern gelegt, aber dann wagte er es doch nicht. Für derart vertrauliche Gesten kannte er Hannas Schwester nicht gut genug.

»Ich weiß.« Emma räumte das Hackfleisch ins Eisfach und schloss etwas zu schwungvoll den Kühlschrank. »Die Sozialarbeiterin hat mir erklärt, dass ich in meinem Alter ein Vetorecht habe. Wenn ich sage, dass ich auf keinen Fall zu Tante Yvonne will, dürfen sie mich dort nicht hinschicken. Ich hätte sogar gute Chancen, dass ich einen amtlichen Vormund bekomme, der mir erlaubt, hier weiterhin zu wohnen.«

»Das klingt doch gut.« Zumindest Emma würde Hanna erhalten bleiben.

»Das kann ich nicht machen.« Auf Emmas Stirn erschien eine steile Falte. »Mika soll uns nicht alle verlieren. Ich werde bei ihm bleiben. Selbst wenn ich dafür zu Yvonne ziehen muss.«

»Aber Pia lebt doch schon bei ihr.« Der Gedanke, dass Emma sich für ihren Bruder opfern wollte, widerstrebte ihm zutiefst. In ihrer Selbstlosigkeit ähnelte sie Hanna stärker, als es auf den ersten Blick schien.

»Pia hält es dort höchstens ein paar Wochen aus, dann verschwindet sie wieder. Auf sie dürfen wir nicht zählen.«

Er schluckte. Ob er in Emmas Lage die innere Stärke gefunden hätte, das Gleiche zu sagen? Wahrscheinlich nicht. Die alte Schuld ätzte sich wie Säure durch seine Brust. Hätte er sich damals weniger egoistisch verhalten, wäre seine Mutter vielleicht noch am Leben.

»Mika kann sich glücklich schätzen, dass er Schwestern wie dich und Hanna hat.«

Sein Lob entlockte Emma ein trauriges Lächeln. »Danke.«

»Wo steckt Hanna jetzt?« Er musste sich vergewissern, dass es ihr gut ging. Zumindest halbwegs.

»Sie lernt auf ihrem Zimmer.«

Er ließ den Rest seiner Einkäufe vorerst liegen und klopfte an Hannas Tür.

»Herein.«

Hanna saß an ihrem Schreibtisch und weinte. Bei seinem Eintreten stand sie auf und wischte sich hastig über die Augen. »Wo warst du so lange? Ich habe mir Sorgen gemacht.«

»Beim Sport und danach habe ich eingekauft. Es ist schließlich mein Wochendienst.« Ihre Vorwürfe störten ihn. Glaubte sie, nachdem sie einmal miteinander geschlafen hatten, müsste er sich bei ihr abmelden?

»Du hättest anrufen können.«

»Du auch.«

»Nein, ich …« Ihre Unterlippe zitterte. »Ich wollte nicht so eine Klette sein, vor allem nicht nach letzter Nacht. Ich dachte, wenn ich dich anrufe, bereust du es vielleicht. Deshalb habe ich gewartet und es ging zuerst auch. Aber dann kam dieser Brief und ich wollte so gern mit dir darüber sprechen und …«

Ohne lange darüber nachzudenken zog er sie in seine Arme. Seine Wut löste sich auf, stattdessen spürte er ein zartes Flattern in seiner Brust. Er senkte seine Nase in ihr duftendes Haar und streichelte beruhigend über ihren Rücken. »Ich habe nicht nachgedacht. Tut mir leid.«

»Nein, mir tut es leid. Ich hätte nicht …«

Ausgerechnet in diesem Augenblick klingelte das Handy in seiner Gesäßtasche. Nur wenige Auserwählte besaßen seine private Nummer, weshalb die Anrufe meistens wichtig waren. Hoffentlich hatte sein Vater sich nicht wieder in Schwierigkeiten gebracht.

»Da muss ich rangehen.« Mark wischte über das Display und erstarrte, als er die Nummer erkannte.

Nicht ausgerechnet jetzt.

»Mark Struwe, hallo.«

»Hallo. Hier spricht Schneider, Abteilung Ausbildung vom Sondereinsatzkommando Hamburg.« Die Stimme am anderen Ende der Leitung klang militärisch-zackig. »Ich habe gute Neuigkeiten für Sie. Sie sind aufgenommen worden. Willkommen im Team.«

Kapitel 13

Mark

Herzlichen Glückwunsch!« Birgit erhob ihr Glas mit alkoholfreiem Sekt und prostete Mark zu. »Auf dich und deine neue Stelle.«

»Auf dich!« Auch Kevin und die übrigen Kollegen stießen in der viel zu engen Teeküche mit ihm an. Die Gläser klirrten, jemand klopfte ihm auf die Schulter und es wurden die üblichen Witze gerissen.

Marks Lächeln fühlte sich verkrampft an. Warum machten bloß alle so einen Aufstand wegen seiner Versetzung? Er selbst würde das Thema am liebsten vergessen – zumindest bis nach der Gerichtsverhandlung. Allein der Gedanke, es Hanna zu sagen, verursachte ihm einen bitteren Geschmack. Hastig trank er einen weiteren Schluck.

Er konnte sich glücklich schätzen, dass seine Ausbildung erst in vier Wochen begann. Dadurch würde es ihm immerhin möglich sein, Hanna beizustehen, bis der Richter seine Entscheidung gefällt hatte. Aber was, wenn Mika und Emma zu ihrer Tante mussten? Wie sollte er Hanna dann alleinlassen, um ins Ausbildungscamp zu ziehen?

»Ich kann mich nicht entscheiden, ob ich dich beneide oder ob du mir leidtust, weil du diese Schinderei auf dich nimmst.« Aus Kevins Blick sprach Bewunderung. »Ist jedenfalls eine ordentliche Leistung, dass du die Aufnahme geschafft hast.«

»Man kann auch später noch jederzeit rausfliegen«, bemerkte Steffi, ihre neunmalkluge Kollegin, die nach wochenlanger Krankheit zurückgekehrt war. »Die Ausbildung ist eine einzige Prüfung.«

»Aber nicht unser Mark.« Kevin legte eine warme Hand auf seine Schulter. »Der wird's denen schon zeigen.«

»Wo wir beim Zeigen sind«, mischte Birgit sich ein. »Ich warte immer noch auf den Bericht über den Fahrraddiebstahl in der Karolinenstraße.«

Kevin seufzte. »Wird erledigt, Chefin.«

Mark wollte seinem Freund ins Büro folgen, doch Birgit lotste ihn stattdessen in eine ruhige Ecke vor der Putzmittelkammer. Dort roch es schwach nach Essig und Zitrone. Breitbeinig stellte Birgit sich vor ihm auf. »Und jetzt raus damit.«

»Womit?« Obwohl er sie um einen Kopf überragte, fühlte er, wie er unter ihrem prüfenden Blick in sich zusammenschrumpfte.

»Was immer dich bedrückt. Du hast dir deinen Traumjob erkämpft und guckst dabei wie der Porschefahrer neulich, dessen Ex ihm einen Abschiedsgruß in den Lack geritzt hat.«

Er schluckte. Birgits Adleraugen entging wirklich nichts. »Ist was Privates«, wich er ihr aus.

Sie schnaubte. »Und ich dachte schon, du quälst dich immer noch mit Selbstvorwürfen, weil dir dieser Autosprayer entkommen ist.«

Ihm wurde kalt. Schöpfte sie Verdacht? Hatte etwas in seinem Bericht gestanden, das ihn verrict?

Birgit lächelte. »War nur ein Scherz. Kein Grund, so blass zu werden. Die meisten im Team waren sogar erleichtert, dass dir auch mal ein Fehler passiert ist.«

»Wird nicht wieder vorkommen.« Seine Stimme klang gepresst und sein Puls raste. Die Begegnung mit

Pia in ihrer Strumpfmaske wollte er am liebsten aus seinem Gedächtnis löschen.

»Nein, denn du verlässt uns ja leider.« Birgit seufzte. »Für die Abteilung wird das ein großer Verlust. Aber noch mehr für uns persönlich.« Sie lächelte traurig. »Also lass was von dir hören.«

»Mache ich«, versprach er. Birgit und Kevin zu verlassen, würde ihm sehr schwerfallen.

»Du willst wirklich nicht darüber sprechen?« Ihre Stimme klang nun sanfter. Nicht mehr so, als erwartete sie unbedingt eine Auskunft. Vermutlich gerade deshalb schwand sein Widerstand.

»Ich hab's Hanna noch nicht gesagt«, brummte er verlegen.

»Was hast du ...« Birgit stutzte. »Du meinst, sie weiß nicht, dass du zum Sondereinsatzkommando wechselst?«

Er schüttelte den Kopf. Plötzlich fühlte er sich wieder wie der junge Polizeischüler, als der er ihr bei der ersten Begegnung gegenübergestanden hatte.

»Aber warum nicht? Sie wäre doch sicher stolz auf dich.«

»Nein, sie hätte Angst.« Es laut auszusprechen, ließ ihn sich noch mieser fühlen. »Sie wartet so schon jedes Mal darauf, dass ich heil nach Hause komme, und macht sich Sorgen, wenn ich mich verspäte.«

Birgit lächelte. »Das tut mein Mann auch, es ist ganz normal ... Moment mal: nach Hause kommen? Wohnt ihr etwa schon zusammen?«

Wieder einmal hatte er ihr mehr verraten als beabsichtigt. »Ich habe meine Wohnung noch.«

»Verstehe.« Spöttisch zog sie die Brauen hoch. »Du bist wirklich ein Geheimniskrämer. Uns verrätst du nichts von deiner Freundin und ihr erzählst du nichts über deine Arbeit. Glaubst du, das ist der richtige Weg?«

Vermutlich war es das nicht. Aber es war der Einzige, den er kannte.

»Ich werde mit ihr sprechen.«

»Wann?«, fragte Birgit streng.

»Bald«, log er.

Sobald es sich nicht länger vermeiden ließ.

~ ~ ~

Hanna

Das Büro der Rektorin hatte Hanna in ihrer eigenen Grundschulzeit nie kennengelernt. Es war ein heller Raum mit großen Fenstern, in dessen Mitte ein Schreibtisch aus Birkenholz stand. Jeder Zentimeter Wand war mit bunten Kinderzeichnungen beklebt und von der Decke baumelten Mobile und andere Basteleien. Es roch sogar angenehm – eine Mischung aus Papier und Lavendel. Dennoch wünschte Hanna sich möglichst weit weg, als sie neben Mark auf einem der Besucherstühle Platz nahm.

»Ich verstehe durchaus Ihre besondere Situation.« Die Rektorin, eine Frau in den Fünfzigern, nahm die Lesebrille ab und legte sie auf den Schreibtisch. »Mika tut mir von Herzen leid. Aber so kann es nicht weitergehen. Was wollen Sie unternehmen?«

Ihr Blick ruhte auf Hanna. Unbehaglich rutschte sie auf der Sitzfläche herum. Wieso erwartete die Rektorin von ihr, dass sie eine Lösung parat hatte? Würde der Richter das ebenfalls voraussetzen? Fehlten ihr vielleicht doch die Fähigkeiten, um Mika ihre Ma zu ersetzen?

»Was schlagen Sie vor, das wir tun sollen?« Marks tiefe Stimme klang ruhig und sicher. Hanna schenkte ihm ein dankbares, kleines Lächeln.

»Mikas Aggressionen scheinen ein Hilferuf zu sein. Die Frage ist nur, weswegen er Hilfe braucht.« Wieder sah die Rektorin Hanna so eindringlich an, als müsste sie die Antwort kennen.

»Er hat seinen Vater verloren. Ist das nicht Grund genug, mal über die Stränge zu schlagen?« Sie merkte selbst, dass sie sich gereizt anhörte.

Skeptisch wölbte die Rektorin die Brauen. »Ich glaube, es steckt mehr dahinter. Ihre Tante hat erwähnt, dass Mika möglicherweise zu ihr zieht.«

Heißer Zorn flammte in ihr auf. Wie konnte Yvonne es wagen, derlei Dinge in Mikas Umfeld zu verbreiten.

»Das steht noch nicht fest.« Wieder war es der Klang von Marks Stimme, der sie besänftigte. »In zweieinhalb Wochen entscheidet das Gericht, wo Mika in Zukunft leben wird. Bis dahin befinden wir uns in der Schwebe.«

Die Rektorin faltete ihre Hände. »In diesem Fall ist vermutlich Angst der Auslöser für Mikas Aggression. Sie sollten ihm Sicherheit vermitteln.«

»Wie denn? Wir haben selbst Angst.« Die Worte rutschten Hanna heraus, bevor sie sie zurückhalten konnte.

»Das verstehe ich. Es geht auch nicht darum, so zu tun, als sei alles in Ordnung. Aber zeigen Sie Mika, dass Sie für ihn da sind. Und dass Sie ein wichtiger Teil seines Lebens bleiben werden, selbst wenn er in Zukunft nicht mehr bei Ihnen wohnen sollte.«

Allein der Gedanke daran, Mika zu verlieren, ließ ihre Brust eng werden. »Natürlich werde ich immer für Mika da sein – egal, was passiert. Aber das weiß er doch.«

»Sind Sie sicher?«, fragte die Rektorin.

»Ich liebe ihn mehr als alles andere.«

»Das meine ich nicht. Haben Sie mit Mika über die Zukunft gesprochen? Wie Sie Besuche regeln könnten, falls er zu seiner Tante zieht? Oder haben Sie sich in den letzten Wochen einmal bewusst Zeit für ihn genommen, um ihm zu zeigen, wie wichtig er ihnen ist?«

Sie erstarrte. »Nein, dazu bin ich nicht gekommen.« Sie hatte so viel Kraft darauf verwendet, um die Vormundschaft zu kämpfen, dass sie Mika selbst darüber vernachlässigt hatte. Ihr war nicht einmal aufgefallen, dass er sich ebenso fürchtete wie sie.

Marks warme Hand umschloss tröstlich ihre Finger. »Wir werden das nachholen.«

»Tun Sie das.« Die Rektorin stand auf und signalisierte damit, dass ihr Termin beendet war. »Wenn Mika nächste Woche zu uns zurückkehrt, erwarte ich, dass er seine Aggressionen kontrollieren kann.«

»Wir geben unser Bestes«, versprach Hanna.

Hoffentlich war ihr Bestes gut genug.

~ ~ ~

Mark

Hannas Zunge schmeckte nach Erdbeereis. Das Aroma vermengte sich in seinem Mund mit dem Schokoladeneis, das er gegessen hatte, zu einer verführerischen Mischung. Sanft biss er in ihre Unterlippe und wünschte sich, sie wären woanders. Er löste sich mit einem leisen Seufzen von ihren Lippen, bevor noch mehr Blut in seinen Unterleib schoss und es peinlich wurde. Die Flamingos starrten ihn an.

»Ist Mika schon zu sehen?«, fragte Hanna träge. Ihr Bruder war zur Toilette gegangen und sie hatten die Gelegenheit genutzt, um wie Teenager herumzuknutschen. Eine Mutter, die ihre zwei Kinder im Bollerwagen hinter sich herzog, schüttelte missbilligend den

Kopf. Insgeheim musste Mark ihr zustimmen. *Tierpark Hagenbeck* war nicht der geeignete Ort für Zungenküsse.

»Noch nicht. Aber wenn wir hier weitermachen, kann ich für nichts mehr garantieren.« Schon jetzt fiel es Mark schwer, sich auf seine Umgebung zu konzentrieren. Dabei sollte es heute nur um Mika gehen. Hanna schwänzte sogar die Uni, damit sie ihrem Bruder einen Tag lang ihre ungeteilte Aufmerksamkeit schenken konnte.

»Habe ich diese Wirkung auf dich?« Sie lächelte. Dann stutzte sie. »Kennst du die Frau? Sie sieht dich so komisch an.«

Mark folgte ihrem Blick. Eine schwangere Frau schob zögernd einen Kinderwagen auf ihn zu. Sie trug ihr rotblondes Haar kürzer als früher und die Brille irritierte ihn, dennoch erkannte er Nicole sofort. Sein Herzschlag beschleunigte sich. Wenn er sich nichts anmerken ließ, wäre sie hoffentlich zu verunsichert, um ihn anzusprechen.

Betont gleichgültig wandte er sich ab. »Nein, sie muss mich mit jemandem verwechseln.« Er erspähte Mika und lief ihm entgegen. »Wollen wir als nächstes zum Eismeer? Es ist gleich dort drüben.«

»Okay.« Mika lächelte schüchtern.

Mark beschleunigte seine Schritte. Das Eismeer war die größte Attraktion des Zoos. Ein Gebäude mit riesigen Aquarien, in denen die Besucher Pinguine und Eisbären unter Wasser beim Schwimmen beobachten konnten. Zwar ließen sich auch Kinderwagen durch die dunklen Gänge schieben, aber wegen des Gedränges, das dort meistens herrschte, wäre es für Nicole sehr unpraktisch, ihnen zu folgen. Zumindest hoffte er, dass es sie abhalten würde.

Kühle Luft empfing sie im Inneren. Hanna und Mika blieben stehen, um die Infotexte an den Wänden zu lesen, und Mark scharrte nervös mit den Füßen. Nicole und er hatten sich ewig nicht mehr gesehen – genau genommen seit seinem Auszug vor zehn Jahren. Damals hatte sie mit ihren Eltern in der Wohnung direkt neben ihnen gelebt und durch die dünnen Wände alles mitangehört, was sich bei ihnen zu Hause abspielte. Auf nichts davon wollte er in Hannas Gegenwart angesprochen werden.

Beklemmung machte sich in seiner Brust breit, während er Hanna und Mika von Becken zu Becken folgte. Es roch nach Salzwasser und Fisch und überall zückten Besucher ihre Handys, um Fotos ohne Blitzlicht aufzunehmen.

Vor allem die Pinguine hatten es Mika angetan. Trotz ihrer plumpen Leiber glitten sie elegant durchs Wasser. Mark hingegen konnte sich nicht auf die eindrucksvollen Tiere konzentrieren. Stattdessen schweifte sein Blick immer wieder zu den anderen Besuchern. Ob Nicole doch noch im Gang auftauchte und ihn ansprach?

Als sie endlich ins Freie traten, atmete er erleichtert auf. Die Sonne vertrieb seine Gänsehaut und unter freiem Himmel hatte er nicht länger das Gefühl, in einer Falle zu sitzen. Hanna ergriff seine Hand und gemeinsam traten sie an die Absperrung, um die Walrösser im Außenbecken zu betrachten.

»Die sind echt riesig.« In Mikas Stimme schwang Bewunderung mit. »Können wir nachher zur Fütterung wiederkommen? Das möchte ich sehen.«

»Natürlich.« Hanna lächelte. »Heute ist dein Tag. Du bestimmst.«

»Dann möchte ich noch auf den Spielplatz und zum Elefantenreiten und …«

»Mark?«

Wo kam Nicole auf einmal her? Sie klang unsicher und er hätte liebend gern den Kopf geschüttelt und etwas von einer Verwechslung gebrummt, aber Hannas prüfender Blick hinderte ihn daran.

»Nicole. Ich hab dich erst gar nicht erkannt.« Er zwang sich zu einem unechten Lächeln. Warum musste er nur so viel Pech haben?

»Ich bin Hanna und das hier ist mein Bruder Mika. Hallo.« Hanna stellte sich einfach selbst vor und schüttelte Nicole die Hand.

Nicole deutete auf das schlafende Baby im Kinderwagen. »Das meine Tochter Melina.« Sie tippte sich auf den Bauch. »Und die hier wollen wir Lia nennen.«

»Schöne Namen.« Hanna sah ihn auffordernd an. Er kam um eine Vorstellung wohl nicht herum. Hoffentlich ging das gut.

»Nicole und ich sind zusammen aufgewachsen, sie hat gleich nebenan gewohnt.«

»Wie war er denn so als Kind?«, fragte Hanna neugierig.

Sein Magen verkrampfte sich. Genau diese Art von Unterhaltung hatte er unbedingt vermeiden wollen.

»Sehr ernst.« Das Mitleid in Nicoles Blick missfiel ihm zutiefst. »Er hatte es ja auch nicht leicht.«

»Wer hat das schon.« Mark winkte ab. Sein Puls raste und er schwitzte. Dieses Gespräch musste sofort enden, sonst würde sein Lügengebilde in sich zusammenbrechen. »War schön, dich wiederzusehen. Leider müssen wir jetzt weiter. Ich habe Mika versprochen, dass wir zum Spielplatz gehen.«

Er verhielt sich unhöflich, das wusste er. Hanna, die seine Meinung offenkundig teilte, runzelte die Stirn, sagte aber nichts. Nicole hingegen kannte weniger Zurückhaltung. »Kein Problem, dann begleite ich euch. Die haben dort sehr bequeme Bänke und meine Füße bringen mich gerade um. Außerdem will ich unbedingt noch erfahren, wie ihr beide euch kennengelernt habt.«

Hanna gab die Version zum Besten, die sie gemeinsam für Birgit entwickelt hatten. Während die Frauen sich unterhielten, überlegte er krampfhaft, wie er Nicole loswerden konnte, bevor eine Katastrophe eintrat.

»... und inzwischen ist Mark bei uns eingezogen. Es klappt ganz gut.« Hanna klang ein wenig angespannt, aber Nicole schien es nicht zu bemerken.

Eines der Ponys wieherte, als sie an der Weide vorbeigingen, und Mika lief zum Zaun, um es zu streicheln.

»Ich wollte als Kind unbedingt reiten lernen«, bemerkte Nicole. »Aber meinen Eltern waren die Stunden zu teuer.«

»Das tut mir leid«, sagte Hanna.

Nicole zuckte mit den Schultern. »Na ja, Geld war immer knapp, aber wenigstens hatte *mein* Vater Arbeit.« Ihr Blick schweifte zu Mark und ihm wurde kalt. Sie würde gleich etwas sagen, das seine Lügen auffliegen ließ, das spürte er.

»Jobbt dein Vater eigentlich noch in dieser Hafenkneipe?«, fragte sie.

Galle breitete sich auf seiner Zunge aus. Sein Vater war dort schon vor Monaten entlassen worden, weil er während seiner Schichten zu viel getrunken hatte. »Nein, tut er nicht.«

Hanna schlang einen Arm um seine Hüfte. Ihre Nähe fühlte sich ungemein tröstlich an, auch wenn sie ihn vermutlich gleich von sich stoßen würde. »Du weißt es anscheinend noch nicht, aber Marks Vater ist gestorben.«

»Oh, das tut mir leid.« Nicole wirkte betroffen.

Übelkeit schwappte durch seinen Magen, durchmischt mit Schuldgefühlen und Selbstekel. Er sollte das Missverständnis aufklären. Jetzt und hier. Ja, sein Vater war für ihn gestorben, aber er lebte noch. Genauso wie sein Bruder, den er nie erwähnte, weil er in der JSA einsaß für Dinge, die wohl nie passiert wären, wenn Mark sich mehr um ihn gekümmert hätte. Wenn er schon dabei war, sollte er auch gleich klarstellen, dass er seinen nicht ungefährlichen Job bei der Schutzpolizei gegen einen noch riskanteren beim Sondereinsatzkommando tauschen würde.

Hanna verstärkte den Druck um seine Hüfte und sah ihm tief in die Augen. »Ich hatte ja keine Ahnung, dass es bei dir auch so frisch ist. Warum hast du nie was gesagt?« Sie wandte sich direkt an Nicole. »Mein Vater ist vor Kurzem verstorben und Mark hat sich rührend um mich gekümmert, ohne je zu erwähnen, was er selbst gerade durchmacht. Er ... ist einfach der Beste.« Sie küsste ihn auf die Wange. Eine federleichte Berührung, die ein Prickeln auf seiner Haut zurückließ. »Danke.«

Er musste es ihr sagen. Jetzt. Aber seine Kehle war wie zugeschnürt. Alles, was er herauspresste, war ein »Gern geschehen«.

Kapitel 14

Hanna

Nun, da Pia ausgezogen ist, wäre die Raumaufteilung ganz einfach. Mark und ich nehmen das Elternschlafzimmer, Emma zieht in das größere Kinderzimmer und Mika hätte sein Zimmer für sich.« Hanna öffnete die Tür zu ihrem persönlichen Reich, das sie seit Pias Auszug allein bewohnte, und forderte die Sozialarbeiterin mit einer Geste auf einzutreten. Hoffentlich merkte die Frau nicht, wie nervös sie war.

»Ein schöner Raum.« Frau Heldecke nickte anerkennend.

Tatsächlich wirkte das Zimmer ungewohnt kahl. Pia, Tante Yvonne und Onkel Jörg hatten vor zwei Tagen Pias Möbel abgeholt, sodass die rechte Hälfte des Raumes vollkommen leer war. Links standen Hannas Bett und ihr Schreibtisch, doch die meiste persönliche Habe hatte sie für den Besuch vom Jugendamt zu Mark ins Zimmer geräumt. Dafür waren die Sachen ihrer Eltern in den Stauraum im Keller gewandert. Jedes Mal, wenn sie ein Stück von ihnen aus der Wohnung trug, fühlte es sich wie ein kleiner Abschied an.

Mark trat hinter ihnen ein, gefolgt von Emma und Mika. »Wir werden natürlich renovieren«, erklärte er selbstbewusst. »Emma, weißt du schon, wie es aussehen soll?«

Ihre Schwester, ganz Schauspielerin, schritt prüfend den Raum ab. »Die Wände werden pistaziengrün. Als Kontrast dazu ein korallenrotes Plissee vor dem Fenster. Auf den Boden kommt Korkparkett in Holzoptik. Und ich brauche einen neuen Kleiderschrank, am besten deckenhoch. Er kommt genau hierhin.« Sie zeigte auf die Wand, an der bisher Pias Bett gestanden hatte.

»Ich möchte Spiderman-Tapete«, mischte sich Mika ins Gespräch. »Und ein Fußball-Sitzkissen.«

»Das sind schöne Pläne«, sagte die Sozialpädagogin. »Und das Raumproblem haben Sie überzeugend gelöst. Dennoch interessiert mich, warum Ihre Schwester gerade jetzt ausgezogen ist.«

Hannas Mund fühlte sich trocken an. Bisher war der Besuch doch so positiv verlaufen. Warum musste Frau Heldecke sie ausgerechnet nach Pia fragen?

»Sie wollte mehr Zeit mit ihrem neuen Freund verbringen. Hier war es ihr dafür zu eng.« Mark klang gelassen, doch sein angespannter Kiefer verriet ihn.

»Wäre sie in diesem Fall nicht eher zu ihrem Freund gezogen?« Die Sozialarbeiterin musterte Mark kritisch. »Stattdessen wohnt sie nun bei ihrer Tante. Jener Tante, von der Sie mir alle versichern, dass sie ein schlechtes Verhältnis zueinander haben und dass sie ungeeignet ist, die Vormundschaften zu übernehmen.«

Hanna wurde flau im Magen. »Was wollen Sie damit andeuten?«

»Womöglich sind nur Sie es, die ein Problem mit Familie Krämer hat.«

Der Vorwurf war ungerecht. Nicht sie hatte Yvonne abgelehnt, sondern Yvonne ihren Pa. Und auch Hanna selbst konnte Yvonne, soweit es Mika betraf, nur selten etwas recht machen. Warum nur bekam Yvonne keine eigenen Kinder, anstatt sich ständig bei ihnen einzumischen?

»Das stimmt nicht«, erwiderte Emma. »Ich will auf keinen Fall zu unserer Tante.«

»Ich auch nicht«, stimmte Mika ihr zu. »Wir wollen hierbleiben.«

Die Solidaritätsbekundungen ihrer Geschwister rührten sie. Frau Heldecke wirkte tatsächlich etwas zugänglicher, obwohl die Falte auf ihrer Stirn nicht ganz verschwand. »Ich werde das alles gebührend in meinem Bericht berücksichtigen.« Ihr Blick traf Mark. »Und jetzt würde mich sehr interessieren, wie Sie sich zwischenzeitlich eingelebt haben.«

»Gut.« Mark lächelte verkrampft. »Ich habe mich schon beim Einkaufsdienst und als Aushilfskoch bewährt. Diese Woche bin ich mit Badputzen dran.«

»Er macht super Frühstück«, lobte Emma.

»Und er verbringt viel Zeit mit Mika«, ergänzte Hanna. »Wir waren zusammen in Hagenbecks Tierpark und auf dem Dom.« Hoffentlich würde Frau Heldecke Marks Engagement positiv berücksichtigen.

»Wie schön.« Die Sozialarbeiterin blieb vor Hannas leerem Schreibtisch stehen und strich beiläufig über das Holz. Zum Glück hatten sie vorhin noch Staub gewischt. »Formal betrifft die Vormundschaft Sie nicht, das Gericht hat Sie deswegen auch nicht geladen. Aber für meine Empfehlung, die ich dem Richter gebe, ist es dennoch wichtig. Kann Frau Jannsen bei Mikas Pflege und Erziehung auf Sie zählen?«

Angespannt hielt Hanna den Atem an. Natürlich ahnte sie, was Mark antworten würde. Sie fragte sich nicht einmal, ob Frau Heldecke ihm glauben würde. Sie wollte wissen, ob sie selbst es tat.

Mark schenkte ihr ein verhaltenes Lächeln und legte seinen Arm um ihre Taille. Dort, wo seine Finger sie berührten, kribbelte ihre Haut. »Ja, das kann sie.«

Ein warmes Glücksgefühl breitete sich in ihrem Bauch aus. Er hatte diese Worte nicht nur für die Sozialarbeiterin gesagt, das spürte sie deutlich. Sie konnte sich tatsächlich auf ihn verlassen. Die Angst, die seit Wochen jeden ihrer wachen Momente begleitete, schrumpfte in sich zusammen. An ihre Stelle trat ein süßes Sehnen. Sie wollte Mark in ihrem Leben. Nicht nur, bis der Richter über die Vormundschaft entschieden hatte, sondern für immer.

Die Mitarbeiterin des Jugendamtes stellte Emma einige Fragen, doch das Gespräch rauschte an Hanna vorbei. In ihrem Kopf fand nur noch ein Gedanke Platz: Sie hatte sich in Mark verliebt.

Es länger zu leugnen, machte keinen Sinn. Der ängstliche Teil von ihr protestierte, weil sie ihr Herz ausgerechnet an einen Polizisten verloren hatte. Einen Mann, der jeden Tag riskierte, im Dienst verletzt oder getötet zu werden. Was, wenn ihm auch noch etwas zustieß?

Doch ein Blick in seine graublauen Augen genügte, um ihre Zweifel zu beseitigen. Falls sie jemals die Chance gehabt hatte, ihr Herz zu schützen, war es nun zu spät.

Angst vermischte sich mit freudiger Erwartung und beschleunigte ihren Puls. Sie war süchtig nach Marks Geruch, der Wärme seines Körpers und dem Klang seiner Stimme. Sie wollte nicht länger darauf verzichten, ihm persönliche Fragen zu stellen und sie hatte keine Lust, nach dem Sex auf ihr eigenes Zimmer gehen. Sie wollte in seinen Armen einschlafen, mit ihm lachen, weinen, streiten und endlich seine Freunde kennenlernen. Sie wollte alles.

Aber war er bereit, ihr alles zu geben?

~ ~ ~

Mark

Mark reichte seinen Ausweis durch den schmalen Schlitz in der Glasscheibe am Empfangstresen, wo ihn eine

Mitarbeiterin der JSA in Verwahrung nahm. Die Frau prüfte seine Daten und nickte ihm zu. »Sie werden gleich abgeholt.«

Beklemmung machte sich in seiner Brust breit, dabei kam er nur zu Besuch und durfte in einer Stunde wieder gehen. Im Gegensatz zu Tom, der noch fast ein Jahr bleiben musste.

Im Flur standen Holzspinde für die persönliche Habe. Mark räumte Handy, Schlüssel und Portemonnaie in ein Schließfach und leerte die Taschen seiner schwarzen Lederjacke. Geschenke waren verboten. Nur zehn Euro durfte er mitnehmen, um Süßigkeiten und Getränke aus den Automaten im Besucherraum zu ziehen.

Die Münzen legte Mark erst einmal in eine Schale, um vor den Augen der Mitarbeiterin durch die Sicherheitsschleuse zu gehen. Kein Piepen. Nach vier Jahren hatte er gelernt, keine Gürtel oder Jeans mit Nieten zu tragen, wenn er Tom besuchte.

Die Eingangstür wurde von einem Justizvollzugsbeamten in dunkelblauer Stoffhose und blauem Hemd geöffnet. »Folgen Sie mir, bitte.«

Die Prozedur wiederholte sich jeden Monat. Dennoch flatterte Marks Puls, als er durch die Tür trat. Schon umgab ihn der typische Gefängnis-Geruch, eine Mischung aus Schweiß, Zigarettenrauch und Verzweiflung.

Der Beamte schloss hinter ihnen ab, öffnete die nächste Tür, führte sie hindurch und verriegelte sie wieder. Hier drinnen ging niemand ein Risiko ein, denn viele der Insassen galten als gefährlich. Dass Tom auch dazu zählte, versetzte Mark jedes Mal einen Stich.

Schweigend liefen sie über die Flure. Marks Sneakers verursachten auf dem Linoleumboden ein quietschendes Geräusch, das ihn bereuen ließ, Schuhe mit Gummisohlen angezogen zu haben.

Endlich öffnete der Mann die Tür zum großen Besucherraum. Auf den ersten Blick ähnelte das Zimmer einer Kantine. Besucher und Häftlinge saßen auf einfachen Holzstühlen um kleine Tische gruppiert. Der frisch gewischte Fußboden glänzte und es duftete nach Zitrusreiniger. Doch die Spiegel unter der Zimmerdecke, die Gitter vor den Fenstern und die Kameras zerstörten die Illusion von Normalität.

Mark nahm an einem freien Tisch Platz und wartete darauf, dass der Beamte Tom herbrachte. Wie immer schweifte sein Blick dabei nervös durch den Raum. Er war Polizist und es lag durchaus im Bereich des Möglichen, dass er den einen oder anderen der Insassen verhaftet hatte. Als er kein vertrautes Gesicht erspähte, atmete er erleichtert auf.

Die Tür öffnete sich erneut und Tom trat in Begleitung eines Beamten ein, der ihn bis zu ihrem Tisch führte. Sein Bruder trug blaue Arbeitshosen und eine Jacke, die mit Farbe bespritzt waren. Das schwarze, fast schulterlange Haar hatte er sich zu einem Pferdeschwanz zusammengebunden. Der Höcker der mehrfach gebrochenen Nase, die Narbe am Kinn und der Drei-Tage-Bart ließen Tom deutlich älter als einundzwanzig wirken. Doch ein Blick in seine grünen Augen verriet noch dieselbe Verletzlichkeit wie in ihrer Kindheit.

»Hallo.« Tom schenkte ihm ein verhaltenes Lächeln und setzte sich. Berührungen, selbst ein Händeschütteln, waren verboten.

»Ich hole Sie in einer Stunde wieder ab«, kündigte der Justizvollzugsbeamte an und verließ danach den Raum.

Tom seufzte. »Du hättest ruhig zwei Stunden anmelden können. Jetzt verfällt wieder meine halbe Besuchszeit.«

»Der Monat ist noch lang.« Unbehaglich rutschte Mark auf seinem Stuhl herum. Schon eine Stunde in dieser

Umgebung machte ihm zu schaffen – vor allem, weil er sich auf eine verquere Art verantwortlich fühlte. »Vielleicht möchte dich noch einer deiner Freunde besuchen.«

Tom schnaubte. »Welche Freunde? Die waren damals blitzschnell weg.«

»Oder Vater.«

Das hätte er nicht sagen sollen. Toms Augen verengten sich und eine steile Falte erschien auf seiner Stirn. »Der kann mich mal. Davon abgesehen war er in vier Jahren ganze zweimal hier.«

»Weil du ihn zum Teufel gejagt hast.« Dennoch hätte er zurückkommen und für Tom da sein müssen. Die vertraute Wut kochte in ihm hoch. Wie konnte ihrem Vater nur alles so gleichgültig sein, was nicht hochprozentig war und in einer Flasche steckte?

»Er ist schuld an …« Den Rest des Satzes schluckte Tom hinunter und starrte stattdessen eine der Kameras hasserfüllt an.

»Ich weiß.« Wenn das Leben mit ihrem Vater nur ein wenig erträglicher gewesen wäre, hätte ihre Mutter sich nicht dafür entschieden, eine tödliche Dosis Schlaftabletten zu schlucken.

Mark war wütend auf ihren Vater. Doch im Gegensatz zu Tom nahm er auch ihrer Mutter übel, was sie getan hatte. Denn als Folge ihrer Entscheidung war sein zwölfjähriger Bruder allein bei ihrem ständig betrunkenen Vater zurückgeblieben.

Hanna hätte das nicht zugelassen.

Der Gedanke fühlte sich wie ein Boxhieb in den Magen an. Er war damals siebzehn gewesen und heilfroh, in der Unterkunft der Polizeischüler zu wohnen. Aber er hätte nach Hause zurückkehren können, um Tom beizustehen. Dafür wäre es nicht einmal notwendig gewesen, seine Ausbildung abzubrechen, denn die Schule ließ sich auch mit der Bahn gut erreichen. Sein einziges Opfer hätte darin bestanden, die Gegenwart ihres Vaters zu ertragen.

Es war ihm zu groß erschienen.

»Lass uns nicht über den Alten reden, dafür ist mir die Zeit mit dir zu schade.« Tom setzte ein betont fröhliches Gesicht auf. »Hol uns lieber was zu trinken. Ich möchte mit dir anstoßen.«

»Worauf denn?«

Doch Tom ließ sich nichts entlocken, bis Mark einen Kaffee im Plastikbecher vor ihm auf dem Tisch abstellte und einen Snickers daneben legte.

»Danke. Du bist der Beste.« Tom hob seinen Becher und prostete ihm zu. »Vor dir sitzt übrigens ein fertiger Malergeselle. Ich bin endlich mit der Ausbildung durch.«

»Glückwunsch! Das ist großartig.« Mark zwang sich zu einem Lächeln. »Auf dich.«

Der Kaffee schmeckte bitter wie das Leben. Es war immer Toms Traum gewesen, Maler zu werden. Aber nicht *diese Art* von Maler. Mit seinem Talent hätte er Kunst studieren können, daran glaubte Mark fest. Toms Bilder besaßen eine Eindringlichkeit, die ihn berührte – selbst die schrecklichen Graffiti, die er aus Protest gegen ihren Vater überall auf Sankt Pauli gesprayt hatte. Doch den Traum von einer Künstlerkarriere hatte Tom, gemeinsam mit seiner Zukunft, zerstört.

Tom nippte an seinem Kaffee. »Wie läuft's bei dir? Du hattest doch deine Bewerbung beim …« Wieder ließ er seinen Satz unvollendet. Vermutlich brächte es ihm unter seinen Mithäftlingen keine Sympathiepunkte ein, wenn bekannt würde, dass sein Bruder für die Polizei arbeitete.

»Sie nehmen mich.« Vergeblich wartete er darauf, dass sich so etwas wie Begeisterung in ihm regte.

»Du siehst nicht glücklich aus.« Tom besaß ein Talent dafür, seine Mitmenschen zu durchschauen. »Woran liegt's?«

Aus Gewohnheit wollte er eine Ausrede erfinden. Doch das hier war Tom. Sein kleiner Bruder, der sonst niemanden zum Reden hatte und der es nicht verdiente, belogen zu werden. Zudem würde Tom ihn als Einziger nicht für sein Verhalten verurteilen. Zumindest hoffte er das.

Mark schob seinen Becher beiseite. »Ich habe eine Frau kennengelernt. Sie heißt Hanna und ist etwas ganz Besonderes.«

»Oh.« Tom grinste breit. »Hat's dich endlich erwischt?«

Er zuckte mit den Schultern. »Ich bin mir nicht ganz sicher, was genau zwischen uns läuft. Es könnte eine Freundschaft Plus sein oder auch mehr.«

»Eine Freundschaft Plus wäre schon mehr, als du jemals zugelassen hast. Was ist dieses Mal anders?«

Eine berechtigte Frage. Dennoch fiel es ihm schwer, in Worte zu fassen, was er für Hanna empfand. »Sie ist schön, klug und warmherzig und sie kümmert sich rührend um ihren kleinen Bruder. Die Eltern sind beide tot, musst du wissen. Ich bewundere sie für das, was sie tut. Und in ihrer Gegenwart, da fühle ich mich so ...«

Tom musterte ihn erwartungsvoll. »Nun spuck's schon aus.«

»... so angenommen. Ich glaube, das trifft es.« Er seufzte. »Sie ist ein Traum.«

»Aber?«

»Sie kommt mit meinem Job nicht klar. Ständig macht sie sich Sorgen, dass mir etwas zustoßen könnte. Selbst jetzt schon. Wenn sie erfährt, dass ich versetzt werde, dann war's das.«

»Wenn sie es erfährt?« Tom zog die Brauen hoch. »Dann weiß sie es also nicht?«

»Sie weiß gar nichts.« Er seufzte. »Ich habe sie glauben lassen, dass unser Vater tot ist. Und dich habe ich auch verschwiegen. Und die Art, wie unsere Mutter gestorben ist und …«

Auf einmal brach alles aus ihm heraus. Unter welchen Umständen er Hanna kennengelernt hatte, wie sie ihn um Hilfe gebeten hatte und warum er ihr gegenüber nicht aufrichtig war.

Tom hörte ihm geduldig zu. Er stellte keine Fragen, er urteilte nicht, sondern kaute einfach nur auf seinem Schokoriegel herum, während seine Stirn sich in Falten zog.

»Jetzt fühle ich mich ihr gegenüber wie der letzte Dreckskerl.« Mark nahm einen Schluck Kaffee, um seine Kehle zu befeuchten. Das Gebräu war inzwischen abgekühlt und schmeckte so widerlich, dass er es beinahe ausgespuckt hätte. »Und jedes Mal, wenn sie mich küsst oder so süß ansieht, wird es noch schlimmer.«

»Dann rede mit ihr.« Tom knisterte mit der leeren Zellophanfolie, als er die letzten Schokosplitter herauslöste und einzeln auf seine Zunge legte.

»Will ich ja. Aber nicht vor dem Gerichtstermin.«

»Warum nicht?«

Weil jeder Tag Aufschub den schrecklichen Moment weiter in die Ferne rückte, an dem Hanna ihn von sich stoßen würde. Weil er den Gedanken nicht ertrug, weiterhin mit ihr unter einem Dach zu leben, wenn sie nichts mehr von ihm wissen wollte. Weil er sich davor fürchtete, ihr in die Augen zu sehen und dort Verachtung oder – schlimmer noch – Mitleid zu entdecken.

»Bis dahin braucht sie mich noch«, brummte er.

»Und danach nicht mehr?« Tom schüttelte den Kopf. »Manchmal bist du echt ein Idiot. Wenn sie die Richtige ist, liebt sie dich, egal mit welchem Job. Dann spielt es keine Rolle, ob dein Alter ein Alki und dein Bruder ein Knasti ist. Darüber wird sie hinwegsehen, denn es sagt nichts über dich aus. Aber deine Lügerei könnte sie dir krummnehmen.«

Doch Tom irrte sich. Es sagte sehr viel über ihn aus, dass er Polizist geworden war, um anderen zu helfen, während er tatenlos dabei zusah, wie sein Vater trank und seinem Bruder alles entglitt. Womöglich schämte er sich gar nicht so sehr für seine Familie, wie er angenommen hatte.

Sondern für sich selbst.

Kapitel 15

Mark

Simon mochte ihn nicht. Das war Mark schon auf der Beerdigung aufgefallen, doch heute ließ der Medizinstudent es ihn noch deutlicher spüren. Er wollte ihn nicht dabeihaben und Mark merkte selbst, dass er nicht zu Hannas Freundeskreis passte. Warum nur hatte er sich von ihr überreden lassen, ausgerechnet eine Studentenparty zu besuchen? Alle redeten über Seminararbeiten, Credit-Points, Scheine, Vorlesungen und die Eigenheiten ihrer Professoren. Mark fühlte sich fehl am Platz.

Die Fläche vor der Bar füllte sich mit leichtbekleideten Frauen und angetrunkenen Männern, die zu *Lonely Together* von Avicii tanzten. Auch Hanna hatte sich zu den Tanzenden gesellt. Sie trug enge Jeans, die die Rundungen ihres Pos betonten, und ein schwarzes Trägertop. Ihre Bewegungen wirkten selbstvergessen und nicht so übertrieben wie bei den anderen Tänzerinnen, die versuchten, ihre männlichen Zuschauer zu beeindrucken. Trotzdem erntete sie wohlwollende Blicke. Auch von Simon, der direkt neben Mark stand und abwesend an seinem Bier nippte.

Mark lehnte nach seinem Spätdienst müde gegen den Tresen und spürte Eifersucht in sich aufkeimen. Die zu laut eingestellten Bässe wummerten durch seinen Körper und verstärkten das Pochen hinter den Schläfen. Es roch nach Schweiß, Parfüm und Alkohol. Missmutig trank er einen

Schluck Cola, von der er nur vorgab, dass sie *Bacardi* enthielt, indem er vorsichtig nippte und sich mit dem Glas extra viel Zeit ließ. Er hätte nicht herkommen sollen.

»Sie ist außergewöhnlich, nicht wahr?« Simon ließ Hanna keine Sekunde lang aus den Augen.

»Ja, das ist sie.« Er verspürte wenig Lust, sich mit Simon zu unterhalten. Dennoch musste er ihm zustimmen. Ob Tom recht hatte und Hanna tatsächlich über seine Fehler hinwegsehen konnte? Insgeheim bezweifelte er das.

»Das mit euch beiden hat mich überrascht. Hanna hat dich nie erwähnt und plötzlich zieht ihr zusammen.« Simon verengte die Augen. »Warum diese Eile?«

»Das solltest du sie selbst fragen.« Ganz sicher würde er sich nicht von Simon aushorchen lassen.

»Ihre Gründe kenne ich. Hanna will Mika bei sich behalten, um jeden Preis. Aber was erhoffst du dir davon?«

Worauf wollte er nur hinaus? Sein Tonfall verhieß nichts Gutes. Mark stellte sein Glas ab. »Ich denke nicht, dass dich das irgendwas angeht.«

»Hanna und ich sind Freunde und ich möchte verhindern, dass sie verletzt wird.« Simon reckte das Kinn. »Wenn ich dich so ansehe, wirkst du nicht wie jemand, der in Hannas Leben passt. Hast du ernsthaft vor, bei ihr zu bleiben und Mika großzuziehen?«

Simons Worte ärgerten ihn, dennoch konnte er seine Bedenken nachvollziehen. In seiner engen Jeans mit den löchrigen Knien und dem Muskelshirt sah er vermutlich nicht gerade solide aus. Er hatte für Hanna sexy sein wollen.

Hanna.

Ihre Blicke kreuzten sich und sie lächelte ihm zu. Sie strich sich die Haare aus dem Gesicht und alles in ihm verlangte danach, seine Finger in den seidigen Strähnen zu vergraben.

»Das interpretiere ich mal als ein Nein.« Simon musterte ihn vorwurfsvoll. »Ich hatte nichts anderes von dir erwartet.«

»Natürlich nicht.« Marks Stimme klang bitter. »Du hast mich schon bei unserer ersten Begegnung abgestempelt. Die Frage ist nur: Liegt es daran, dass ich nicht studiere wie ihr, oder ist der Grund, dass du selbst in sie verliebt bist?«

Simon starrte ihn aus aufgerissenen Augen an.

»Dachte ich's mir doch.«

Mark ließ Simon einfach stehen und drängte sich zwischen den tanzenden Leibern hindurch bis zu Hanna. Aus den Boxen dröhnte mittlerweile *Be My Lover* von Sam Feldt und Hannas Hüften zuckten verführerisch. Obwohl der Rhythmus zu schnell war und alle anderen Paare auf Abstand tanzten, schlang Mark seine Arme um Hanna und zog sie so eng an sich heran, dass ihre Körper sich berührten. Ihr Duft in seiner Nase und ihre Hand auf seinem Rücken lenkten das Blut in seinen Unterleib. Er wollte sie. Und wie.

Zum Teufel mit Simon und mit seinen eigenen Bedenken. Er würde mit Hanna über seinen Jobwechsel reden. Gleich morgen. Doch diese Nacht gehörte ihnen allein.

Lächelnd legte Hanna ihre Arme um seinen Hals. Wie jung und unbeschwert sie aussah, wenn sie sich ausnahmsweise keine Sorgen um Mika und die Zukunft machte. Es schmerzte ihn, einen Blick auf die Frau zu erhaschen, die sie hätte werden können. Und er selbst? Was für ein Mensch wäre er heute ohne die Schatten seiner Vergangenheit?

»Du grübelst zu viel. Küss mich lieber.« Hanna stellte sich auf die Zehenspitzen, um seinen Mund zu erreichen.

Ihre Lippen fühlten sich unglaublich weich an und ihre feuchte Zungenspitze kitzelte ihn im Mundwinkel. Einladend öffnete sie ihre Lippen und er glitt mit seiner Zunge in ihre Mundhöhle. Der Geschmack von Wodka-Orange ließ ihn beinahe zurückweichen. Aber das hier war Hanna, selbst wenn sie nach Alkohol schmeckte.

Ihr offenes Haar kitzelte seine Wange und ihr Becken drückte herausfordernd gegen seine Jeans, in der es immer enger wurde. Ein Ellenbogen traf ihn schmerzhaft im Rücken.

»Sorry«, murmelte ein Tänzer, dessen Bier bei jedem Schritt fast aus dem Glas schwappte. »Auch'n Schluck?«

Als Geste der Versöhnung hielt er Mark sein Pils unter die Nase. Automatisch wich er zurück. »Ne, danke.«

Achselzuckend wandte der Biertrinker sich ab und schwankte auf eine Gruppe grölender Studenten zu, die sich untergehakt hatten und im Kreis herumhüpften.

Was fanden die anderen bloß am Alkohol? Brachte Feiern wirklich so viel mehr Spaß, wenn man lallte, nicht mehr geradeaus gehen konnte und Dinge tat, die man am nächsten Tag bereute?

Ein sanftes Streicheln an seinem Arm riss ihn aus den Grübeleien. »Du machst dir schon wieder Gedanken. Was ist denn nur los?« Hannas Finger glitten vom Handgelenk, über den sensiblen Unterarm bis zu seiner nackten Schulter und brachten seine Haut zum Kribbeln.

»Ich wäre jetzt gern mit dir allein.« Sehnsüchtig zeichnete er die Form ihrer Lippen mit seinem Daumen nach.

Sie lächelte. »Wir sind doch erst eine Stunde hier. Langweilst du dich schon?«

Er schüttelte den Kopf. »Es gibt nur Dinge, die ich lieber täte.«

Ihre Augen weiteten sich, dann lächelte sie. »Verstehe. Nun, Herr Polizeimeister, dann müssen Sie mich wohl verhaften.«

~ ~ ~

Hanna

Marks Wohnung war winzig, aber tadellos aufgeräumt. Im Wohnbereich stand eine alte Couch an die Seite gerückt, sodass daneben noch ein Laufband Platz fand. An der Wand hing ein großer Flachbildfernseher. Darunter befand sich ein Regal, in dem Mark seine Hanteln und Bücher aufbewahrte. Eine Essecke fehlte. Vermutlich aß Mark im Stehen am Tresen, denn in seiner Küchenzeile gab es ebenfalls keine Sitzgelegenheit. Neugierig bewunderte Hanna die handgemalten Aquarelle, die mit Magneten am Kühlschrank befestigt waren. So viel Sinn für Kunst hatte sie Mark gar nicht zugetraut.

Mark.

Wie von selbst huschte ihr Blick zu der verschlossenen Schlafzimmertür. Zu gern würde sie dabei zusehen, wie er für sie seine Uniform anzog. Aber er hatte etwas von »Lass dich überraschen« gemurmelt und die Tür hinter sich abgeschlossen.

Vorsichtig pflückte sie eine der Postkarten vom Kühlschrank, um sie genauer zu betrachten. Mehrere Schiffe schaukelten auf den Wellen. Eine rote Sonne ging am Horizont auf und färbte den Himmel rosa und das Wasser orange. Jeder feine Pinselstrich saß perfekt, die Farben wirkten so natürlich wie auf einer Fotografie. Warum ließ Mark die Bilder nicht rahmen? Sie mussten teuer gewesen sein.

Oder auch nicht.

Auf der Rückseite entdeckte sie eine persönliche Widmung in einer krakeligen, ungeübten Handschrift, die so gar nicht zu den eleganten Pinselstrichen des unbekannten Künstlers passte: *»Noch 418 Tage.«*

Ein merkwürdiger Text. Was er wohl bedeutete? Ob sie Mark danach fragen sollte, oder würde er sich ärgern, dass sie herumgeschnüffelt hatte? Allerdings hingen die Karten offen am Kühlschrank, insofern konnte ihr Inhalt wohl kaum vertraulich sein.

Kurz entschlossen nahm sie auch die anderen Karten ab. Auf jeder Rückseite stand eine Zeitangabe: *»Noch 812 Tage«*, *»Noch 644 Tage«* und *»Noch 325 Tage«*. Es schien sich um eine Art Countdown zu handeln. Doch wofür?

Kälte kroch in ihren Magen. Gab es eine Frau in Marks Leben, die ihre Rückkehr plante? Doch wer würde sich damit zweieinhalb Jahre Zeit lassen? Es musste eine andere Erklärung geben. Aber nicht heute Nacht. Hastig befestigte sie die Karten wieder am Kühlschrank. Keinen Augenblick zu früh.

Die Schlafzimmertür flog auf und Mark trat heraus. Sein strenger Blick und die dunkelblaue Schirmmütze auf seinem Kopf ließen ihn beinahe wie einen Fremden erscheinen. Obwohl sie sich drinnen aufhielten, trug er über seinem dunkelblauen Hemd eine Lederjacke mit Polizeiaufdruck. Seine schwarzen Stiefel hallten auf dem Laminatfußboden.

»Frau Jannsen?«, fragte er ernst.

»Ja.« Sie schluckte. Ihre Zunge klebte am Gaumen.

Mark zückte seinen Dienstausweis. »Polizeimeister Struwe. Ich bin hier, weil Anzeige gegen Sie erstattet wurde.«

»Das muss ein Missverständnis sein.« Wie heiß Mark in seiner Lederjacke aussah. Ihr Herz klopfte aufgeregt.

Wenn er sie so eindringlich musterte, fühlte sie sich direkt schuldig, obwohl sie überhaupt nichts verbrochen hatte.

»Sie wurden dabei beobachtet, wie Sie Medikamente gestohlen haben. Aus dem Labor der Uniklinik, von Ihrem eigenen Professor.«

»Das ist nicht wahr.« Automatisch trat sie einen Schritt zurück und stieß gegen den Küchentresen.

»Es gibt Zeugen. Einer von ihnen sagt aus, dass sie die Medikamente in der Hafenstraße an Süchtige verkaufen.«

»Und jetzt?«

Mark stellte sich so dicht vor sie, dass sie den Ledergeruch seiner Jacke wahrnahm – und einen leichten Moschusduft, der eindeutig nicht zu einer Festnahme passte. »Jetzt werde ich Sie durchsuchen. Nehmen Sie bitte die Hände nach oben und stellen Sie sich breitbeinig hin.«

Seine tiefe Stimme vibrierte durch ihren Körper. Schon begann er damit, sie abzutasten. Zuerst fühlten sich seine Berührungen noch unpersönlich und ruppig an, doch dann umfasste er ihre Brüste auf eine Art, die ihm mit Sicherheit eine Suspendierung eingebracht hätte.

»Durch die Kleidung kann ich nichts finden.«

»Dann ziehen Sie sie mir aus. Ich habe nichts zu verbergen.« Hanna seufzte zufrieden, als Mark sie aus ihrer Jeans pellte und ihr das Trägershirt über den Kopf zog.

»Immer noch nichts.« Seine Stimme klang heiser. Gierig streichelte er über nackte Haut, fuhr an den Innenseiten ihrer Arme entlang, umkreiste ihren Bauchnabel und versenkte eine Hand in ihrem Spitzen-Slip. »Hier sollte ich noch mal genauer nachsehen.« Ein Finger umspielte ihren Lustpunkt und drang dann vorsichtig in sie ein.

Hanna sog scharf die Luft ein und krallte sich am Küchentresen fest. Mark wirkte selbst dann sexy, wenn er übermüdet sein Müsli löffelte. Doch heute übertraf er ihre kühnsten Fantasien. Hitze breitete sich zwischen ihren Schenkel aus und auffordernd presste sie ihren Po gegen Marks Schritt. Selbst durch den Stoff der Hose spürte sie deutlich seine Erektion. Mark stöhnte gequält auf.

Im nächsten Moment ließ er sie los, zerrte am Reißverschluss seiner Hose und streifte sich in Rekordgeschwindigkeit ein Kondom über. Noch immer trug er seine vollständige Uniform, wodurch Hanna sich in ihrer Unterwäsche seltsam verletzlich vorkam.

Mit einem Ruck zog er ihren Slip hinunter, drehte sie zu sich herum und setzte sie auf dem Tresen ab. Das Holz fühlte sich kühl gegen ihre erhitzte Haut an. Sie griff nach Marks Lederjacke und zog ihn zu sich. Schon drängte er sich zwischen ihre gespreizten Schenkel und glitt mit einem einzigen Stoß in sie hinein.

Ihr Unterleib pulsierte und sie schlang beide Beine um Mark, um ihn festzuhalten. Hatte er sie bei ihrem ersten Mal zärtlich umworben, so nahm er sie nun beinahe grob in Besitz. Lag es am Rollenspiel oder steckte mehr dahinter?

Sein Gesichtsausdruck wirkte immer noch ernst und seine Stöße hatten in ihrer Heftigkeit etwas Verzweifeltes. So, als gäbe es kein Morgen mehr.

Sie wollte ihn berühren. Ein Stück nackte Haut streicheln, das nicht von der Polizeiuniform bedeckt wurde, und ihm mit ihrem Körper versichern, dass seine Sorgen unbegründet waren. Sie mussten sich nicht trennen, wenn sie es nicht wollten. Sie konnten doch zusammenbleiben.

Federleicht streiften ihre Finger über seine feuchte Wange. Unter seiner Mütze musste er mächtig schwitzen. Sie leckte das Salz von ihren Fingern und streckte erneut die Hand nach ihm aus. Dieses Mal drehte er den Kopf weg. Die Mütze beschattete sein Gesicht und sie konnte den Ausdruck darin nicht erkennen. Störte es ihn, dass sie mit einer zärtlichen Geste ihr Rollenspiel durchbrach? Oder hatte sie ihn auf andere Weise verärgert?

Sie würde ihn morgen danach fragen, nicht jetzt. Seine Finger reizten ihre Weiblichkeit und entlockten ihr lustvolle Schauer. Mit jedem Stoß näherte sie sich ihrem Höhepunkt. Noch nie hatte ein Mann sie derart erregt. Nicht durch Finesse, sondern durch seine pure Präsenz.

Mark erbebte und gab ein tiefes Stöhnen von sich. Es genügte, um sie über die Schwelle zu treiben. Mit der gleichen Verzweiflung, mit der er sie erobert hatte, klammerte sie sich nun an ihm fest, während Wellen der Lust ihren Körper erbeben ließen. Mark hielt sie, ließ sie ihren Höhepunkt bis zur Neige auskosten, doch er sah sie noch immer nicht an. Etwas stimmte nicht.

Hanna beugte sich vor und zog ihm die Mütze vom Kopf. Sie hatte geglaubt, dass sie nach allem, was sie erlebt hatte, nicht mehr so leicht zu erschüttern sei. Aber der Anblick von Mark in seiner Polizeiuniform, dem Tränen über die Wangen liefen, brach ihr das Herz.

~ ~ ~

Mark

Der Sex mit ihr war ein Fehler gewesen. Er hatte geglaubt, es würde ihm helfen, noch einmal mit ihr zu schlafen. Ihm Mut machen oder eine bleibende Erinnerung schaffen, falls mit seinem Geständnis morgen alles endete. Stattdessen fühlte er sich innerlich wund.

Wann hatte er zum letzten Mal geweint? Es musste Ewigkeiten her sein, denn nicht einmal nach dem Tod seiner Mutter hatte er Tränen vergossen. Doch jetzt konnte er nicht mehr damit aufhören.

Er drehte den Kopf weg, doch Hanna hatte längst gesehen, was mit ihm los war. Sie fing seine Tränen mit ihren Fingern auf, wischte sie aus seinen Augenwinkeln und runzelte besorgt die Stirn. »Was hast du?«

Besorgt stand sie in ihrem schwarzen Spitzen-BH vor ihm, Gänsehaut überzog ihre Arme. Er streifte seine viel zu warme Lederjacke ab und legte sie um ihre nackten Schultern.

»Danke.« Schweigend beobachtete sie, wie er das Kondom abzog und verknotete, bevor er sich mit einem Taschentuch säuberte und seine Hose schloss.

Auf einmal fühlte er sich in seiner Polizeiuniform nicht mehr sexy, sondern lächerlich. In den Stiefeln dampften seine Füße und das Hemd klebte ihm am Rücken. Vermutlich sah er wie ein drittklassiger Stripper aus.

»Möchtest du darüber reden?« Sanft streichelte Hanna über seinen nackten Arm. Die Berührung hatte nichts Sinnliches. Obwohl Hanna nach Sex roch und unterhalb der Taille nackt war, fühlte sich ihre Gegenwart in erster Linie tröstlich an. »Du kannst mir alles sagen«, hauchte sie.

Ihr alles sagen.

Die Vorstellung ließ sein Herz schneller schlagen. Wie würde sie wohl reagieren? Wäre sie wütend, dass er ihr Toms Existenz verschwiegen hatte? Käme sie damit zurecht, wie sein Vater sich in der Öffentlichkeit benahm? Und vor allem: Könnte sie ihm verzeihen, dass er seine Mutter und seinen Bruder im Stich gelassen hatte, um sich selbst zu retten?

Gerade Letzteres erschien ihm unwahrscheinlich. Hanna würde alles tun für ihre Geschwister, wie sollte sie da verstehen, dass er derart egoistisch gehandelt hatte? Er konnte sich ja selbst nicht vergeben. Nein, er würde bei seinem Plan bleiben und ihr schonend beibringen, dass er einen neuen Arbeitsplatz hatte. Mehr durfte er nicht riskieren.

»Wir reden morgen«, erwiderte er. »Heute bin ich zu erschöpft.«

»In Ordnung.« Sie drückte ihm einen Kuss auf die Wange und schlüpfte zurück in ihre Kleidung. Auch wenn sie nichts sagte, spürte er deutlich ihre Enttäuschung. Er war ja selbst von sich enttäuscht.

Wie kam es nur, dass er im Job alles riskierte, doch sich – sobald es ihn persönlich betraf – dermaßen feige verhielt?

Kapitel 16

Mark

Ein lautes Klingeln riss ihn aus dem Schlaf. Mit geschlossenen Augen tastete Mark sich über das Laken bis zum Nachttisch und griff nach seinem Handy. Doch der Alarm hörte nicht auf.

Benommen blinzelte er ins grelle Sonnenlicht. Es musste später Vormittag sein. Das Kopfkissen neben ihm sah zerknautscht aus. Hannas Duft hing noch in den Laken, ihre Körperwärme hatte sich jedoch verflüchtigt. Stöhnend wälzte er sich herum. Warum war sie nicht bei ihm geblieben oder hatte ihn wenigstens geweckt?

Stimmen im Flur. Dann hatte er also die Türklingel gehört. Hastig schlüpfte er in sein Party-Outfit vom Vortag, während er angespannt lauschte. Wer würde ihn unangemeldet an einem Samstagmorgen besuchen? Spontan fiel ihm nur eine Person ein, doch er hoffte inständig, dass er sich täuschte.

Mark fuhr sich mit den Händen durch das ungekämmte Haar und stieß die Schlafzimmertür auf. Der Anblick, der sich ihm bot, ließ ihn erstarren.

Sein Vater und Hanna saßen auf den Sesseln im Wohnzimmer und unterhielten sich. So ausladend, wie sein Vater gestikulierte, erzählte er vermutlich einen Schwank aus seiner Vergangenheit. Wenn er wollte, konnte er durchaus charmant sein. Hannas steife Körperhaltung verriet, dass sie den Schock, einem vermeintlich Toten gegenüberzusitzen, noch nicht überwunden hatte.

»Hallo.« Marks Herz hämmerte wild in seiner Brust. Wie sollte er sich jetzt bloß verhalten?

»*Min Jung*, kommst du doch noch aus den Federn?« Sein Vater stand auf und zog ihn in eine Umarmung. Er stank nach Alkohol, aber wenigstens trug er frische Kleidung und hatte seine Haare gewaschen. Ein grobes Klopfen auf die Schulter rundete die Begrüßung ab. »Du hast mir ja gar nichts von deiner hübschen Freundin erzählt.«

»Er gibt sich gern bedeckt.« Der Blick, mit dem Hanna ihn bedachte, ließ ihn erschaudern. »Ich weiß auch gar nichts über Sie, Herr Struwe.«

»Wozu so förmlich? Ich bin Karsten.« Sein Vater winkte ab. »Da gibt's nicht viel zu erzählen. Mich interessiert viel mehr, was du so machst.«

Übelkeit ließ Marks Kehle eng werden. Er hatte es verbockt und alles, was ihm noch übrig blieb, war, Schadensbegrenzung zu betreiben. Dazu gehörte, seinen Vater so schnell wie möglich wieder loszuwerden.

»Ich studiere Medizin.«

Sein Vater pfiff anerkennend durch die Zähne. »Mein lieber Scholli, da bin ich beeindruckt. Ich fand's schon immer klasse, was Mark aus seinem Leben macht. Nich so wie der Rest von uns.«

»Der Rest von uns?«, fragte Hanna.

Höchste Zeit einzuschreiten. Er trat an den Sessel seines Vaters und fasste ihn bei den Schultern. »Danke für deinen Besuch, aber es ist leider sehr ungünstig. Hanna und ich wollten gerade frühstücken. Wir haben etwas Wichtiges zu besprechen.«

»Und da stör ich euch.« Die Direktheit seines Vaters war legendär.

Mark nickte. »Ich rufe dich nachher an und helfe dir bei deinem Problem.« Was immer auch der Grund dafür sein mochte, dass sein Vater heute auf seiner Türschwelle stand, es ging mit Sicherheit um einen Gefallen. Mark würde so ziemlich alles tun, damit er ging.

Hanna starrte ihn finster an. Hoffentlich war sie überhaupt bereit, ihn anzuhören. Wie anders hatte er sich ihr Gespräch vorgestellt und selbst in seiner Fantasie war ihm dabei der Angstschweiß ausgebrochen.

»Dann will ich mal. Ist nur ein Fahrdienst, den ich brauche.« Umständlich stand sein Vater auf und reichte Hanna, die sich ebenfalls erhob, die Hand. »War nett, dich kennenzulernen.«

»Bleib doch noch.« Hanna lächelte seinen Vater freundlich an, dabei musste sie dessen Fahne deutlich riechen. »Ich würde mich gern ein wenig mit dir unterhalten.«

»Ruf mich mal an.« Sein Vater kramte einen zerknitterten Kassenbon aus der Hosentasche und notierte seine Handynummer.

Am liebsten hätte Mark ihm den Zettel aus der Hand gerissen. Stattdessen sah er tatenlos dabei zu, wie Hanna die Nummer einsteckte. Hoffentlich hatte sein Vater einen Zahlendreher gemacht.

Hanna musterte Mark aus schmalen Augen. Sein Magen rebellierte. Sie misstraute ihm. Die Nummer seines Vaters hatte sie sich sicher geben lassen, um auszuschließen, dass er ihr noch einmal etwas vormachte. Im Zweifelsfall konnte sie seine Angaben nun jederzeit überprüfen.

Wenn nur sein Vater endlich verschwände. Vor der kleinen Küchenzeile blieb er stehen, runzelte die Stirn und zeigte auf den Kühlschrank. »Sind die von Tom?« Er schnaubte verächtlich. »Der Junge hat immer noch nicht kapiert, dass Malen was für kleine Kinder ist.«

Diese Diskussion wieder. Wenn sein Vater Tom doch nur Stifte und Papier gelassen hätte, wäre er womöglich nie auf die schiefe Bahn geraten. »Wir reden später«, sagte er gepresst.

Hannas Augen wurden immer schmaler. Bestand überhaupt eine Chance, dass sie ihm vergab?

Als er endlich die Wohnungstür hinter seinem Vater schloss, atmete er tief durch. Doch die Erleichterung währte nicht lange. Schon stand Hanna mit verschränkten Armen vor ihm. »Das war also dein Vater, der angeblich tot ist.«

»Für mich ist er gestorben.« Seine Stimme klang selbst in seinen Ohren störrisch. »Du hast ihn doch erlebt. Es ist noch nicht Mittag und er stinkt wie eine Schnapsbrennerei.«

»Das gibt dir noch nicht das Recht, mich zu belügen.« In ihren Augen blitzte Zorn auf. »Ich dachte, wir hätten etwas gemeinsam. Du hast mir vorgemacht, dass du deine Eltern verloren hast so wie ich. Du hast mich im Arm gehalten und behauptet, du wüsstest, wie ich mich fühle.«

»Aber das tue ich doch.«

»Was erfahre ich als Nächstes? Spaziert hier gleich deine Mutter herein?«

»Nein, sie ist wirklich tot.«

Die Antwort schien sie zu ernüchtern. »Tut mir leid, ich ... Ich weiß einfach nicht mehr, was ich dir noch glauben soll. Du hast mich zwar gewarnt, dass du über deine Vergangenheit nicht sprichst, aber ...«

»Heute werde ich dir alles sagen.« Allein der Gedanke daran jagte ihm Angst ein. Wie würde sie ihn ansehen, wenn sie hier fertig waren? Wollte sie ihn danach überhaupt noch ansehen?

Sie setzten sich auf die Sessel im Wohnzimmer. Er wünschte, er hätte stattdessen eine Couch, denn der Abstand zwischen ihnen schien auf einmal gewaltig. Die

Polster müffelten nach den Alkoholausdünstungen seines Vaters. Erneut stieg Übelkeit in ihm auf.

Er schluckte. »Ich habe dir nicht die volle Wahrheit über meine Familie erzählt.«

Sie zog die Brauen hoch.

»Meinen Vater hast du ja jetzt kennengelernt und das an einem guten Tag. Oft ist es schlimmer.«

»Das tut mir leid.« Obwohl ihr Tonfall freundlich klang, musterte sie ihn weiterhin ernst.

»Er war nicht immer so. Früher, da hat er als Schlachter gearbeitet. Aber er ist nicht damit zurechtgekommen. Die toten Tiere und das Blut verfolgten ihn bis in seine Träume. Er hat angefangen zu trinken, um die Träume zu vertreiben. Aber es wurde immer mehr.« Er starrte auf seinen Schoß, um Hanna nicht ansehen zu müssen. »Schließlich hat er seine Arbeit verloren. Unsere Mutter ist kellnern gegangen, um die Miete zu zahlen.«

»*Unsere* Mutter?« Hannas scharfer Ton ließ ihn aufblicken. »Du hast also Geschwister?«

»Einen Bruder, ja. Tom. Die Aquarelle am Kühlschrank sind von ihm.« Sein Herz pochte wie verrückt. Besser, er brachte es schnell hinter sich. »Er sitzt in der JSA ein, darum habe ich ihn nie erwähnt.«

»Dein Bruder ist im Gefängnis?« Ihre Augen weiteten sich. »Deswegen auch der Countdown. Mein Gott, was hat er getan?«

»Gefährliche Körperverletzung.« Dass es beinahe gefährliche Körperverletzung mit Todesfolge geworden wäre, verschwieg er lieber. Zum Glück hatte das Opfer überlebt.

Hanna wurde blass. »Dein Bruder ist ein Krimineller. Wenn das Jugendamt davon erfährt …«

Über die Lehne hinweg ergriff er ihre Hand. Sie fühlte sich kalt an. »Das werden sie nicht, keine Sorge.

Und selbst wenn, würde es dir nicht schaden. Du bist mit mir zusammen und ich bin nicht vorbestraft. Andernfalls dürfte ich gar nicht als Polizist arbeiten.«

»Du hättest es mir trotzdem sagen müssen.«

»Ich konnte nicht. Ich ...« Tief holte er Luft. »... habe mich geschämt.«

»Warum? Du kannst doch nichts dafür.«

»Ich denke, dass ich meinen Anteil daran habe.« Fest drückte er ihre Hand. Das hier würde schwer werden. »Die Trinkerei unseres Vaters wurde mit jedem Jahr schlimmer. Ich habe meine Mutter bedrängt, ihn zu verlassen, aber sie hat sich geweigert. Ich wollte nur noch weg. Mit meinem Realschulabschluss habe ich mich bei der Polizei beworben. Es gibt ein Wohnheim für Polizeischüler. Dort bin ich sofort eingezogen. Dafür habe ich Tom und meine Mutter mit unserem Vater alleingelassen.«

Sanft streichelte sie mit dem Daumen über seinen Handrücken. Wie tröstlich sich diese Berührung anfühlte. »Es wäre die Aufgabe deiner Mutter gewesen, auf Tom aufzupassen.«

»Aber das konnte sie nicht. Sie war überfordert und depressiv und niemand hat ihr geholfen. Noch in meinem ersten Ausbildungsjahr hat sie sich das Leben genommen.«

»Oh, mein Gott!« In Hannas Blick lag so viel Mitleid, dass er es kaum ertrug. Er verdiente ihr Mitgefühl nicht. Sanft entzog er ihr seine Hand.

»Tom war damals zwölf. Ich hätte seinetwegen nach Hause zurückkehren müssen.«

Hanna starrte ihn an. Was sie wohl von ihm dachte? Niemals hätte sie selbst ihren Bruder einem Mann wie seinem Vater überlassen, so viel wusste er.

Als sie endlich sprach, klang ihre Stimme belegt. »Aber du bist nicht zurückgekehrt.«

Er schüttelte den Kopf. »Ich hatte ein neues Leben angefangen. Zum ersten Mal seit Jahren fühlte ich mich glücklich. Das wollte ich nicht aufgeben.« Wie armselig seine Gründe im Nachhinein erschienen. »Tom hat sich nie bei mir beklagt und ich habe nicht gefragt. Aber eines Tages habe ich ihn dabei erwischt, wie er die Reste aus Vaters Flaschen trank. Von da an ging es mit ihm bergab.«

Ihr Gesicht verlor alle Farbe. »Der Jugendliche, von dem du mir im Supermarkt erzählt hast, das war Tom, nicht wahr?«

»Ja.« Er hatte sich für seinen Bruder um einen Heimplatz bemühen wollen. Ihn bei sich aufzunehmen, so wie es Hanna selbstverständlich erschien, war ihm nicht einmal in den Sinn gekommen.

Er räusperte sich. »Als Tom in der JSA landete, habe ich viele meiner Entscheidungen bitter bereut. Aber erst, als ich dir begegnet bin, ist mir das ganze Ausmaß meines Versagens klar geworden.« Bis dahin hatte er sein Verhalten damit entschuldigt, dass er zu jung gewesen war, um mehr für Tom zu tun. »Du hast mir vor Augen geführt, was alles möglich ist, wenn man es wirklich will.«

»Es ist merkwürdig.« Hanna klang nachdenklich. »Du hast damals geglaubt, keine Wahl zu haben, und mir geht es heute genauso. Für mich gibt es keine Alternative dazu, um Mika und Emma zu kämpfen.«

»Weil du unglaublich selbstlos und mutig bist.« In diesem Moment musste er sie einfach berühren. Er beugte sich vor und strich ihr eine dunkle Strähne aus der Stirn. Ihr Maiglöckchenduft weckte ein süßes Ziehen in seinem Bauch und am liebsten hätte er sie geküsst. Doch, da es nicht der richtige Augenblick war, sank er langsam zurück in seinen Sessel und verschränkte die Hände im Schoß.

Hannas Schweigen machte ihn nervös. War es ein gutes oder ein schlechtes Zeichen, dass sie über ihre Antwort so lange nachdachte?

Schließlich seufzte sie. »Ich weiß nicht, was ich dazu sagen soll. Es ist gerade alles ein bisschen viel.«

»Ich weiß.« Wie gern hätte er die Zeit zurückgedreht, hätte vieles anders und einiges genau wie zuvor gemacht. Denn bei all seinen Fehlern hatte sein Weg ihn hierher geführt. Zu Hanna.

Fest ballte er die Fäuste, bis seine Fingernägel sich schmerzhaft ins Fleisch gruben. Sein Puls raste und ein bitterer Geschmack legte sich auf seine Zunge. Er könnte an dieser Stelle aufhören und hoffen, dass sie ihm verzieh. Aber es wäre nur eine Gnadenfrist und eine zweite Chance, die Wahrheit zu sagen, würde er vermutlich nicht bekommen. Deshalb räusperte er sich. »Es gibt da noch etwas, das ich dir sagen muss.«

~ ~ ~

Hanna

»Was denn?« Sie wollte die Antwort nicht hören. Die Dinge, die Mark ihr bisher erzählt hatte, waren schon kaum zu ertragen. Was sie daran am meisten verletzte, waren nicht die Fehler, die er vor Jahren begangen hatte, sondern seine Lügen von heute. Wie hatte sie nur glauben können, ihn zu kennen? Sie wusste so gut wie nichts über ihn.

Mark schluckte. In seinen Augen, deren goldene Einsprengsel seltsam trüb wirkten, stand Furcht. Ihr Puls beschleunigte sich. Er hatte sich das Schlimmste bis zum Ende aufgespart.

»Ich wechsle die Abteilung.«

»Das ist alles?« Sie holte tief Luft. »Mein Gott, hast du mich erschreckt. Ich dachte schon, du …«

»Zum Sondereinsatzkommando.«

Fassungslos starrte sie ihn an. Sie musste sich in der Aufregung verhört haben. Es konnte unmöglich wahr sein. Doch sein schuldbewusster Gesichtsausdruck vertrieb ihre Zweifel.

»Warum?« Jegliche Spannung wich aus ihrem Körper und ihre Stimme war nicht mehr als ein Hauch. Angst brauchte nur zu haben, wer noch etwas verlieren konnte.

»Dort werden die härtesten Verbrecher bekämpft, dort kann ich mich beweisen und …«

»Ich meinte, warum hast du nichts gesagt, bevor wir miteinander geschlafen haben? Dir muss doch klar gewesen sein, dass ich so nicht …« Sie stockte. Ein Blick in seine Augen verriet ihr, dass er es sehr wohl gewusst hatte.

Kälte kroch in ihre Brust. »Du hast es mir absichtlich verschwiegen, weil du Sex wolltest. Wie es mir damit geht, ist dir egal.«

»Ist es nicht.« Er klang beinahe verzweifelt. »Die Sache zwischen uns, die sollte doch nur vorübergehend sein. Ich wollte dich nicht damit belasten, solange das Gerichtsurteil aussteht. Ich dachte, wir gehen längst wieder getrennte Wege, bis …« Er fuhr sich mit der Hand durch das gegelte Haar, das nach ihrer gemeinsamen Nacht wild vom Kopf abstand. »Aber dann wurde es ernster und ich habe nicht mehr die Kurve gekriegt.«

Seine Lügen schmerzten sie – doch noch mehr ihre eigene Dummheit. Wie hatte sie nur hoffen können, es gäbe eine gemeinsame Zukunft für Mark und sie? »Du wusstest, wie ich darüber denke. Wir haben uns doch erst neulich über das SEK unterhalten. Du hättest nur ein Wort zu sagen brauchen. Nur ein Wort.«

»Und dann? Dann hättest du Schluss gemacht. Bloß weil du nicht verletzt werden möchtest, falls mir etwas zustößt.« Auf einmal klang er verärgert.

Auch in ihr kochte der Zorn wieder hoch. »Ich habe schon beide Eltern verloren. Ist es da zu viel verlangt, wenn ich mir einen Mann wünsche, der noch etwas länger am Leben bleibt?«

»Du meinst, so wie Simon?« Er wirkte verletzt.

»Ja, genau.« Oder wie jeder andere Mann, der nicht gerade Geiselnehmer und Terroristen jagte.

»Wer sagt denn, dass Simon nicht vor mir stirbt? Er könnte schon morgen von einem Auto überfahren werden.«

»Das ist was anderes.«

»Ist es nicht.« Wütend funkelte er sie an. »In Wahrheit schiebst du diese Gründe doch nur vor, weil du bereust, was zwischen uns gelaufen ist.«

»Warum sollte ich?« Der Zorn ließ sie kurzzeitig vergessen, dass sie es tatsächlich bereute.

Er sprang auf. »Weil du jetzt weißt, wer ich wirklich bin.«

»Ein Lügner?« Sie musste ihn einfach provozieren. Doch als sie den Schmerz in seinen Augen sah, bedauerte sie ihre Worte.

»Der Sohn eines Alkoholikers und einer Selbstmörderin. Ein Heuchler, der seine Familie im Stich gelassen hat. Ein Mann, der eine Frau wie dich ganz sicher nicht verdient.«

Trotz allem, was vorgefallen war, tat es ihr weh, wie wenig er von sich hielt. Glaubte er tatsächlich, sie würde ihn aufgrund seiner Herkunft verurteilen? Derlei Dinge bedeuteten ihr wenig. Aber das, was er selbst getan hatte, konnte sie ihm nicht so einfach verzeihen.

Erschöpft stand sie auf. »Ich denke, es ist das Beste, wenn ich jetzt gehe.«

»Wenn *du* jetzt gehst?« Marks Augen verengten sich. »Bedeutet das, ich soll nicht mit dir kommen?«

Ein Teil von ihr wollte den Kopf schütteln, Mark in ihre Arme ziehen und ihm versichern, dass alles gut werden würde. Dass sie weiterhin seine Hilfe wollte und dass ihre Gefühle sich nicht geändert hätten. Doch der Rest von ihr fühlte sich zu tief verletzt. Deshalb nickte sie. »Ich brauche erst mal Abstand, um über alles nachzudenken.«

Kapitel 17

Hanna

Jetzt wisst ihr Bescheid.« Hanna rieb sich die pochenden Schläfen. Das Bedürfnis, ihren Kopf auf den Esstisch zu legen und die Augen zu schließen, wurde beinahe übermächtig. Der Streit und das stundenlange Weinen hatten sie ausgelaugt. »Was soll ich eurer Meinung nach tun?«

»Vertrag dich wieder mit Mark«, forderte Mika. »Er soll zurückkommen, ich mag ihn.«

Doch Emma, die neben ihm saß, schüttelte den Kopf. »Nicht unseretwegen. Du musst jetzt daran denken, was für dich das Beste ist.«

»Ich will ihn nie mehr wiedersehen.« Allein der Gedanke, erneut mit Mark in der Küche Frühstück zuzubereiten oder auf der Couch fernzusehen, trieb ihr die Tränen in die Augen. Alles vorbei. »Aber wir brauchen seine Hilfe für den Gerichtstermin.«

»Nein, brauchen wir nicht.« Emma klang bestimmt. »Wir schaffen das auch ohne ihn.«

»Frau Heldecke findet mich zu jung, um allein die Vormundschaft zu ...«

»Na und? Es ist gut, das Jugendamt auf seiner Seite zu haben. Doch Frau Heldecke entscheidet nicht, das tut der Richter. Und den müssen wir überzeugen.« Emma griff über den Tisch nach ihrer Hand und drückte sie fest. »Du hast dich all die Jahre nach Mas Tod so gut um uns gekümmert, das zählt mehr als dein Alter.«

Emmas Worte rührten sie. »Danke.« Mark mochte ihr das Herz gebrochen haben, doch ihr blieben immer noch ihre Geschwister. »Dann soll ich ihn also rauswerfen?«

»Nein«, protestierte Mika.

»Nein«, sagte auch Emma.

»Nein?«

Ihre Schwester lächelte traurig. »Wir haben Mark sehr gern. Unseretwegen braucht er nicht zu gehen. Aber wenn du ihm nicht verzeihen kannst …«

»Ich kann ihm alles verzeihen. Das ist nicht das Problem.« Es stimmte. Selbst wenn morgen herauskäme, dass er drei weitere Brüder hatte, würde sie ihn noch wollen.

»Was dann?«

»Ich kann ihn nicht verlieren.« Frische Tränen traten ihr in die Augen. »Ich halte den Gedanken kaum aus, ihn gehen zu lassen. Aber wenn ich es jetzt nicht tue, wird es nur schlimmer. Falls ihm später etwas zustößt, weiß ich nicht, ob ich überhaupt noch weitermachen kann. Dabei darf ich doch nicht aufgeben, schon euretwegen.«

Emma sprang auf, lief um den Tisch herum und zog sie in ihre Arme. Hanna vergrub das Gesicht an ihrer Halsbeuge, die tröstlich nach Vanille duftete. Eine Hand streichelte ihr über den Kopf und von hinten schlangen sich zwei Arme um ihre Taille.

Mika.

»Ihr seid das Allerwichtigste für mich«, nuschelte sie in den Stoff von Emmas Shirt.

»Wir halten zusammen, komme, was wolle«, stimmte Emma ihr zu.

Wenn Pa sie jetzt sehen könnte, wäre er stolz. Hanna rieb sich die brennenden Augen. »Ich habe wirklich geglaubt, er könnte der Richtige sein. Aber wenn er das wäre, dann hätte er doch nicht die neue Stelle angenommen, oder?«

»Vermutlich nicht.« Emma klang traurig. »Männer und ihre Karrieren. Dagegen hat eine Frau keine Chance.«

»Ich werde ihn bitten auszuziehen.« Allein die Worte laut auszusprechen, fühlte sich schmerzhaft an.

»Tu das nicht.« Mika sah sie aus großen Augen an. »Wenn Mark auch noch weggeht, sind wir nur noch zu dritt.«

Sie schluckte. Wenn sie Pech hatten, wäre sie in weniger als einer Woche die Einzige, die übrig blieb.

~ ~ ~

Mark

Müde starrte Mark auf die Charts, an denen Birgit ihnen die Einsätze für das Gipfeltreffen erklärte. Die Linien und Kreuze aus *Edding* verschwammen und selbst der Sinn von Birgits Worten entglitt ihm. Teilweise lag es an der stickigen Luft im Besprechungsraum, aber er hatte auch seit drei Nächten so gut wie nicht geschlafen und konnte deswegen kaum die Augen offenhalten. Mittlerweile schluckte er Koffeintabletten aus der Apotheke, um wach zu bleiben. Vermutlich sollte er es lieber mit einem Schlafmittel versuchen, doch allein die Vorstellung ließ ihn erschaudern. Dann zog er sogar Alkohol vor.

Als sein Kopf nach vorn sackte, stieß Kevin ihn in die Seite. »Nicht einpennen«, flüsterte er.

Birgit wandte sich von ihrem Chart ab und musterte ihn. Höchste Zeit, dass er sich zusammenriss. Es gelang ihm, sich für mehrere Sekunden auf seine Chefin zu fokussieren, die sich stirnrunzelnd wieder ihrer Präsentation widmete. »Schon jetzt reisen Chaoten aus ganz

Europa an, um den Gipfel zu stören. Wir müssen mit Eskalationen im gesamten Stadtgebiet rechnen. Besonders kritisch dürfte es während der geplanten Gegendemonstration werden. Dort wird es mit hoher Wahrscheinlichkeit zu Gewaltausschreitungen kommen.«

Er versuchte, sich zu konzentrieren. Der Gipfel war sein letzter großer Einsatz, bevor er die Abteilung wechselte. Dabei wollte er sich keinen Fehler erlauben, der seinen Abschied überschatten würde. Viele der Kollegen beneideten ihn, weil er die Prüfungen für das Sondereinsatzkommando bestanden hatte. Er selbst hingegen freute sich nicht einmal richtig. Nach Monaten harten Trainings hatte sein Triumph durch Hannas Rauswurf einen schalen Beigeschmack bekommen.

»Morgen verteile ich die Einsatzpläne«, sagte Birgit. »Mark, Kevin, bleibt bitte noch. Die anderen können gehen.«

Hatte er etwas verpasst? Hilfesuchend sah Mark in Kevins Richtung, doch sein Freund zuckte nur mit den Schultern. Er wusste also auch nicht, worum es ging. Lebhaft diskutierend verließen ihre Kollegen den Besprechungsraum und Birgit schloss die Tür hinter ihnen.

»Ich möchte mit euch über Timo Dreekmeyr sprechen«, sagte sie. »Den Autosprayer, den Kevin neulich erwischt hat.«

»Was ist mit ihm?« Marks Puls beschleunigte sich. Hatte Timo doch noch Pias Namen verraten?

»Wir mussten ihn nach der Vernehmung laufen lassen. Er ist mehrfach vorbestraft wegen kleinerer Delikte, aber jetzt plant er anscheinend etwas Größeres. Einer unser verdeckten Ermittler hat ihn bei einem Treffen gewaltbereiter Autonomer gesehen.«

»Dann gilt er jetzt als Gefährder«, schlussfolgerte Kevin.

Birgit nickte. »Wir rechnen damit, dass er während des Gipfels versuchen wird, einen Anschlag zu verüben. Das müssen wir verhindern.«

Marks Magen verkrampfte sich. Pias Freund wurde zur ernsthaften Bedrohung. Wenn sie sich nicht schleunigst von ihm distanzierte, würde sie vielleicht ebenso in der JSA enden wie Tom.

»Derzeit durchleuchten die Kollegen von der Kripo sein soziales Umfeld. Sie haben die Akte angefordert. Fällt euch noch etwas zu dem Vorfall ein? Könnt ihr vielleicht seinen Komplizen etwas genauer beschreiben?«

»Nein, es war dunkel.« Mark zwang sich, ruhig weiter zu atmen. Noch befand Pia sich außer Gefahr. Birgit ahnte nicht einmal, dass es sich bei der flüchtigen Person um eine Frau handelte.

»Zu ärgerlich, dass der Sprayer dir entkommen ist.« Kevin runzelte die Stirn. »Normalerweise kriegst du doch jeden.«

»Mein Knöchel war lädiert.« Furcht kroch seine Wirbelsäule entlang. Ahnte Kevin etwas? Oder Birgit? Stellten sie ihm gerade eine Falle, um ihn zu überführen?

»Du siehst so blass aus.« Birgit zog die Stirn kraus. »Geht's dir gut?«

»Ich habe nur schlecht geschlafen.« Sorgte seine Chefin sich tatsächlich um ihn oder testete sie, ob er bei ihrer Bemerkung nervös wurde?

»Schlecht oder zu wenig?« Kevin zwinkerte ihm zu, doch sein Lächeln erstarb, als Mark stumm den Kopf schüttelte.

»Ärger im Paradies?«, mischte sich nun auch Birgit ein.

Er wollte nicht über Hanna sprechen. Zu frisch war der Trennungsschmerz. Außerdem hatte er ein derart kompliziertes Gespinst aus Halbwahrheiten und Notlügen um ihre Beziehung gewoben, dass er kaum noch wusste, was er erzählen durfte und was nicht.

Andererseits sollte er vermutlich doch etwas sagen, um Birgit und Kevin von dem Fall Timo Dreekmeyr abzulenken. In seinem Zustand wusste er nicht, wie lange er die beiden erfolgreich täuschen konnte, bevor herauskam, was er getan hatte.

»Hanna hat mich verlassen.« Es auszusprechen machte es noch wirklicher und schmerzhafter. Besonders, als er das Mitleid in Birgits und Kevins Augen las.

»Weil du zum SEK gehst?«, fragte sein Freund.

»Genau.« Zwar glaubte er, dass dieser Grund eine eher untergeordnete Rolle spielte, doch er würde Kevin bestimmt nichts über seine traurigen Familienverhältnisse verraten.

»Du hättest es ihr früher sagen müssen.« Birgits Stimme klang streng. »Keine Frau wird gern vor vollendete Tatsachen gestellt. Aber wenn sie dich wirklich liebt, wird sie dir verzeihen. Lass ihr einfach ein bisschen Zeit.«

»Hm«, brummte er. Manchmal war es einfacher, Birgit nicht zu widersprechen. Allerdings würde alle Zeit der Welt nichts helfen, weil Hanna ihn nicht liebte. Nicht den Mann, der er wirklich war. Sie hatte das L-Wort nie benutzt – genauso wenig wie er selbst. Vermutlich, um ihrer Beziehung nicht noch mehr Bedeutung zu verleihen.

Bloß, dass diese Vorsichtsmaßnahme ihn nicht davor bewahrte, den vollen Schmerz des Verlustes zu spüren.

»Genug geplaudert.« Birgit klang entschlossen. »Zurück an die Arbeit. Wir haben immer noch eine Menge für den Gipfel vorzubereiten.«

»Ja, Chefin.« Kevin tat so, als würde er salutieren.

Mark folgte ihm nach draußen. Als er die Tür hinter sich zuzog, fiel eine Last von ihn ab. Er war noch einmal davongekommen. Allerdings blieb fraglich, wie lange sein Glück anhielt.

Falls seine Kollegen Pia erwischten, würde sie ihn verraten? Er konnte ihr Verhalten schwer einschätzen, aber er durfte dieses Risiko nicht eingehen. Es würde das Ende seiner Karriere als Polizist bedeuten.

In seinem Magen flatterte es nervös. Kein angenehmes Gefühl, aber besser als der Schmerz und die Leere der vergangenen Tage. Wenn er sich auf Pia nicht verlassen konnte, musste er dafür sorgen, dass sie nicht gefasst wurde. Er musste sie warnen.

~ ~ ~

Ohne Wissen ihrer Schwestern hatte Emma ihm die Adresse genannt. Museumsstraße. Der hübsche Rotklinkerbau des Altonaer Museums befand sich in Sichtweite und das Grün zahlreicher Büsche und Bäume lockerte das Stadtbild auf. Die Luft roch frischer als auf Sankt Pauli und die Verkehrsgeräusche waren leiser.

Mark atmete tief ein, bevor er am Eingang des eleganten Wohnblocks klingelte. Schon jetzt fühlte er sich fehl am Platz. Hoffentlich war Pia überhaupt zu Hause.

»Hallo?« Die Stimme von Yvonne Krämer erklang aus der Gegensprechanlage.

»Hier ist Mark Struwe. Ich möchte mit Pia sprechen.«

Der Summer ertönte und er trat in ein helles Treppenhaus. Mit dem Fahrstuhl fuhr er in den fünften Stock, wo Pias Tante ihn schon in der offenen Tür erwartete. Sie trug eine weiße Bluse und einen grauen Bleistiftrock, der ihre schlanke Taille betonte. Die Hochsteckfrisur und das dezente Make-up legten den Schluss nahe, dass sie gerade erst von der Arbeit nach Hause gekommen war.

»Was für eine Überraschung.« Yvonne zog ihre perfekt gezupften Augenbrauen hoch. »Ich habe nicht damit gerechnet, dich wiederzusehen.«

Dann wusste sie also über ihre Trennung Bescheid. Es hätte ihn nicht stören sollen, aber das tat es. »Ich muss wirklich dringend mit Pia reden.«

»Komm rein.« Yvonne trat einen Schritt beiseite. »Pia sollte gleich hier sein. Ich warte auch schon auf sie.«

Das Parkett im Wohnzimmer roch frisch gewachst und die schneeweiße Couchgarnitur sah so makellos aus, als wäre sie gerade einem Möbelkatalog entsprungen. Es fiel Mark schwer, sich Mika in dieser Umgebung vorzustellen. Auch Pia passte nicht hierher.

»Möchtest du etwas trinken?«, fragte Yvonne und bot ihm einen Sitzplatz an.

»Nein, danke.« Zögernd nahm er auf der Couch Platz. Es fühlte sich falsch an, einträchtig neben Yvonne zu sitzen, die in wenigen Tagen mit Hanna vor Gericht um die Vormundschaft streiten würde.

»Wie geht es dir?«

Ihre Frage überraschte ihn. Er hatte nicht damit gerechnet, dass sie sich überhaupt Gedanken um ihn machte, nun, da er ihr nicht länger im Weg stand. »Schlecht.« Seine eigene Antwort überraschte ihn noch mehr. Seit wann redete er so offen über seine Gefühle?

»Mir auch.« Ernst musterte sie ihn. »Ich habe immer das Beste für Celinas Kinder gewollt und jetzt ... Wenn sie uns sehen könnte, wäre sie sehr enttäuscht.«

Auf einmal wirkte sie nicht mehr kämpferisch und selbstbewusst, sondern müde. Beinahe tat sie ihm leid. »Warum dann dieser Streit?«

»Hanna ist noch zu jung – egal, was sie glaubt. Sie braucht ihren Freiraum, um sich zu entfalten. Joachim hätte ihr als Kind nicht so viel Verantwortung aufbürden dürfen, auch wenn das nach Celinas Tod schwere Zeiten waren.«

»Ihr standet euch nahe, nicht wahr?« Plötzlich kam ihm Tom in den Sinn. Wenn sie nur etwas stärker zusammengehalten hätten, wäre das Leben seines Bruders anders verlaufen. Was hatte er tatsächlich in den Jahren durchgemacht, die er allein bei ihrem Vater gewohnt hatte? Mark sollte ihn dringend danach fragen.

Yvonne nickte. »Sie war ein wundervoller Mensch. Joachim hatte sie überhaupt nicht verdient. Ständig hat er gearbeitet und sich zu Hause um nichts gekümmert. Als Celina krank wurde, hat er mich um Hilfe gebeten, anstatt endlich kürzerzutreten. Und nach ihrem Tod ...« Ihre Augen verengten sich. »... wurde es noch schlimmer. Eine Nanny nach der anderen, weil er das Elend daheim nicht mit ansehen konnte.«

Unbehaglich rutschte Mark auf der Polsterung herum. Das Bild, das Yvonne von Joachim Jannsen zeichnete, passte so gar nicht zu Hannas liebevollen Erinnerungen an ihren Vater. Aber letzten Endes war es nur eine Frage der Perspektive, wie man einen Menschen sah.

»Geht es vor Gericht nun tatsächlich um Mika und Emma oder darum, dass du noch eine Rechnung mit deinem Schwager offen hast?« Sein Tonfall klang schärfer als beabsichtigt und Yvonne musterte ihn überrascht.

»Es geht selbstverständlich um die Kinder.« Beiläufig berührte sie ihren flachen Bauch und ein trauriger Ausdruck trat in ihre Augen. »Emma und Mika verdienen das bestmögliche Umfeld. Sie hatten es schwer genug.«

»Du solltest eigene Kinder haben.« Mit seinem Blick versuchte er, sie zu durchdringen. »Du wärst bestimmt eine gute Mutter.«

Überrascht riss sie die Augen auf. Einen Herzschlag lang erkannte er alles: ihre Verletzlichkeit, ihre Wut, ihren Schmerz. Dann glättete ihre Stirn sich wieder und übrig blieb nur ein melancholischer Zug um ihre Mundwinkel. »Sieht man es mir so deutlich an?«

»Normalerweise nicht.« Er räusperte sich. »Es gibt andere Möglichkeiten. Eine Adoption zum Beispiel. Aber das hier ist nicht der richtige Weg.«

»Warum habt ihr euch überhaupt getrennt?«

Der abrupte Themenwechsel überraschte ihn, dennoch ließ er sich darauf ein. »Hanna findet meinen neuen Job zu gefährlich. Ab nächstem Monat arbeite ich für das Sondereinsatzkommando. Sie will nicht riskieren, noch jemanden zu verlieren.«

»Was für ein Unsinn. Alles birgt ein Risiko, damit müssen wir leben.« Sie griff nach dem Smartphone, das auf dem Glas-Couchtisch lag. »Ich versuche es mal bei Pia. Sie sollte längst hier sein.«

Mark beschlich eine böse Vorahnung. Kam er zu spät? Hatte Pia sich wieder in Schwierigkeiten gebracht und war dieses Mal verhaftet worden? »Bitte sag ihr nicht, dass ich hier bin«

»Warum nicht?«

»Was ich ihr mitzuteilen habe, wird ihr nicht gefallen. Vielleicht kommt sie nicht einmal her, wenn sie weiß, dass ich auf sie warte.«

Yvonne musterte ihn prüfend, dann nickte sie und wählte Pias Nummer. »Hallo. Ich bin's. Wo steckst du?« Sie klang leicht beunruhigt. Die Falten auf ihrer Stirn vertieften sich, während sie Pias Erklärungen lauschte. »In Ordnung, dann warten wir nicht mit dem Essen auf dich. Mach's gut.«

»Sie kommt nicht?« Zumindest schien es ihr gut zu gehen. Aber ganz konnte er seine Sorge nicht abschütteln.

»Nein, tut mir leid.« Yvonne seufzte. »Sie trifft sich mit Freunden auf dem Rathausplatz.«

Das klang bedenklich. »Ist ihr Freund auch dabei?«

»Ich weiß es nicht. Ich habe Timo bisher nicht kennengelernt.« Ihre Augen wurden schmal. »Stimmt etwas nicht mit ihm? Bist du deshalb hier?«

Dieses Gespräch wollte er wirklich nicht führen. Wenn er Timo vor Yvonne schlechtmachte, würde das nur neue Konflikte nach sich ziehen. Andererseits verdiente Pias Tante eine Warnung. Sie hatte Pia in gutem Glauben bei sich aufgenommen, ohne auch nur zu ahnen, welchem Risiko sie sich und ihren Mann dadurch aussetzte.

»Selbst wenn es so wäre, dürfte ich dir das nicht sagen. Ich unterliege der beruflichen Schweigepflicht.«

»Ich verstehe.« Sie erblasste. »Soll ich dich anrufen, wenn Pia zurückkommt?«

»Nein, danke.« Er stand auf und tastete automatisch nach seinem Gürtel. Da er seine Uniform nicht trug, griff er ins Leere. »Ich weiß ja jetzt, wo ich sie finde.«

Kapitel 18

Hanna

Simons Hand fühlte sich vollkommen falsch auf ihrer Wange an. Selbst sein Geruch störte sie. Behutsam wischte er ihr die Tränen ab, die sie Marks wegen vergossen hatte. Ja, sie hatte sich in ihrem Kummer an ihn gewandt. Aber wann war die Situation ihr derart entglitten?

Hastig trat sie einen Schritt zurück. Ein Blick in Simons blaue Augen verriet ihr, wie sehr ihn ihre Reaktion verletzte.

»Da habe ich dich wohl missverstanden.« Simon umklammerte den Lenker seines Fahrrads so fest, dass seine Knöchel weiß hervortraten. Über das Rauschen des Verkehrs hinweg war seine leise Stimme kaum zu verstehen. »Ich dachte, du willst es auch.«

Sehnsüchtig blickte Hanna zum Eingang ihres Wohnblocks. Wie gern würde sie jetzt eine Tür hinter sich schließen und sich ungestört ihrem Kummer hingeben. Doch Simon verdiente eine Antwort. »Ich wollte, dass du mir zuhörst.« Ihre Stimme klang belegt. »Ich dachte, wenn ich mit dir über Mark spreche und du mich tröstest, dann tut es nicht mehr so weh.«

»Also bin ich nur fürs Trösten gut genug.«

»Du bist mein Freund. Mein bester Freund.« Automatisch streckte sie die Hand nach ihm aus, wagte es dann aber doch nicht, ihn zu berühren.

»Und wenn mir das nicht mehr reicht?«, fragte er bitter. »Seit drei Semestern sitze ich in jeder Veranstaltung neben dir. Wir schreiben unsere Hausarbeiten zusammen, lernen für die Prüfungen, wir fahren sogar jeden Tag nach der Uni gemeinsam nach Hause. Ich habe gedacht, zu mehr bist du nicht bereit. Wegen deiner Geschwister. Es war okay für mich, auf dich zu warten. Aber er brauchte nicht zu warten, nicht wahr? Mark ist ja gleich bei euch eingezogen.«

»Tu das bitte nicht«, bat sie.

»Was soll ich nicht tun?« Auf seiner blassen Haut zeigten sich hektische rote Flecken.

»Bitte stell unsere Freundschaft nicht infrage. Übermorgen ist der Gerichtstermin und ich bin total fertig deswegen. Pia ist ausgezogen, Mark ist weg. Ich brauche dich mehr denn je.«

Hinter seinen Augen flackerte Schmerz auf. »Gebraucht zu werden, ist auf Dauer zu wenig. Als du mir heute dein Herz ausgeschüttet hast, da dachte ich, das wäre ein Zeichen, aber ... Ich kann so nicht weitermachen, dafür liebe ich dich zu sehr.«

Geahnt hatte sie es schon lange. Trotzdem tat es weh, wie er sie ängstlich ansah, während er auf ihre Antwort wartete. Warum konnte sie seine Gefühle nicht erwidern? Er wäre perfekt: lustig, freundlich, zuverlässig und gebildet. Ein Kommilitone und künftiger Kollege. Sie könnten später sogar eine Gemeinschaftspraxis eröffnen. Simon passte tausendmal besser in ihr Leben als Mark. Dennoch brachte sie die ersehnten Worte nicht über die Lippen.

»Es tut mir leid.« Sie wusste selbst, wie unzureichend das klang.

Simons Unterlippe zitterte. »Du kannst ja nichts dafür«, presste er hervor. »Aber ich brauche Abstand. Such dir einen anderen Labor- und Lernpartner. Ich ...« Er blinzelte eine Träne weg. »... möchte dich eine Weile nicht mehr sehen. Bitte respektiere das.«

»Natürlich, aber …« Ihr wurde kalt. »… darf ich dich wenigstens nach dem Gerichtstermin anrufen? Ich meine, falls es schlecht läuft und ich Mika und Emma verliere?«

Traurig schüttelte er den Kopf und schwang sich auf sein Rad. »Du wirst die beiden niemals ganz verlieren, ihr bleibt immer eine Familie. Viel Glück!«

Ohne sich noch einmal umzudrehen, schlängelte er sich in den Verkehr ein und radelte davon.

Fassungslos sah Hanna seiner Gestalt nach, die immer kleiner wurde, schließlich in eine Seitenstraße abbog und aus ihrem Blickfeld verschwand.

Mika und Emma würden ihr selbst im schlimmsten Fall ein Stück weit erhalten bleiben, da hatte Simon recht. Doch ihn hatte sie endgültig verloren.

Die Straße mit ihren Geschäften, Bistros und Cafés verschwamm vor ihren Augen. Nach Pas Tod und Marks Auszug sollte der Verlust ihres besten Freundes sie nicht mehr so schmerzen. Doch nun, da Simon sich aus ihrem Leben verabschiedet hatte, spürte sie zum ersten Mal, wie viel er ihr bedeutete.

Mit Mark war es ihr ähnlich ergangen.

Nein, sie durfte jetzt nicht an ihn denken, sonst würde sie endgültig zusammenbrechen. Energisch wischte Hanna sich die Tränen aus den Augen. Noch blieben ihr Emma und Mika und um sie würde sie kämpfen.

~ ~ ~

Mark

Auf dem Rathausplatz wimmelte es von Touristen mit Einkaufstüten, Handys und *Segways.* Eine japanische Familie posierte vor dem prachtvollen Renaissance-Bau für ein Selfie und Mark bemühte sich, nicht ins Bild zu laufen. Der Duft frisch gebratener Würstchen zog ihm in die Nase und erinnerte ihn daran, dass er nach der Arbeit noch nichts gegessen hatte. Doch zuerst wollte er Pia finden.

Er lief einmal quer über den Platz und wandte sich dann in Richtung Binnenalster. Auf den Steinstufen, die zum Ufer führten, entdeckte er eine Gruppe Punks und Autonomer. Zwischen Irokesenschnitten und dunklen Kapuzen leuchtete ihm Pias pinkfarbener Pferdeschwanz entgegen. Sie fütterte die Alsterschwäne mit Brotkrümeln, während sie sich gegen einen Mann im schwarzen Hoodie lehnte.

Bemüht langsam näherte Mark sich den Sitzenden. In seinen Jeans und dem Shirt wirkte er auf die Punks hoffentlich harmlos, allerdings würde er kaum als einer von ihnen durchgehen.

Der Gestank von vergossenem Bier und Zigarettenrauch reizte seinen leeren Magen. Ein Punk mit grünem Irokesenschnitt musterte ihn aufmerksam, aber nicht feindselig. Mark nickte ihm zu und setzte seinen Weg fort.

Als Pia ihn entdeckte, weiteten sich ihre Augen überrascht und sie sprang auf. »Was machst du denn hier?«

Nicht gut. Ihr Ausruf erregte Aufmerksamkeit. Mehrere Männer starrten ihn an, darunter auch ihr Begleiter, Timo Dreekmeyr. Er sah genauso aus wie auf den Fotos in seiner Akte. Der Zweiundzwanzigjährige trug den Schädel kahlrasiert und hatte seinen Hals mit einem schwarzen Anarcho-A verunstaltet, das ihm fast bis ans Ohr reichte. Trotz der schlabbrigen Kleidung erkannte Mark deutlich das Spiel seiner Muskeln, als er sich streckte. Doch es war die Kälte in seinem Blick, die ihn innerlich erschaudern ließ.

»Wir müssen uns unterhalten«, sagte er.

Deutlicher konnte er in der Gegenwart der anderen nicht werden. Hoffentlich würde Pia den Hinweis trotzdem verstehen – und ihn vor allem nicht als Polizisten outen.

Sie schien mit sich zu ringen. Endlich nickte sie ihm kaum merklich zu, bevor sie sich an ihren Freund wandte. »Bin gleich wieder da.«

»Wer ist denn der Typ?« So wie Timos Augen sich verengten, hielt er ihn für einen Rivalen. War die Beziehung zwischen Timo und Pia doch nicht so stabil wie befürchtet?

»Nur mein Cousin.« Pia winkte ab. »Wahrscheinlich so'ne Familiensache.«

»Na dann.« Besitzergreifend schlang Timo seine Arme um ihre Schultern und zog sie in einen endlosen Zungenkuss.

Nur mit Mühe bewahrte Mark seinen neutralen Gesichtsausdruck. Innerlich kochte er. Wie konnte der Kerl es wagen, Pia zu küssen, während er insgeheim einen Anschlag auf Polizisten plante? War es ihm egal, ob er seine Freundin mit hineinzog? Oder wollte er sie gar zu seiner Komplizin machen?

Endlich löste sich Timo mit einem selbstgefälligen Grinsen von Pia. »Lass mich nicht zu lange warten.«

Mark führte Pia außer Sichtweite vor das Schaufenster einer kleinen Buchhandlung. Dort blieb er stehen und sah sich noch einmal prüfend um. Niemand schien ihnen zu folgen.

»Warum bist du hier?«, fragte Pia. »Wenn Hanna nicht mehr mit dir zusammensein will, dann werde ich mich bestimmt nicht einmischen und ...«

»Nicht deswegen. Ich möchte dir etwas zeigen.« Er zückte sein Smartphone und scrollte sich durch alte Fotos aus seiner Cloud. Als er die gewünschte Aufnahme gefunden hatte, reichte er Pia sein Handy.

»Wer ist das?«

»Mein Bruder Tom.« Das Bild war ein Jahr vor Toms Inhaftierung aufgenommen worden und zeigte seinen sechzehnjährigen Bruder auf genau jenen Treppenstufen, auf denen Pia eben noch gesessen hatte. Tom lächelte schief, doch wer genauer hinsah, erkannte die Traurigkeit in seinen Augen.

Pia reichte ihm das Handy zurück. »Sieht süß aus, aber ich habe kein Interesse. Ich bin mit Timo zusammen und wenn du glaubst, mich stattdessen mit deinem Bruder verkuppeln zu können, dann ...«

»Das habe ich nicht vor. Es wäre auch schlecht möglich. Tom sitzt seit vier Jahren in der JSA ein.«

Pias schockierter Gesichtsausdruck verriet, dass Hanna ihr dieses Detail nicht verraten hatte. »Warum?«

»Gefährliche Körperverletzung und ein paar andere Delikte. Er hat sich mit den falschen Leuten eingelassen und die haben ihn da mit hineingezogen.« Ernst sah er sie an. »Insgesamt wird ihn diese Dummheit fünf Jahre seiner Freiheit kosten, aber die Folgen begleiten ihn ein Leben lang. Er ist jetzt vorbestraft und hat kaum noch Chancen auf eine gute Berufsausbildung. Vieles darf er gar nicht mehr machen.« Er schluckte. »Ich weiß, du glaubst, ich habe dich Hanna zuliebe laufen lassen, aber es war seinetwegen. Damit du noch etwas aus deinem Leben machen kannst.«

»Danke.« Pia presste die Lippen zusammen. »Ich werde nichts Verbotenes mehr tun. Du hast mein Wort.«

Bis hierher war ihr Gespräch gut verlaufen. Doch nun folgte der schwierige Teil. Er konnte nur hoffen, dass Pia ihn bis zum Ende anhören würde.

Mark räusperte sich. »Das wird leider nicht reichen. Ich muss dich bitten, dich eine Weile von Timo fernzuhalten.«

»Auf keinen Fall!« Zornig funkelte sie ihn an. »Er ist mein Freund. Er hat im Verhör meinen Namen nicht genannt, obwohl sie ihm gesagt haben, ein Geständnis könnte ihm helfen.«

»Es geht nur um einige Tage«, sagte Mark. »Nur bis nach dem Gipfel. Um mehr bitte ich nicht.« Zu diesem Zeitpunkt hätten sie Timo hoffentlich verhaftet.

Er ging auf Pia zu, doch sie wich vor ihm zurück und verschränkte abwehrend die Arme vor der Brust. »Nein. Ich habe Timo versprochen, mit ihm auf die Demo zu gehen, und das werde ich auch tun.«

»Dein Freund ist ein Autonomer. Was glaubst du denn, was auf der Demo passieren wird?« In Gedanken sah er Pia bereits blutig am Boden liegen, während die Menschen auf der Flucht vor seinen Kollegen und ihm über sie hinweg trampelten.

»Gar nichts wird passieren. Du hast nur Vorurteile so wie alle Polizisten. Aber wir haben das Recht auf freie Meinungsäußerung. Diese Politiker verdienen einen Denkzettel.« Wütend drehte sie sich um und marschierte davon.

»Pia, warte.« Er folgte ihr und fasste sie am Arm, doch sie schüttelte ihn ab.

»Lass mich in Ruhe.« Sie beschleunigte ihre Schritte.

Er vertrat ihr den Weg, doch dieses Mal spürte er kräftige Hände, die seine Oberarme umschlossen und schmerzhaft zudrückten.

»Du hast sie gehört.« Timos Stimme war ein einziges Grollen. »Verschwinde, bevor ich mich vergesse.«

Nur seine Ausbildung als Polizist hielt ihn davon ab, Timo zu Boden zu stoßen. Er durfte keine Auseinandersetzung riskieren. Dort auf den Stufen saß vermutlich ein verdeckter Ermittler, dessen Arbeit er damit gefährdete. Genauso wie seinen eigenen Job.

Sobald Timos Schraubstockgriff ihn wieder freigab, taumelte er ein paar Schritte zur Seite, rieb sich übertrieben die Arme und bemühte sich, eingeschüchtert zu wirken.

Das selbstgefällige Grinsen, mit dem Timo ihn bedachte, verriet ihm, dass er seine Rolle überzeugend spielte. Wortlos hastete er davon und zückte sein Handy.

Wenn er Pia nicht davon abhalten konnte, die Demonstration zu besuchen, musste es jemand anders tun.

~ ~ ~

Hanna

Seufzend steckte sie ihr Handy zurück in die Hosentasche. Glaubte sie ernsthaft, Mark würde sie nach allem, was passiert war, noch kontaktieren? Statt an ihn zu denken, sollte sie sich lieber auf Mika konzentrieren. Wer wusste schon, wie es nach morgen mit ihnen weiterging.

Obwohl sie sich am liebsten in ihr Bett verkrochen hätte, stand sie im feuchten Sand neben einem riesigen Klettergerüst und sah Mika dabei zu, wie er sich an einem Seil entlang hangelte. Seine dünnen Beine baumelten in der Luft und das T-Shirt war ihm aus der Jeans gerutscht, sodass ein Streifen blasser Haut hervorblitzte. Wie jung und zerbrechlich er in diesem Moment aussah.

In zweieinhalb Metern Höhe ließ Mika das Seil los und plumpste zu Boden. Ihr Atem stockte, doch er richtete sich schon wieder auf und klopfte den Sand von seiner Hose. Breit lächelnd lief er auf sie zu. »Hast du das gesehen? Nicht schlecht, oder?«

»Ziemlich sportlich.« Hoffentlich hatte er nicht vor, diesen Stunt zu wiederholen. Sie räusperte sich. »Mika, wegen morgen ...«

»Ich weiß schon.« Er nickte ernst. »Wenn der Richter mich befragt, sage ich, dass ich zu dir will.«

»Das meine ich nicht.« Sie ging in die Hocke, um ihm ins Gesicht zu sehen. »Ich möchte nur, dass du weißt, dass ich immer für dich da bin. Selbst wenn der Richter dich zu Tante Yvonne schickt, kannst du mich jederzeit anrufen oder besuchen.«

»Ich weiß.« In Mikas Augen schimmerten ungeweinte Tränen und seine Unterlippe zitterte. »Und wenn du traurig bist, rufst du mich an.«

»Das mache ich«, versprach sie. Das Herz wurde ihr schwer. Wahrscheinlich brauchte sie Mika weit mehr als er sie. Zumindest konnte sie sich nicht vorstellen, wie ihr Alltag ohne ihn aussehen sollte. Und wie würde es Mika ergehen, falls er tatsächlich zu Tante Yvonne ziehen musste?

Von Pia hatte sie seit ihrem Auszug kaum etwas gehört. Ob sie sich gut um ihren kleinen Bruder kümmern würde, oder war sie zu sehr mit ihren eigenen Problemen beschäftigt?

Spontan schlang Hanna beide Arme um Mika und drückte ihn an sich. Normalerweise fühlte er sich für so eine Behandlung schon zu groß, doch heute schmiegte er sich in ihre Halsbeuge. Sein vertrauter Duft und die Wärme seines kleinen Körpers beruhigten ihren hektischen Herzschlag. »Hab keine Angst«, flüsterte sie. »Uns beide bringt niemand auseinander.«

Tränen stiegen ihr in die Augen. Mikas Hände krallten sich fest in ihre Schultern und an ihrem Hals spürte sie Feuchtigkeit. Leise sprach er gegen ihren Nacken. »Ich wünschte, du wärst wirklich meine Ma.«

Das wünschte sie auch. Von ganzem Herzen.

Kapitel 19

Hanna

Der Raum besaß keinerlei Ähnlichkeit mit den Gerichtssälen, die sie aus dem Fernsehen kannte. Es fehlten die prunkvolle Holzvertäfelung, der Tisch für den Angeklagten und der Richterhammer. Stattdessen erinnerte die Umgebung sie an die Seminarräume in der Uni: kahle weiße Wände, schlichte Holztische und mit dunklem Stoff überzogene Stühle. Nur ein Whiteboard fehlte.

Der Richter, ein Mann in den Fünfzigern, saß in seiner schwarzen Robe an einem erhöhten Tisch, vor sich eine aufgeschlagene Akte. Trotz des geöffneten Fensters war die Hitze im Zimmer drückend. Auf Hannas Tisch krabbelten winzige Gewitterfliegen. Sie selbst schwitzte in ihrer weißen Bluse und der dunklen Stoffhose, die sie für den Anlass passend empfunden hatte. Trotzdem konnte sie optisch mit Yvonne nicht mithalten, die ein cremefarbenes Leinenkostüm trug. Onkel Jörg war im dunklen Anzug erschienen und hatte sogar einen Anwalt mitgebracht. Ob sie gegen die drei überhaupt eine Chance hatte?

Frau Helmdecke vom Jugendamt blickte missmutig auf ihre Armbanduhr. Sie hatten vergeblich auf Pia gewartet und deshalb zu spät angefangen. Wo steckte ihre Schwester bloß?

Emma und Mika saßen draußen auf dem Flur. Sie waren einzeln im Richterzimmer angehört worden und warteten nun auf das Ergebnis der Verhandlung. Wie viel lieber wäre Hanna jetzt bei ihnen, statt hier in diesem Raum. Sie kam sich so verloren vor.

Der Richter wandte sich an die Sozialarbeiterin. »Wenn Sie jetzt bitte Ihren Bericht vortragen würden.«

Frau Heldecke schlug ihre Mappe auf. »Frau und Herr Krämer haben während meines Besuchs deutlich ihre Bereitschaft signalisiert, die Vormundschaft für Mika und Emma Jannsen zu übernehmen. Sie haben eine Fünfzimmerwohnung, in der ausreichend Platz vorhanden wäre, und sie leben nahe genug am alten Wohnort der Kinder, damit diese ihr soziales Umfeld nicht verlieren.«

Ihr soziales Umfeld? Sie konnte es nicht fassen. Was war mit ihrer Familie, zählte die denn gar nichts?

»Emma und Mika könnten weiterhin ihre alten Schulen besuchen«, fuhr sie fort. »Zudem hat Frau Krämer mit ihrem Arbeitgeber gesprochen und eine Teilzeit-Regelung vereinbart für den Fall, dass sie die Vormundschaft erhält.«

Der Richter nickte anerkennend. Hanna wurde flau im Magen.

»Für Familie Krämer spricht auch, dass sie die ältere Schwester Pia schon bei sich aufgenommen haben. Sie hat sich dort sehr gut eingelebt.«

Erstaunlicherweise ließ dieser Kommentar Tante Yvonne erblassen.

»Ich hätte Pia Jannsen gern selbst befragt.« Der Richter wandte sich an Yvonne und Jörg. »Haben Sie keine Ahnung, wie wir sie erreichen können?«

»Leider nicht.« Onkel Jörg klang zerknirscht. »Sie geht nicht mehr an ihr Handy, seitdem wir …« Yvonne stieß ihn in die Seite, und er brach ab.

»Was ist denn vorgefallen?«

Yvonne zögerte. »Gestern hatten wir eine kleine Auseinandersetzung, alles ganz harmlos, danach ist sie aus der Wohnung gestürmt.« Sie wandte sich an Hanna und ihre Augen verengten sich. »Im Grunde trägt dein Exfreund die Schuld. Er hat von mir verlangt, dass ich Pia verbiete, mit ihrem Freund an dieser Demonstration teilzunehmen.«

»Der Anti-Gipfel-Demonstration?« Vermutlich sollte Hanna sich nicht einfach in das Gespräch einmischen, aber sie konnte nicht anders. Die Besorgnis um Pia verwandelte sich in Furcht. Mark hatte ihr mehrfach eingeschärft, nach dem Gerichtstermin die Demonstration großräumig zu umgehen, weil er mit Gewaltausbrüchen rechnete.

Mark.

Erst jetzt wurde ihr die volle Bedeutung von Yvonnes Worten bewusst. Obwohl Hanna Mark verlassen hatte, sorgte er sich weiterhin um sie und ihre Geschwister. Er hatte sogar ihre Tante gewarnt, damit sie verhinderte, dass Pia an der Demonstration teilnahm.

Trotz der Angst, der unangenehmen Umgebung und allem, was auf dem Spiel stand, wurde ihr warm ums Herz. Mark mochte ihr vieles verschweigen und sie belogen haben, aber wenn es wirklich darauf ankam, konnte sie sich auf ihn verlassen.

Tante Yvonne zog die Stirn kraus. »Ja, ich glaube schon. Abgesehen von diesem Zwischenfall läuft es mit Pia sehr gut, was doch zeigt, dass ...«

Hanna blendete ihre Worte einfach aus. Unter dem Tisch wippte sie nervös mit dem Fuß. Sie musste Mark anrufen, sobald sie hier rauskam. Er begleitete die Demo. Falls er Pia fand, könnte er sie nach Hause schicken, bevor ihr etwas zustieß.

»Und nun zu Frau Jannsen.« Frau Heldecke räusperte sich. »Ich habe sie zweimal besucht und konnte mir auch einen recht guten Eindruck davon machen, wie Emma und Mika bei ihr leben. Die Wohnverhältnisse waren schwierig, weil die beiden sich bisher ein Zimmer geteilt haben, was in ihrem Alter nicht mehr angemessen ist. Jetzt sollen sie allerdings jeder einen Raum bekommen. Frau Jannsen wirkt auf mich sehr engagiert und sie hat ein enges Verhältnis zu ihren Geschwistern, was sicher für sie spricht.«

Hanna, die bisher die Luft angehalten hatte, atmete lang aus.

»Problematisch hingegen sind ihr junges Alter und ihre Lebenssituation. Frau Jannsen ist durch ihr Medizinstudium stark eingespannt und wird auch auf Jahre hinaus viel Zeit für ihre Ausbildung benötigen. Positiv anzumerken ist jedoch, dass sie einen etwas älteren Lebensgefährten hat, der sie in ihrem Anliegen unterstützt.«

Wenn es doch nur so wäre.

Obwohl sie sich von Mark getrennt hatte, fühlte es sich auf einmal an, als hätte er sie verlassen. Ja, sie wollte nicht jeden Tag um sein Leben zittern. Aber noch weniger hielt sie es aus, ihn gar nicht in ihrem Leben zu haben. Wenn sie könnte, würde sie ihre Worte ungesagt machen. Und das nicht etwa deswegen, weil er ihre Chancen auf die Vormundschaft vergrößert hatte.

»Wenn Sie mich fragen, was ich Ihnen empfehle«, fuhr Frau Heldecke fort. »So finde ich, dass beide Parteien für die Vormundschaft infrage kommen. Leicht tendiere ich zu Familie Krämer, weil wir dort ein Ehepaar im richtigen Alter und die Möglichkeit zur Teilzeit-Arbeit haben.«

Das nervöse Flattern in Hannas Magen verstärkte sich zu Übelkeit. Sie hatte wirklich geglaubt, die Sozialarbeiterin sei auf ihrer Seite.

»Vielen Dank.« Der Richter blätterte in seiner Akte. »Allerdings müssen auch die Wünsche der Betroffenen mit in Betracht gezogen werden. Und sowohl Mika als auch Emma Jannsen möchten bei ihrer Schwester bleiben.«

Freundlich lächelte er Hanna an, die zaghaft erwiderte. Anscheinend hatte sie doch Chancen.

Nun meldete sich der Anwalt ihrer Tante zu Wort: »Meine Mandanten möchten eine Anmerkung machen.«

Mit einem Nicken gab der Richter sein Einverständnis.

Tante Yvonne strich sich eine Strähne aus der Stirn. Sie wich Hannas Blick aus, sah nur den Richter an. »Leider entspricht die Einschätzung von Frau Heldecke nicht mehr dem aktuellen Stand.«

Der Richter wölbte die Brauen. »Was meinen Sie damit?«

Hannas Brust wurde eng. Ein Teil von ihr hatte inständig gehofft, Yvonne würde das Thema nicht zur Sprache bringen. Wenn der Richter Hanna nach Mark gefragt hätte, hätte sie die Wahrheit gesagt. Aber er hatte nicht gefragt.

»Meine Nichte und ihr Freund haben sich zwischenzeitlich getrennt.«

Ihre Hände krallten sich um die Tischplatte, bis die Knöchel weiß hervortraten. Yvonne hatte alles zerstört.

Frau Heldecke riss überrascht die Augen auf, der Richter zog die Stirn in Falten. Hannas Blick verschleierte sich. Mika und Emma würden so enttäuscht sein. Ihr selbst kam es vor, als habe ihr jemand kräftig in den Magen geboxt. Jeder Atemzug schmerzte.

»Stimmt das?«, fragte der Richter.

Ihr Puls raste. Kalter Schweiß trat ihr auf die Stirn. Obwohl sie sich am liebsten verkrochen hätte, zwang sie sich, dem Mann in die Augen zu sehen. »Ja, wir haben uns getrennt.«

»Das tut mir leid«, sagte der Richter. »Aber es ändert nichts.«

Hatte sie sich gerade verhört? Auch Yvonne und Jörg wirkten überrascht.

»Die Sorgerechtsverfügung Ihres verstorbenen Vaters ist eindeutig. Frau Krämer sollte stellvertretend einspringen, wenn gegen Sie, Frau Jannsen, ernsthafte Bedenken bestünden. Ihr Alter und Ihre berufliche Situation sind nicht ideal. Aber Mika und Emma haben mir beide versichert, dass Sie Ihre Aufgabe hervorragend meistern. Und das nicht erst seit dem Tod Ihres Vaters, sondern schon seit Jahren.« Der Richter lächelte sie freundlich an. »Ich sehe keinen Grund, hier nicht im Sinne des Verstorbenen zu entscheiden.«

Was der Richter danach noch sagte, nahm sie wie durch Watte wahr. Emma und Mika würden bei ihr bleiben. Die Anspannung wich aus ihrem Körper und ihre Beine zitterten. Sie konnte es kaum glauben, es fühlte sich nicht real an.

Am anderen Tisch raunten Yvonne und Jörg ihrem Anwalt etwas zu. Ihr Onkel machte ein finsteres Gesicht, während ihrer Tante Tränen in die Augen traten. Warum nur war sie so versessen darauf, ihr Mika wegzunehmen?

Mika.

Zum ersten Mal seit Wochen dachte sie an ihren Bruder ohne Angst im Bauch. Sobald der Richter seinen Beschluss zu Protokoll gegeben und die Sitzung für beendet erklärt hatte, stürmte sie aus dem Raum.

Emma und Mika warteten gleich neben der Tür. Als Hanna auf die beiden zuflog, die Arme weit ausgebreitet, verwandelte sich der ängstliche Ausdruck auf ihren Gesichtern in ein Strahlen. Fest presste Hanna die beiden an sich. »Wir haben's geschafft.«

»Gott sei Dank«, nuschelte Emma gegen ihre Schulter.

Mika schlang seine Arme um ihre Taille, während ihm Tränen über die Wangen liefen. »Jetzt kann uns keiner mehr trennen.«

»Ja.« Auch Hannas Augen wurden feucht. Der Moment hätte perfekt sein können, doch es fehlten zwei Menschen, mit denen sie ihn teilen wollte.

Widerwillig löste sie sich aus der Gruppenumarmung. »Wir müssen Pia finden. Sie steckt vermutlich in Schwierigkeiten.«

~ ~ ~

Mark

Gewitterwolken zogen sich am Himmel zusammen und Mark hörte erstes Donnergrollen. Hoffentlich brachte der Regen ein wenig Abkühlung, denn die zwölf Kilo seiner Schutzausrüstung machten sich allmählich bemerkbar. Außer dem Helm und dem Einsatzanzug trug er auch eine Schutzweste, Armprotektoren, Schienbeinschutz, eine Schlagunterziehhose und Handschuhe. Kevin lief mit hochrotem Kopf neben ihm her.

»Glaubst du, es bleibt so friedlich?« Sein Freund deutete auf die Tausende linker Demonstranten, die über die Reeperbahn marschierten.

»Nein.« Bisher beschränkten sich die Menschen darauf, Plakate zu schwenken und Parolen zu grölen. Doch sein Bauchgefühl warnte ihn, dass die Stimmung noch kippen würde.

In dem Lärm hätte er fast sein privates Handy überhört. Mark streifte die Handschuhe ab und fischte es aus seiner Hosentasche.

Hanna.

Er hatte sich bemüht, nicht an sie zu denken, aber natürlich war es unmöglich. Dass sie ihn direkt nach ihrem Gerichtstermin anrief, um ihm den Ausgang mitzuteilen, ließ sein Herz schneller schlagen. Hoffentlich hatte sie gute Neuigkeiten.

Er trat einige Schritte beiseite, bevor er den Anruf entgegennahm. »Wie ist es gelaufen?«

»Großartig.« Hanna war wegen der vielen Menschen in seiner Nähe nur schwer zu verstehen. »Wir bleiben zusammen.«

»Gott sei Dank.« Seine schwere Schutzausrüstung fühlte sich auf einmal federleicht an. Wie stark ihn die Sorge um Hanna und ihre Geschwister belastet hatte, merkte er erst, als sie von ihm abfiel. Gleichzeitig sorgte der Klang ihrer Stimme dafür, dass sich ein süßes Ziehen in seinem Magen ausbreitete. Er vermisste sie fürchterlich.

»Es gibt ein Problem.« Hanna klang ernst. »Pia ist verschwunden. Sie war heute nicht bei der Anhörung und wir vermuten, dass sie die Demo besucht, auf der du arbeitest.«

»Verflucht!« Er hatte seinen Job riskiert, um Pia eine zweite Chance zu geben, und dieses Mädchen brachte sich gleich wieder in Schwierigkeiten. »Hat der Richter ein Zwangsgeld verhängt?«

»Zum Glück nicht. Aber es ist gefährlich bei euch, nicht wahr? Sonst hättest du meine Tante nicht gebeten, Pia an der Teilnahme zu hindern.«

Donner grollte und die ersten dicken Tropfen fielen vom Himmel.

»Ihr Freund ist nicht ganz ungefährlich. Mehr darf ich dir nicht sagen.« Es tat ihm leid, Hanna, die gerade aufatmen konnte, schon wieder Sorgen zu bereiten, aber er würde sie nicht anlügen. Nie wieder.

»Kannst du sie da rausholen?«

Sein Blick glitt über die Menge. Etwas tat sich dort. »Das geht nicht. Hier sind Tausende unterwegs und ich muss auf meinem Posten blieben. Selbst, wenn nicht, würde es für einen Aufruhr sorgen, wenn ich mich unter die Demonstranten mische. Tut mir leid.«

»Schon gut. Wo steckt ihr gerade?«

»Auf der Reeperbahn.« Trotz des Regens zogen in der Mitte des Pulks hunderte Demonstranten ihre bunten Pullover aus. Darunter kam Schwarz zum Vorschein. Halstücher wurden vor Nasen gezogen, Kapuzen aufgesetzt. Es ging los.

»Dann komme ich zu euch und suche sie selbst.«

»Mach das nicht, es ist zu gefährlich.« Ausgerechnet jetzt mussten sich die Autonomen vermummen.

»Ein Grund mehr, Pia da wegzuholen.« Hanna klang entschlossen.

»Bitte lass das sein, hier kommt es gleich zu …«

Kevin klopfte ihm auf die Schulter. »Mach Schluss. Wir sollen vorrücken und die Demonstranten einkesseln.«

Und Pia befand sich mittendrin. Sein Puls raste. Hoffentlich wurde sie nicht verletzt. Hoffentlich verletzte sie niemanden. Doch vor allem musste er Hanna davon abhalten, sich in diesen Hexenkessel zu begeben. »Es wird hier gleich ziemlich ungemütlich. Ein Gewitter zieht auf und die Autonomen machen Ärger. Bitte sei doch vernünftig und …« Erst jetzt merkte er, dass sie längst aufgelegt hatte.

Blitze zuckten am Himmel und der Regen verdichtete sich. Warum nur dachte Hanna immer an andere und nie an sich selbst? Er steckte das Handy wieder ein und streifte seine Handschuhe über. Wenn das hier überstanden war, würde er sich noch einmal ernsthaft mit ihr unterhalten. Es ging nicht, dass sie sich so aufrieb.

Langsam rückten sie vor. Die Männer in der ersten Reihe hoben zum Schutz ihre Schilde hoch und hielten zusätzlich anderthalb Meter Sicherheitsabstand zu den Demonstranten. Mark stand in der dritten Reihe und konnte kaum etwas erkennen, weil ein zwei Meter hoher Hüne ihm die Sicht versperrte und das Regenwasser über sein Visier lief. Weiter vorne blockierten seine Kollegen die Straße und der Zug kam zum Stillstand. Unter den eingekesselten Männern und Frauen rumorte es.

»Das geht nicht mehr lange gut«, brummte Kevin.

»Nehmen Sie Ihre Vermummungen ab«, tönte es über Lautsprecher.

Als Antwort darauf schossen Feuerwerkskörper in den Himmel und farbiger Rauch breitete sich zwischen den Menschen aus. Einige der Demonstranten versuchten auszubrechen. Mark und seine Kollegen rückten enger zusammen.

»Wir fordern Sie ein letztes Mal auf, Ihre Vermummung abzulegen. Sonst wird diese Veranstaltung aufgelöst.« Die Lautsprecherdurchsage zeigte keine Wirkung.

Die stickige Luft unter Marks Visier roch nach Angst und Schweiß. Adrenalin schoss durch seine Blutbahn. Von Einsätzen wie diesen hatte er immer geträumt, wenn ihm sein Alltag als Schutzpolizist langweilig erschienen war. Aber nun, da er um Pias und Hannas Sicherheit fürchtete, fühlte es sich nicht mehr so großartig an. Zum ersten Mal hatte er mehr zu verlieren als das eigene Leben.

Ein ohrenbetäubender Tumult brach aus. Steine und Flaschen flogen ihnen entgegen. Sie antworteten mit Wasserwerfern. Neben ihm zerbrach eine Scheibe und Splitter bohrten sich in seinen Anzug, auch wenn sie die Schutzschicht zum Glück nicht durchdrangen. Schreie, Sirenen, noch mehr Rauch. Die ersten Menschen durchbrachen in Panik die Absperrung.

Verdammt, er musste Pia finden, bevor Hanna sich ihretwegen in dieses Inferno stürzte. Er tat, was er nie für möglich gehalten hätte, und verließ seinen Posten. Hoffentlich würde es in dem Chaos nicht auffallen. Doch für Hanna nahm er selbst eine Abmahnung in Kauf.

Einige seiner Kollegen zwängten sich ebenfalls durch die Menschenmassen und nahmen gewalttätige Demonstranten fest. Zwischen den Leibern eingequetscht, wurde der Gestank nach Schweiß, Zigaretten und Alkohol beinahe überwältigend. Der Boden unter seinen Schuhen fühlte sich rutschig an. Dennoch drängte er weiter nach vorne. Er musste zum schwarzen Block. Hoffentlich hatte Pia sich nicht auch vermummt, sonst würde er sie in diesem Chaos niemals erkennen.

Ellenbogen stießen ihn in die Seite, eine Frau mit klatschnassen Haaren rannte gegen ihn, bevor sie von der Menge mitgerissen wurde.

»Scheißbullen, verpisst euch!« Die Schreie wiesen ihm die Richtung. Endlich sah er die ersten schwarz vermummten Gestalten vor sich. Die Männer brüllten und bewarfen ihn mit Steinen, doch er stieß sie einfach beiseite. Heute fehlte ihm die Zeit, diese Mistkerle zu verhaften. Er hatte Wichtigeres zu erledigen.

Wohin jetzt? Ratlos blickte er auf ein Meer aus dunklen Kapuzen und Strumpfmasken. Es war hoffnungslos.

Doch dann sah er wenige Meter entfernt etwas pink aufblitzen. Pia gestikulierte wild, wobei ihre Kapuze verrutschte. So, wie es aussah, stritt sie sich mit ihrem Begleiter, der sie am Arm festhielt. Wollte ihr Freund sie etwa daran hindern, die Veranstaltung zu verlassen?

Energisch bahnte Mark sich seinen Weg. Erst, als er direkt vor Pia stand, erkannte sie ihn trotz seines Helms. »Mark!« Vergeblich versuchte sie, sich loszureißen. »Du hattest recht. Timo hat völlig den Verstand verloren. Ich will hier weg.«

»Dein Cousin ist ein Bullenschwein?« Endlich ließ Timo Pia los, um sich drohend vor Mark aufzubauen. Seine untere Gesichtshälfte wurde von einem schwarzen Tuch bedeckt, doch die zornig funkelnden Augen waren gut zu erkennen. »Ich wollte schon immer mal ein Schwein schlachten.« Er zückte ein Messer.

»Vorsicht!«, rief Pia. Doch Mark hatte das blitzende Stück Metall längst bemerkt. Mit einem gezielten Tritt gegen Timos Hand ließ er es durch die Luft segeln. Ein weiterer Tritt gegen seine Beine und Timo lag zwischen Bierlachen und Glassplittern auf dem Boden.

»Du lässt Pia ab sofort in Ruhe.« Er sollte ihn festnehmen, aber das erschien ihm ohne einen Kollegen an seiner Seite zu riskant. Schon jetzt beäugten ihn Timos Freunde so hasserfüllt, dass er jeden Augenblick mit dem nächsten Angriff rechnete. Besser, er brachte Pia so schnell wie möglich in Sicherheit.

»Bleib hinter mir und halte dich an mir fest. Zieh den Kopf ein.« Mark steuerte auf den Rand der Menschenmenge zu, Pia folgte ihm. Hoffentlich wurde sie nicht getroffen. Im Gegensatz zu ihm trug sie schließlich keine Schutzkleidung. »Hanna sucht dich. Ruf sie an, damit sie sich in Sicherheit bringt.«

Mit zittriger Stimme gab Pia sofort per Handy ihren Standort durch. »Ich dachte, er liebt mich. Wie konnte ich nur so dumm sein.« Hannas Antwort verstand er nicht, aber allein das Wissen, dass es ihr gut ging und sie mit Pia telefonierte, wärmte sein Herz.

Und dann entdeckte er sie. Wild winkend und viel zu exponiert stand sie zwischen seinen Kollegen. Mein Gott, wie sehr er sie liebte! Welche Angst er um sie ausgestanden hatte. Zum ersten Mal konnte er nachvollziehen, wie es sich für sie anfühlen musste, dass er zum Sondereinsatzkommando wechselte.

Er brauchte das nicht mehr.

Jahrelang hatte er das Gefühl gehabt, sich und der Welt etwas beweisen zu müssen. Dass er ein guter Polizist war. Dass er nie wieder so versagen würde wie bei seiner Mutter und seinem Bruder. Dass er nicht war wie sein Vater. Doch plötzlich fühlte er sich frei von dieser Last.

Er wollte Hanna. Ein Leben mit ihr und ihren Geschwistern. Wenn es sein müsste, würde er dafür sogar Verkehrserzieher werden und Kindern die Ampelfarben beibringen. Auf keinen Fall würde er für Monate in ein Ausbildungscamp ziehen und sein ganzes Leben der Arbeit widmen. Das hatte er lange genug getan. Gleich morgen wollte er mit Birgit sprechen. Hoffentlich gab Hanna ihm noch eine Chance.

Hanna lächelte ihn an. Selbst auf die Entfernung und durch den Regenschleier hindurch erkannte er Dankbarkeit und Zuneigung in ihrem Blick. Auch Liebe?

Pia schrie. Hannas Gesicht verzerrte sich. Es dauerte einen Moment, bis er den sengenden Schmerz an seinem Hals spürte. Blut tropfte auf seinen Anzug. Ein Tritt in den Rücken presste ihm die Luft aus der Lunge. Er drehte sich um, doch er war zu langsam. Schon hatten sie ihn zu Boden gestoßen. Breitbeinig stand Timo über ihm und spuckte auf sein Visier. »Verdammtes Bullenschwein!«

Ein Tritt in die Nieren ließ ihn aufkeuchen. Von Ferne sah er seine Kollegen herbeistürmen. Noch ein Tritt. Dieses Mal gegen seinen Helm.

Dann wurde alles schwarz.

Kapitel 20

Hanna

Alles lief wie in Zeitlupe ab. Sie sah den Mann die Flasche heben und brüllte eine Warnung, doch Mark hörte sie nicht. Im nächsten Augenblick wurde er getroffen. Drei Vermummte schlugen und traten auf ihn ein. Er hatte keine Chance. Als er zu Boden ging, glaubte sie, ihr Herz würde stehen bleiben. Wieso half ihm denn niemand?

Sie wollte auf ihn zustürzen, wurde aber von einem Polizisten an den Schultern festgehalten. »Bleiben Sie hier. Wir kümmern uns um ihn.«

Schon flog ihr eine klatschnasse Pia in die Arme. Schluchzend klammerte sie sich an ihr fest. »Es ist alles meine Schuld. Oh Gott, das tut mir so leid.«

»Bist du verletzt?« Pia sah zerzaust und verweint aus, aber sie entdeckte nirgendwo Blut.

»Nein, alles okay. Ich komme klar. Er braucht dich jetzt.«

Sie nickte in Richtung Mark, der mittlerweile von zwei Kollegen aus der Gefahrenzone getragen wurde. Drei weitere Polizisten führten die Männer ab, die auf ihn eingeschlagen hatten. Einer von ihnen starrte Pia hasserfüllt an. »Falsche Schlange!«

Pia zuckte zusammen. Sie tat Hanna leid. Gleichzeitig war sie unglaublich wütend auf ihre Schwester, weil Mark ihretwegen bewusstlos war und gerade von seinen Kollegen auf eine Decke am Boden gebettet wurde. »Geh nach Hause und erzähle Mika und Emma, was passiert ist. Ich bleibe bei Mark.«

Ohne eine Antwort abzuwarten, ließ sie Pia stehen. Aus der Nähe sah Mark noch mitgenommener aus. Blut floss aus einer Wunde an seinem Hals. Sie wollte seinen Puls fühlen, doch ein Polizist stellte sich ihr in den Weg. »Halten Sie Abstand«, verlangte er streng.

»Ich studiere Medizin, ich kann helfen. Der Mann, der dort liegt, ist mein Freund.« Das entsprach leider nicht mehr den Tatsachen, aber es fühlte sich trotzdem wahr an.

Der Polizist wirkte unbeeindruckt. »Ich habe Sie doch eben noch mit einer Demonstrantin gesehen, die in die Schlägerei verwickelt war. Bitte machen Sie keinen Ärger, wir haben hier schon genug Schwierigkeiten.«

»Das war meine Schwester, aber …«

»Bitte treten Sie zurück.«

Verzweiflung machte sich in ihr breit. Sie musste unbedingt an diesem Polizisten vorbei. Nur wie?

Der Zufall kam ihr zur Hilfe. Von links näherten sich zwei Sanitäter mit einer Trage. Ihnen folgte ein junger Polizist, den sie trotz seiner Schutzkleidung auf Anhieb erkannte. »Herr Bittkamp!«

Der Polizist drehte sich zu ihr um und starrte sie aus glasigen Augen an.

»Bitte sagen Sie Ihrem Kollegen, wer ich bin. Er will mich nicht zu meinem verletzten Freund durchlassen.« Sie deutete auf Mark, der mittlerweile auf die Trage gehoben wurde.

»Mark ist Ihr Freund?« Herr Bittkamp runzelte die Stirn. Erinnerte er sich etwa nicht mehr an sie?

»Kennen Sie die Dame?«, fragte ihn sein Kollege.

»Ja, von einer Trauernachricht. Leider habe ich ihren Namen vergessen.« Er klang niedergeschlagen.

»Hanna Jannsen.« Sie schnallten Mark schon fest. Die Zeit wurde knapp.

»Hanna?« Herr Bittkamp riss die Augen auf. »Oh, natürlich, so ein ... Sie ist die Freundin meines Kollegen. Bitte lassen Sie sie durch.«

»Danke.«

Sie huschte an ihm vorbei und folgte den Sanitätern. Die Männer hatten Mark den Helm abgenommen. Er sah erschreckend blass aus. Die Sanitäter hatten ihm einen Druckverband angelegt. Dieser war bereits mit Blut durchtränkt. Reglos und mit geschlossenen Augen lag Mark auf der Trage. Wie schwer war er wirklich verletzt? Unter der dicken Schutzkleidung, die er immer noch trug, ließ sich das kaum beurteilen.

Als die Männer Mark über die Heckklappe in den Rettungswagen verluden, sprach sie einen von ihnen an. »Ich bin seine Freundin. Darf ich mitfahren?«

Der Santitäter schüttelte bedauernd den Kopf. »Tut mir leid, das geht nicht. Bitte kommen Sie nach. Wir bringen Ihren Freund in die Hanseklinik.«

Sie hatte mit dieser Antwort gerechnet. Als Medizinstudentin wusste sie, dass Angehörige bei der Behandlung im Rettungswagen nur störten. Doch die Vorstellung, Mark in diesem Zustand aus den Augen zu lassen, versetzte sie in Panik. »Wird er es schaffen?«

Der Mann musterte sie unbehaglich. »Er atmet und sein Herzschlag ist stabil. Wie schlimm die inneren Verletzungen sind, können wir nicht sagen.« Zügig schloss er die Heckklappe und stieg in den Wagen. Die Sirene ertönte.

Wie betäubt sah Hanna dem Fahrzeug nach. Für Pa war jede Hilfe zu spät gekommen. Was, wenn Mark nie mehr aufwachte? Wenn sie ihre letzten gemeinsamen Tage vergeudet hatte, weil sie sich zu sehr davor fürchtete, ihn vielleicht irgendwann zu verlieren?

In der Nähe schlug ein Blitz ein. Zitternd schlang sie die Arme um ihren Körper. Sie war bis auf die Haut durchnässt, doch die Kälte, die sie fühlte, ging tiefer.

Sie hatte Mark nie gesagt, was sie wirklich für ihn empfand. Wenn er heute starb, dann in dem Glauben, dass er ihr nicht genug bedeutete, um seinetwegen auch den schlimmsten Schmerz zu riskieren. Dabei täuschte er sich. Sie liebte ihn. Und die Vorstellung, er könne sterben, ohne das zu wissen, ließ sie verzweifeln.

Auf ihre Art hatte sie Mark genauso belogen wie er sie.

~ ~ ~

»Tut mir leid.« Die Ärztin auf dem Flur vor der Notaufnahme schüttelte bedauernd den Kopf. »Wenn Sie keine Angehörigen sind, darf ich Ihnen auch keine Auskunft erteilen.«

»Wir möchten doch nur wissen, ob er durchkommt.« Hanna hielt die Ungewissheit nicht länger aus. Stundenlang hatte sie im überfüllten Wartebereich gesessen, wo es nach Desinfektionsmittel und Angst roch, die Wanduhr angestarrt und versucht, nicht in Panik zu verfallen.

Seit einer knappen Stunde leistete ihr Kevin Gesellschaft. Polizeimeister Bittkamp war gleich nach Dienstschluss in der Klinik aufgetaucht und hatte sich als Marks bester Freund vorgestellt. Noch immer trug er den größten Teil seiner Schutzuniform und wirkte dabei so erschöpft, dass sie befürchtete, er würde demnächst umkippen.

»Soweit ich weiß, hat Herr Struwe überhaupt keine Angehörigen«, sagte er.

»Das stimmt nicht.« Marks Bruder, der im Gefängnis saß, würde ihnen nicht helfen können, sein Vater hingegen …

Kevin musterte sie überrascht. »Wirklich? Dann weißt du mehr als ich.«

»Einem Familienmitglied könnte ich sagen, wie es Herrn Struwe geht. Entschuldigen Sie mich bitte, ich muss da wieder rein.« Die Ärztin verschwand durch eine Tür.

»Mark hat einen Vater.« Nervös leerte Hanna alle Fächer ihres Portemonnaies. Irgendwo musste doch seine Nummer sein. Schließlich fand sie eine nach Zigarettenrauch riechende Quittung über 10,58 Euro für *Red Bull* und Wodka. Auf der Rückseite stand in krakeliger Handschrift eine Handynummer.

»Mir gegenüber hat er immer so getan, als wären seine Eltern gestorben.« Kevin wirkte betroffen. »Und als er mir von dir erzählt hat, hat er mit keinem Wort erwähnt, dass wir beide uns kennen. Warum nur?«

In Kevins Augen sah sie die gleiche Verletzung, die sie selbst erfahren hatte. Sie bedauerte ihn, aber noch mehr tat ihr Mark leid, der das Gefühl hatte, niemandem vertrauen zu können. »Er ist ziemlich verschlossen. Aber das bedeutet nicht, dass du ihm nicht wichtig bist.«

»Im Augenblick fällt es mir schwer, das zu glauben.« Kevin seufzte. »Aber wir haben dringendere Probleme, also ruf seinen Vater an.«

Mark würde das nicht wollen. Es wäre ihm peinlich, dass Kevin seinem Vater begegnete. Vermutlich würde es ihn schon stören, wenn sie ihn noch einmal wiedersah. Aber darauf konnte sie keine Rücksicht nehmen. Mit zitternden Fingern tippte sie die Nummer ein.

»Struwe.« Die Stimme von Marks Vater klang rau.

»Hallo Karsten, hier spricht Hanna, die …« Sie schluckte. Beinahe hätte sie *Freundin* gesagt, aber das war sie nicht mehr.

»Moin Hanna, nett, dass du anrufst. Ich hab gerade ein Nickerchen gemacht. Wie spät ist es?«

»Ich …« Sie stockte. Noch nie hatte sie einem anderen eine derart schlechte Nachricht überbracht. Als

Mark und Kevin damals vor ihrer Tür gestanden hatten, hatte sie gar nicht zu würdigen gewusst, welch schwere Aufgabe die beiden auf sich nahmen. »Mark wurde bei einem Einsatz verletzt. Er liegt in der Hanseklinik und die Ärzte geben mir keine Auskunft, weil wir nicht verwandt sind. Kannst du herkommen?«

Stille. Schließlich ein Räuspern. »Hast du eine Ahnung, wie schlimm es ist?«

»Nein.« Wie sehr sie wünschte, sie könnte Marks Vater eine andere Antwort geben. »Als die Rettungskräfte ihn mitgenommen haben, da ...« Ihre Stimme zitterte. »... wollten sie mir nicht mal sagen, ob er durchkommt.«

»Oh. Ich ... ich mache mich gleich auf den Weg.«

»Danke.«

Kevin, der bleich und mit zusammengepressten Lippen ihr Telefonat verfolgt hatte, ballte die Fäuste. »So ein verdammter Mist! Wenn ich nur dran denke, dass wir den Typen erst neulich verhaftet haben. Warum wurde der bloß wieder auf freien Fuß gesetzt?«

»Ihr hattet den Mann schon mal verhaftet?« Hanna wurde noch eine Spur kälter. Dass ausgerechnet Pias Freund Mark zusammengeschlagen hatte, war schlimm genug. Und nun musste sie erfahren, dass er schon vorher mit dem Gesetz in Konflikt geraten war.

»Er hatte einen Komplizen dabei. Unter uns gesagt, glaube ich, dass es eine Frau war. Aber verrate das bloß nicht Mark. Er war auch so schon niedergeschlagen genug, weil ihm der Begleiter dieses Mistkerls entkommen ist. So was passiert Mark sonst nie.«

Pia. Hannas Herz setzte einen Schlag aus. »Er hat sie entkommen lassen?«

»Jetzt bist du ungerecht.« Kevin schüttelte den Kopf. »Doch nicht mit Absicht. Er hatte sich kurz zuvor den Knöchel verletzt. Trotzdem war's merkwürdig. Und das

Fatale ist: Hätten wir die zweite Person erwischt, wäre das heute womöglich nicht passiert.«

»Wieso das?« Sie wusste nicht, was sie mehr erschreckte: Dass Pia an einer Straftat beteiligt gewesen war oder dass Mark sie laufengelassen hatte.

Kevin fuhr sich mit der Hand durch das blonde Haar. »Weil der Typ ein langes Vorstrafenregister hat. Hätten wir seinen Komplizen oder seine Komplizin, dazu gebracht auszupacken, hätte es vielleicht für einen Haftbefehl gereicht.«

»Verstehe.« Ihr zuliebe hatte Mark seine Prinzipien als Polizist verraten und heute sein Leben für Pia riskiert. Falls er starb, würde sie sich das niemals verzeihen.

Eine halbe Stunde später wurde ihr Warten belohnt und Karsten Struwe stieß zu ihnen. Beinahe hätte Hanna Marks Vater nicht wiedererkannt. Er trug einen ausgeleierten Jogginganzug und seine verschwitzten Haare klebten ihm wirr am Kopf. Zudem stank er nach Schweiß und Alkohol, seine Augen waren blutunterlaufen. Selbst sein Gang wirkte schwankend.

»Was für ein Schiet.« Karsten seufzte und zog sie dann in seine Arme. Ein wenig ekelte sie sich, aber gleichzeitig tat ihr Marks Vater abgrundtief leid. Nur seinem Sohn zuliebe hatte er sich in diesem Zustand überhaupt vor die Tür gewagt.

Sie musste Kevin zugutehalten, dass er sich nichts anmerken ließ, als er sich vorstellte und Karsten die Hand schüttelte. Danach begleiteten sie Marks Vater zum Empfang der Notaufnahme. Hoffentlich würde Karsten in seinem Zustand genug behalten, um ihnen anschließend berichten zu können.

Wieder saßen Kevin und sie im Wartebereich. Da es Zeit fürs Abendessen wurde, versorgte Kevin sie mit

Schokolade aus dem Snackautomaten. Ohne Appetit nagte Hanna an einem Mars-Riegel.

»Ich glaube, ich verstehe Mark jetzt besser«, bemerkte Kevin zwischen zwei Bissen. »Es muss schwer für ihn sein.«

»Aber er ist immer noch der Gleiche.« Hoffentlich würde Kevin seinen Freund in Zukunft nicht mit anderen Augen sehen. Für Mark wäre es das Schlimmste, was passieren konnte.

Falls er durchkam.

Endlich hörte sie Schritte und sprang auf. Karsten machte ein ernstes Gesicht, bemühte sich aber um ein Lächeln, als sie seinem Blick begegnete.

»Und?« Ihr Herz pochte vor Angst wie verrückt und Gänsehaut überzog ihre Arme.

»Er schafft's.« Karsten umarmte sie so fest, dass ihr beinahe die Luft wegblieb. »Sie konnten die inneren Blutungen stoppen. Der Rest wird wieder.«

In diesem Augenblick hätte sie am liebsten die ganze Welt umarmt. Mark wurde wieder gesund. Falls er sie zurücknahm, könnte alles gut werden.

»Gott sei Dank!« In Kevins Gesicht kehrte etwas Farbe zurück. »Wann können wir zu ihm?«

Karsten löste sich von ihr und griff nach seiner Jacke, die am Garderobenhaken hing. »Sie verlegen ihn gerade. Danach ist Besuch erlaubt.«

»Du gehst doch nicht etwa?«, fragte Hanna.

»Doch, ist besser so, *min Deern.* Mark will mich nicht sehen, so gut kenne ich ihn.«

»Aber ...«

»Lass gut sein.« Marks Vater winkte ab. »Der Jung hat ja recht. Grüß ihn von mir.«

Langsam wankte er davon. Er wirkte traurig und sehr einsam. Hanna bedauerte ihn zutiefst. Wie es sich wohl anfühlte, wenn die Familie auf so schreckliche Weise zerbrochen war?

Umso dankbarer war sie für die Chance, ihre eigene zu kitten.

~ ~ ~

Mark

Sein Kopf fühlte sich an wie aus Watte und seine gebrochenen Rippen schmerzten bei jedem Atemzug. Allerdings lief durch die Infusion in seinem Arm genug Betäubungsmittel, um ihm das Dasein erträglich zu machen.

Die Schwester, die ihm ein Glas Wasser brachte und das Kopfteil seines Bettes aufrichtete, lächelte ihn freundlich an. »Draußen wartet Besuch für Sie.«

»Besuch?« Sein Herzschlag beschleunigte sich. »Ist eine Frau Anfang zwanzig mit braunen Haaren dabei?«

»Sie meinen Ihre Freundin? Natürlich. Und ein Kollege von der Polizei.« Sie wandte sich zur Tür. »Soll ich sie reinbitten?«

»Ja. Nein. Warten Sie.« Hanna war hier. Allein dafür würde er alles noch einmal ertragen. »Können Sie bitte erst mal nur meine Freundin reinschicken? Und sagen Sie bitte meinem Kollegen, wir brauchen nur einen Moment.«

»In Ordnung.«

Kaum war sie aus der Tür, trat Hanna ins Zimmer. Dunkle Schatten lagen unter ihren rotgeweinten Augen, ihre Bluse war zerknittert und Schlammspritzer bedeckten die Hosenbeine. Trotzdem hatte sie nie schöner ausgesehen als in diesem Augenblick.

Tränen liefen ihr über die Wangen, während sie sich auf die Bettkante setzte und seine Hand ergriff. Ihre Finger fühlten sich eiskalt an. »Ich liebe dich.«

Fassungslos starrte er sie an. Seine Fantasie musste ihm einen Streich spielen.

»Das hätte ich dir schon längst sagen sollen.« Nervös strich sie sich eine Haarsträhne aus dem Gesicht. »Ich kann damit leben, dass du Terroristen jagst und dich vermutlich öfter in Gefahr bringst als James Bond. Und es ist okay für mich, dass dein Vater zu viel trinkt und dein Bruder im Gefängnis sitzt. Ich werde sogar damit fertig, dass du dich manchmal vor mir verschließt. Ich kann mit allen Schwierigkeiten leben, aber nicht ohne dich.«

Sein Herz pochte so stark, dass er glaubte, selbst Hanna müsse es hören. Zärtlich umschloss er ihre kalten Finger mit seinen Händen. »Bedeutet das, du gibst mir noch eine Chance?«

»Ich dir?« Sie riss ihre großen braunen Augen auf. »Wohl eher du mir. Du hast gerade erst meine Schwester gerettet und bist deswegen hier gelandet. Du hast so viel für mich getan und ich habe es nie richtig gewürdigt.«

»Das stimmt nicht. Du hattest nur zu viel Angst.«

»Jetzt nicht mehr.«

»Woran liegt das?«, fragte er neugierig. Schließlich kannte er niemanden, der sich so viele Sorgen machte wie sie.

Hanna blinzelte eine Träne weg. »Ich habe das Schlimmste erlebt und überstanden. Die Angst um dich war furchtbar. Stundenlang wusste ich nicht, ob du überhaupt durchkommst. Aber noch schlimmer fand ich den Gedanken daran, was wir beide durch meine Angst vielleicht verpasst haben: die Chance, zusammen glücklich zu sein.«

»Keine Liebe kommt ohne Schmerz aus.« Sanft streichelte er die empfindsame Haut auf der Innenseite ihres Handgelenks. Wie gern er sie richtig in seine Arme schließen würde. »Aber er sollte sich in Grenzen halten. Auch ich habe heute etwas gelernt.« Ernst sah er sie an. »Ich habe mir große Sorgen um dich und Pia gemacht. Jetzt kann ich besser nachempfinden, warum du nicht möchtest, dass ich zum SEK gehe.«

»Ich habe dir doch gesagt, dass es für mich in Ordnung ist.«

»Aber nicht für mich.« Er versuchte, sich ein Stück aufzurichten, doch seine Rippen protestierten. »Wie ich mich heute gefühlt habe, das will ich dir nicht zumuten. Ich bleibe bei meiner alten Einheit.«

»Aber ...«

»Kein Aber. Mit meinen Verletzungen kann ich nächste Woche sowieso nicht die Ausbildung starten. Bis ich wieder gesund bin, habe ich längst den Anschluss verpasst.«

»Was ist mit nächstem Jahr?« Sanft streichelte sie mit den Fingerspitzen seine Wange. Trotz der Betäubung löste ihre Berührung ein süßes Prickeln aus.

Er lächelte. »Bis dahin bin ich ein dicker, gemütlicher Familienvater, der schon beim Bankdrücken schlappmacht.«

»Bitte nicht.« Sie küsste ihn auf die Nasenspitze. »Ich liebe deinen Körper.«

»Und ich liebe dich.«

Endlich. Er hatte die drei magischen Worte ausgesprochen. Zum ersten Mal in seinem Leben. Es war ihm sogar erstaunlich leicht gefallen.

Hanna riss ihre warmen braunen Augen auf und sah aus, als würde sie etwas erwidern wollen. Doch ihm war es lieber, keine große Sache daraus zu machen.

Um sie abzulenken, umfasste er ihren Hinterkopf und zog sie zu sich heran. Schwach duftete sie nach Maiglöckchen. Als er ihren Mund erreichen konnte, küsste er sie.

Ein süßes Kribbeln begann in seinen Lippen und breitete sich von dort in seinem Körper aus. Hungrig glitt er mit seiner Zunge in ihre Mundhöhle. Hanna schmeckte nach Schokolade. Wehmütig erinnerte er sich an ihre erste Begegnung, als sie gemeinsam Kakao getrunken hatten. Schon damals hatte Hanna in ihm, der so lange heimatlos gewesen war, die Sehnsucht nach einer neuen Familie geweckt.

Sanft löste er sich von ihren Lippen und lächelte sie an. »Kann ich wieder nach Hause kommen?«

Epilog

Hanna

Eine leichte Sommerbrise rauschte durch die Krone der Linde, unter der sie lagerten. Kinderlachen und Hundegebell mischte sich mit den Stimmen der anderen Besucher, die ebenfalls im Stadtpark picknickten. Es duftete nach Gras, Hackbällchen und nach Marks selbstgemachtem Kartoffelsalat. Genüsslich schob Hanna sich die letzte Gabel ihrer Portion in den Mund und ließ den Blick schweifen.

Heute hatte sich die ganze Familie versammelt – alle bis auf Ma und Pa, die sie in solchen Momenten schmerzlich vermisste. Sogar Pia, Tante Yvonne und Onkel Jörg waren zu ihnen gestoßen. Noch immer spürte Hanna in Yvonnes Gegenwart eine leichte Beklemmung, doch sie musste ihrer Tante zugestehen, dass sie ihre Niederlage bei Gericht mit Fassung getragen, sich aufrichtig bei ihr entschuldigt und in den vergangenen Wochen rührend um Pia gekümmert hatte.

»Möchte jemand Nachtisch?« Yvonne packte ihren Butterkuchen aus.

»Hm. Lecker!« Mika schoss von der Wiese auf sie zu, schnappte sich ein Stück und rannte damit wieder davon. Er hatte einige Gleichaltrige gefunden, mit denen er zwischen zwei improvisierten Toren Fußball spielte. Jedes Mal, wenn ihm ein guter Schuss gelang, sah er sich nach Mark um, der ihm ein Daumen-hoch gab.

Hanna lächelte. Seitdem Mark wieder bei ihnen eingezogen war, wurde er von Mika als Retter seiner

Schwestern wie ein Held verehrt. Zum Glück nahm er es gelassen und zeigte dem Achtjährigen, wie er seine Aggressionen beim Sport ausleben konnte, anstatt sich mit seinen Mitschülern zu prügeln.

»Er spielt mittlerweile richtig gut«, bemerkte Emma. In ihrem knappen Sommerkleid erntete sie Bewunderung von allen Seiten, doch sie flirtete nicht zurück. Stattdessen glitt ihr Blick immer wieder ins Leere, so als wäre sie mit ihren Gedanken woanders.

Mark nickte anerkennend. »Ich habe ihm all meine Kniffe gezeigt. Nun wird es Zeit, dass er in einer Mannschaft trainiert.« Beiläufig rückte er näher an Hanna heran, sodass sie die Wärme seines Körpers in ihrem Rücken spürte.

Hanna lächelte. Mit ihm, Emma, Pia und Mika war ihre Welt komplett. Doch wenn Mark eines Tages so weit wäre, würde sie auch seinen Vater und seinen Bruder in ihrem Kreis willkommen heißen.

»Ich möchte Tom kennenlernen«, raunte sie Mark ins Ohr. »Pia hast du schließlich auch zu ihm mitgenommen.«

»Doch nur zur Abschreckung.« Er musterte sie besorgt. »Damit ihr klar wird, dass die JSA kein schöner Ort ist. Jedes Mal, wenn ich dort hingehe, fühle ich mich danach furchtbar.«

Sie ergriff seine Hand und drückte sie. »Ein Grund mehr, dass ich dich das nächste Mal begleite.«

Liebevoll lächelte er sie an. »Danke. Du bist unglaublich.« Er öffnete ihren Picknickkorb und holte Plastikbecher und eine Flasche alkoholfreien Sekt heraus. »Ich möchte mit euch anstoßen.«

»Was ist der Anlass?«, fragte Jörg.

Auch Hanna wunderte sich. War ihr etwas entgangen? Und wieso hatte Mark den Sekt in den Picknickkorb geschmuggelt, anstatt sie einzuweihen?

»Wir haben gleich mehrere Gründe.« Mit einem lauten Plopp öffnete er die Flasche und schenkte ihnen ein. »Erstens bin ich seit gestern offiziell Polizeiobermeister. Das bedeutet: einen blauen Stern mehr auf jedem Schulterstück.«

Für seine Bemerkung erntete er einige Lacher.

Hanna küsste ihn spielerisch auf die Wange. »Davon hast du gar nichts verraten.«

»Sollte eine Überraschung sein.« Er zwinkerte ihr zu und verteilte die Becher. »Zweitens feiern wir Pias Ausbildungsplatz.«

Zustimmendes Gemurmel. Pia lächelte zaghaft. Sie hatte ihr Abi nicht gerade mit Bestnoten abgeschlossen, aber Yvonne hatte ihr so lange bei den Bewerbungsschreiben geholfen, bis die Zusage für einen Ausbildungsplatz als Kfz-Mechatronikerin eingetroffen war.

»Nochmals herzlichen Glückwunsch!«, sagte Hanna.

Leicht fiel es ihr nicht, Pias Fehler zu verzeihen, und es würde sicher noch eine Weile dauern, bis sie ihr wieder vertraute. Aber ihre Schwester bedauerte aufrichtig, was passiert war, und bemühte sich, ihr Leben in den Griff zu kriegen. Mehr konnte niemand verlangen.

Mark drückte Hanna einen Becher in die Hand. »Und drittens möchte ich auf euch anstoßen. Auf jeden Einzelnen von euch.«

Jörg und Yvonne tauschten verwirrte Blicke. Auch Emma wirkte überrascht. »Wieso?«, fragte sie.

»Weil ihr eine Familie seid. Nicht so perfekt wie aus dem Bilderbuch. Es gibt auch Streit.« Er nickte in Richtung von Yvonne. »Und manchmal geht jemand seine eigenen Wege.« Bei diesen Worten sah er Pia an. »Aber trotz allem gehört ihr zusammen. Danke, dass ich jetzt ein Teil davon bin.« Er hob seinen Becher. »Darauf trinke ich. Prost.«

»Prost.«

Hannas Herz klopfte wild. Wenn sie Mark nicht schon längst mit jeder Faser ihres Körpers lieben würde, wäre es spätestens heute um sie geschehen. »Du bist unglaublich.«

»Nicht so unglaublich wie du.« Sein warmer Atem kitzelte ihr Ohr. »Wenn wir beide jetzt allein wären, würde ich ...«

»Ich muss los. Wartet nicht mit dem Abendessen auf mich.« Emma stand von der Decke auf und klopfte ihr Kleid aus. Dabei starrte sie auf ihr Handy, als könne sie sich kaum von dem Anblick losreißen. Ihre grünen Augen strahlten und auf ihren Wangen zeigten sich rote Flecken.

»Bist du verliebt?«, fragte Hanna.

»Was? Nein.« Entgeistert starrte Emma sie an. »Wie kommst du nur auf so was?«

»Ich dachte nur, weil du dich so freust.«

»Aber doch nicht wegen eines Jungen.« Abfällig winkte Emma ab. »Heute Abend gibt es eine Theaterpremiere, zu der ich unbedingt möchte. Sie ist schon lange ausverkauft, aber jetzt bekomme ich doch noch eine Karte. Macht's gut.«

Nachdenklich sah Hanna ihr hinterher. »Ihre Leidenschaft fürs Theater wird mir langsam unheimlich.«

»Ich glaube, sie macht uns was vor. Wahrscheinlich schwärmt sie heimlich für einen der Schauspieler.« Mark umarmte sie von hinten, sodass seine muskulöse Brust sich gegen ihren Rücken schmiegte. Seine Nähe sandte süße Schauer durch ihren Körper.

Hanna drehte sich zu ihm um. Wie gern würde sie auf seinen Schoß klettern und ihn leidenschaftlich küssen, bis ihnen beiden der Atem ausging. Aber nicht vor Mika und Tante Yvonne.

Zärtlich streichelte sie ihm durchs Haar. »Wenn Mika nicht wäre, würde ich mich mit dir davonschleichen.« Wehmut überkam sie bei dem Gedanken daran, dass Mark und sie es nie so einfach und unkompliziert haben würden wie andere verliebte Paare.

»He.« Sanft fasste er sie am Kinn. »Wenn Mika nicht wäre, würde wir gar nicht hier sitzen.«

»Tut es dir nicht manchmal leid, so viel Verantwortung zu tragen?« Sie selbst würde sich immer wieder für Mika entscheiden. Aber Mark verzichtete ihr zuliebe auf viele Dinge, die er mit einer anderen Frau erleben könnte.

»Kein bisschen.« Er beugte sich zu ihr vor. »Außerdem haben wir in der Familie genug potenzielle Babysitter, um auch mal allein zu sein. Deine Tante hat übrigens angeboten, dass Mika heute Nacht bei ihnen schlafen kann.«

»Haben wir denn etwas vor?« Es fiel ihr schwer, sich zu konzentrieren, wenn sein Atem ihre Wange streifte und er so verführerisch nach Mann und Sommer duftete.

»Aber natürlich.« Sein Lächeln brachte ihr Herz zum Flattern. »Wir müssen die neue Uniform einweihen.«

Danksagung

Für meinen neuen Roman hatte ich wieder ein fleißiges Team an Helfern, bei denen ich mich bedanken möchte.

Liebe Diana, Angelika, Jennifer, Irene, Beate, Sara, Bianca und Anja, ganz herzlichen Dank, dass Ihr mich zum wiederholten Male als Testleserinnen unterstützt habt. Es ist Euer Verdienst, dass der Puls an der korrekten Stelle gemessen wird, die Polizisten mit Funkgeräten statt Handys kommunizieren und viele der Nebenfiguren nun einen größeren Raum einnehmen.

Vielen Dank an meine Lektorin Nicola. Du hast wirklich in Rekordgeschwindigkeit gearbeitet, damit das Buch rechtzeitig zur Leipziger Buchmesse erscheinen kann.

Liebe Daniela, auch Dir ein dickes Dankeschön für Dein wunderbares Plot-Gutachten, das mir schon vor dem Schreiben einige Schwachstellen im Manuskript aufgezeigt hat.

Ein besonderes Dankeschön geht an meine Familie, die mich nun schon seit zwei Jahren dabei unterstützt, meinen Traum, vom Schreiben zu leben, zu verwirklichen.

Und vielen Dank an meine lieben Kollegen vom Selfpublisher-Verband und vom Bundesverband junger Autoren. Bei Euch habe ich meine Autoren-Heimat gefunden.

Ein herzliches Dankeschön auch an Dich, lieber Leser. Danke, dass Du mich auf dem Weg durch diese Geschichte begleitet hast. Sehr würde ich mich über eine Rückmeldung von Dir freuen. Bis hoffentlich zum nächsten Mal!

Deine Jana

Einem gehört ihr Herz, dem anderen ihre Zukunft ...

Die unkonventionelle Deutsch-Amerikanerin Kim und den pflichtbewussten Alexander verbindet nur eine leidenschaftliche Nacht, sonst haben sie wenig gemeinsam. Doch als Kim schwanger wird, stehen die beiden vor der schweren Entscheidung, ob sie trotz der widrigen Umstände eine Familie gründen wollen. Ausgerechnet jetzt verliebt sich Kim – in Alexanders Bruder.

380 Seiten, 9.99 Euro, erhältlich bei Amazon

Leserstimmen:

„Der Autorin gelingt es, Charaktere zu schaffen, die mich durch ihre Handlungen und insbesondere durch ihre Dialoge und Gedanken sowohl unterhalten, als auch berühren konnten.“ (Roman)

„Der Schreibstil ist ganz wunderbar. So flüssig und leicht lesen sich nicht viele Bücher.“ (Mar_Git)

Wenn das Schicksal dir alles nimmt und dann eine zweite Chance gibt ...

Adam wurde bei einem Autounfall schwer verletzt. Nun braucht er eine neue Niere. Viviens Freund saß am Steuer des anderen Wagens. Seitdem liegt er im Koma. Vivien möchte Adam ihre Niere spenden. Doch dafür müsste sie ihn heiraten.

464 Seiten, 12.99 Euro, erhältlich bei Amazon

Leserstimmen:

„Ich habe mich unglaublich in dieses Buch verliebt." (Anni59)

„Eine hochemotionale Geschichte, die mir alles abverlangt und doch so viel gegeben hat. Ich bin überwältigt." (Melanie1984)

„Ich musste an der einen oder anderen Stelle eine Träne vergießen, weil es einfach so bewegend war." (Cityofbooks)

Mehr über die Autorin unter: www.janavonbergner.com